Mirjam Müntefering
Flug ins Apricot

SERIE PIPER

Zu diesem Buch

Die meisten Menschen schwärmen vom Blau des Himmels. Aber Apricot? Franziska ist sechzehn, wohnt in einem kleinen Kaff im Sauerland und liebt die Farbe des Abendhimmels, kurz bevor die Sonne untergeht. Eine Neue kommt in ihre Klasse, Alex, raspelkurzes Haar, gepiercter Bauchnabel und supercool. Franziska erwischt es schwer – und tatsächlich entspinnt sich zwischen den beiden eine zunächst verwirrende, dann wunderbare Liebesgeschichte: romantisch und aufregend, kompliziert und federleicht zugleich. Denn während Franziska ihr Glück am liebsten in die Welt hinausrufen würde, bleibt Alex ängstlich reserviert. Ein feinfühliger Roman über den langen Abschied vom eigenen Kind-Sein und den Anfang des Frau-Werdens.

Mirjam Müntefering, geboren 1969, studierte Theater- und Filmwissenschaften und Germanistik und hat einige Jahre fürs Fernsehen gearbeitet. Sie lebt als Autorin und Journalistin in Witten. Zuletzt erschienen ihre Romane »Apricot im Herzen«, die Fortsetzung zu »Flug ins Apricot«, sowie »Ein Stück meines Herzens«, »Das Gegenteil von Schokolade« und »Wenn es dunkel ist, gibt es uns nicht«.

Mirjam Müntefering
Flug ins Apricot

Roman

Piper München Zürich

Von Mirjam Müntefering liegen in der Serie Piper vor:
Flug ins Apricot (3802)
Apricot im Herzen (3803)
Wenn es dunkel ist, gibt es uns nicht (3957)

Ungekürzte Taschenbuchausgabe
Piper Verlag GmbH, München
1. Auflage Januar 2003
2. Auflage August 2004

Umschlag / Bildredaktion: Büro Hamburg
Isabel Bünermann, Julia Martinez /
Charlotte Wippermann, Katharina Oesten
Foto Umschlagvorderseite: Thomas Straub /
United Publishers S. A. S., Paris
Foto Umschlagrückseite: Stefanie Grote
Druck und Bindung: Clausen & Bosse, Leck
Printed in Germany ISBN 3-492-23802-5

www.piper.de

Zur Erinnerung an Silke,
die mir damals das Versprechen abnahm,
ich möge niemals mit dem Schreiben aufhören.

Das ist ein toller Abend.

Die Sonne geht gerade unter. Man kann ihr zuschauen, wie sie langsam über den Hügel wandert und dann ganz allmählich niedersinkt. Zuerst berührt sie nur die schwarzen Baumsilhouetten, doch dann geht es ganz schnell, und sie ist in Null Komma nichts hinter den Bergen verschwunden.

Trotzdem sieht man noch eine ganze Weile ihr Licht.

Es beleuchtet den Himmel so, daß direkt über dem Horizont ein schmaler Streifen Apricot bleibt, der immer dunkler wird, und in den sich andere Farbtöne mischen, bis er schließlich zu dem wunderbaren, strahlenden Blau wird.

Mercedes und ich sitzen schweigend nebeneinander und schauen.

Ich weiß nicht, wie andere Mädchen den letzten Abend der großen Ferien verbringen, aber mir gefällt die Art, wie wir es tun. Ich bin eben eine Romantikerin. Und in den zwei Jahren, die Mercedes und ich jetzt befreundet sind, habe ich sie wohl angesteckt. Sonst wäre sie bestimmt nicht extra von ihrem heißgeliebten Reitstall aus noch rübergekommen zu unserem Haus, um sich mit mir den letzten Sonnenuntergang des freien Sommers anzusehen.

„Weißt du, woran ich denke?“ fragt sie. Das ist nicht irgendeine hohle Frage. Mercedes und ich kennen einander so gut, daß wir tatsächlich manchmal wissen, was die andere gerade denkt. Aber diesmal muß ich den Kopf schütteln.

„Ich denke, jetzt fängt unser erwachsenes Leben an. Die Oberstufe als erster Schritt. Findest du nicht?“

„Sowas Ähnliches hat Papa neulich auch gesagt“, erinnere ich mich. „Er nennt das *Ernst des Lebens.*“

Mercedes grinst. Sie ist unheimlich hübsch mit ihren schwarzen Locken und ihren Kohlenaugen.

„Ernst des Lebens!“ gluckst sie. „Es geht doch hauptsächlich darum, mehr Freiheiten zu haben. Man darf Dinge machen, von denen man früher nur geträumt hat. Auf den Oberstufenparties geht keiner vor drei nach Hause. Nicht wie in der Zehnten: *Um Mitternacht bist du aber zurück!*“

„Wahrscheinlich meint er, daß wir mehr ranklotzen müssen fürs Abi“, mutmaße ich.

„Das sind doch noch drei Jahre!“ winkt sie ab.

Drei Jahre Schonfrist, denke ich. Da ist so ein großes, schwarzes Loch, wenn ich an die Zeit nach der Schule denke. Deswegen denke ich nicht gern daran. Und ich bin froh, daß es noch eine ganze Weile dauert, bis es ernst wird.

„Ich freu' mich schon auf die ganzen blöden Gesichter in der Schule“, sage ich rasch. An den Anfang des Schuljahres zu denken, macht mir im Gegensatz zu dem großen, dunklen Loch Spaß.

„Ja, und nach zwei Wochen kann man sie schon wieder nicht mehr sehen und wünscht sich endlich die Weihnachtsferien“, lacht Mercedes.

Eine Weile sitzen wir noch schweigend auf der alten Bank und sehen in den immer dunkler werdenden Himmel. Dann fällt plötzlich Licht aus dem Küchenfenster in den Garten. Mama läuft hinter der Scheibe hin und her, und bald hören wir das gleichmäßige Summen der Dunstabzugshaube.

„Sieht so aus, als würde es gleich was Leckeres geben“, sage ich. „Bleibst du?“

Mercedes schüttelt den Kopf.

„Ich hab' Tinchen versprochen, daß ich ihr heute eine Gutenachtgeschichte erzähle. Wird Zeit für mich.“

Tinchen, Mercedes' vierjährige Schwester, ist etwas, um das ich meine Freundin manchmal beneide. Ich stelle es mir toll vor, jemandem etwas vorlesen zu können, der dann an deinen Lippen hängt und dich bewundernd ansieht.

„Schade. Tja, dann sehen wir uns ja morgen. Gute Nacht."

„Schlaf schön", sagt sie und gibt mir einen Kuß auf den Mund. Dann läuft sie leichtfüßig über den Rasen, streift mit ihren pferdestallverseuchten alten Turnschuhen den Tau vom Gras und ist schon hinter der Hausecke verschwunden.

Ich bleib' noch eine Weile sitzen und sehe mich im Garten um. Hier bin ich groß geworden. Wenn man behaupten kann, mit sechzehn Jahren „groß" zu sein. Ich habe hinter den Fliederbüschen mit den anderen Kindern Verstecken gespielt, im Sommer die Stachelbeeren geplündert und im Winter Schneemänner gebaut. Hier kenne ich sozusagen jeden Halm und jedes Blatt. Und ich liebe es, in dieser vertrauten Umgebung zu sitzen und die Seele baumeln zu lassen. Aber schließlich kann ich den Geruch von gedünstetem Gemüse, der durch das Küchenfenster zieht, nicht länger ignorieren.

Ich stehe kopfschüttelnd auf und sehe noch mal zur Hausecke, hinter der Mercedes verschwunden ist. Daß sie mich manchmal küßt, daran habe ich mich auch in zwei Jahren noch nicht gewöhnt.

Meine Eltern sitzen schon am Tisch, als ich reinkomme. Achim braucht natürlich noch länger als ich. Aus seinem Zimmer erklingt das trostlose „Popp-Popp" eines Tennisballs, der auf dem Bildschirm des Fernsehers hin und her geprügelt wird.

„Mahlzeit!" sagt Papa und köpft ein Dunkelbier.

„Es ist schon Abend", erinnere ich ihn. „Aber: gleichfalls."

Mama lädt Salat auf die Teller und pflückt dann eine unsichtbare Fluse von ihrer scharlachroten Bluse. Wie immer ist sie auch beim Abendessen im intimen Kreis ihrer Familie umwerfend toll angezogen. Vielleicht deswegen, weil sie in der Boutique den ganzen Tag mit chicen Leute zu tun hat und es ihr schon gar nicht mehr auffällt, wie sie in ihren Klamotten von Papa, Achim und mir absticht. Einfach unglaublich finde ich aber, daß sie es schafft, in diesen Fummeln auch noch zu kochen und sich dabei nicht vollkommen einzusauen.

„Und? Schon nervös?“ fragt Papa.

„Ich komme sofort!“ hören wir Achim aus seinem Zimmer rufen, obwohl niemand ihn ermahnt hat.

„Wieso nervös?“ frage ich zurück.

„Geht morgen denn nicht die Schule wieder los?“

Ich winke lässig ab, und wir grinsen uns an. Papa weiß ganz genau, daß ich beschämend gern zur Schule gehe. Er behauptet immer, daß es ihm früher genauso ging. Das verbündet uns irgendwie gegen alle, die Schule und Lernen hassen – wie mein zwei Jahre älterer Bruder Achim zum Beispiel.

„Wollte Mercedes denn nicht mit rein kommen?“ erkundigt Mama sich. Sie mag Mercedes sehr gern, weil die ihren Fimmel für Klamotten teilt und mit jeder neuen Mode den Inhalt ihres Kleiderschrankes komplett ändert.

„Häusliche Pflichten …“ sage ich.

„Apropos“, kommt es von der Tür her, und Achim erscheint gemessenen Schrittes. „Ich habe gestern für dich abgespült. Heute bist du dran.“

„Setz dich und iß!“ brummt Papa in einem Anflug von Autorität. Er ist Manager und Teilhaber einer kleinen Firma, die Computerbausteine herstellt. Seine Arbeit nimmt ihn ziemlich in Anspruch. Manchmal sehen wir ihn tagelang nicht, und wir „Kinder" leiden dann enorm darunter. Nicht weil Achim und ich ihn dann so furchtbar vermissen, sondern weil Mama mit jedem dieser Tage unausstehlicher wird. Bis unser Vater von seiner Geschäftsreise zurückkehrt und die beiden sich wieder über einer Partie Rommé – ihr gemeinsames Laster – beschimpfen und des Punktebetrugs bezichtigen können. Dann geht es ihr wieder gut, und sie läßt ihren Groll nicht länger an ihren unordentlichen, unpünktlichen und geistesabwesenden Kindern aus, für die sie uns in diesen Phasen hält.

„Boris verliert", verkündet Achim mit trüber Stimme und nimmt von dem Gemüse. „Was ist das? Zucchini? Warum ist das so braun?"

„Geschieht ihm recht", meint Mama. „Der Typ wird immer arroganter."

Zwischen den beiden entspannt sich eine hitzige Diskussion um die Starallüren der Tennisprofis. Papa erlaubt sich daher ein paar längere Blicke auf die Zeitung, die er vor dem Essen auf dem Stuhl vor Kopf plaziert hat. Für ihn gibt es immer Wichtigeres als unser Familiengeplänkel. Und ich hänge mit meinen Gedanken immer noch im Garten, irgendwo zwischen gestern und morgen, zwischen dem neuen Schuljahr und Mercedes' Lippen auf meinen. Manchmal sehe ich den Oberstufentrakt, der bisher für uns verboten war, und den zu betreten deshalb sicherlich mit einem komischen Gefühl verbunden sein wird. Und manchmal schwebt ganz dicht vor mir Mercedes' Gesicht. Als ich gerade nicht an den Schulunterricht, sondern an Mercedes' schwarze Augen denke, stupst Achim mich an und ich schrecke richtig zusammen.

„Was?"

„Ob du schon weißt, wer euer Klassenlehrer wird", wiederholt Mama ihre Frage und sieht mich dabei forschend an. Ich werde überflüssigerweise etwas rot und schüttle den Kopf.

„Schade genug, daß Herr Wachter nicht mehr an der Schule bleibt. So guten Deutschunterricht bekommen wir bestimmt bei keinem anderen."

Ich mochte seine Aufsatzthemen. Ich meine, bei anderen Lehrern kommt man sich manchmal ganz schön verarscht vor, wenn sie einem Aufgaben stellen, bei denen man selbständig denken soll. Manchmal habe ich dann den Eindruck, die trauen einem nicht zu, daß man mit sechzehn sein Hirn schon unter Kontrolle hat. Herr Wachter war da anders. Der hat uns ernst genommen, wenn wir was zu sagen hatten. Und das immer noch, nach soundso vielen Dienstjahren.

„Herr Wachter? Der Dicke mit der Brille?" erkundigt sich Papa. Ich glaube, er war einmal vor Jahren auf einer Elternbesprechung und wirft seitdem alle Lehrer konsequent durcheinander.

„Nein. Der Ältere, der in den Pausen Pfeife raucht", helfe ich ihm. So ist das: Was nichts mit Computern und Bits und Bytes zu tun hat, interessiert meinen Vater nicht. „Er war mein absoluter Lieblingslehrer. Wir haben letztes Jahr diese Exkursion nach Dänemark gemacht, weißt du noch?"

Papa blinzelt unschlüssig.

„Der Mann hat seine Ruhe verdient", meint Mama rigoros, als könnte ich arme Schülerin meinen Ex-Klassenlehrer von der Pensionierung zurückhalten. „Seine Frau war neulich im Laden und hat zwei von den neuen, geschlitzten Röcken gekauft – in dem Alter! Für die Reise, die sie jetzt machen werden. Skandinavien rauf und runter. Das wäre auch was für mich."

„Franzi meint doch, daß es eben wichtig ist, wer sie im Abitur betreut", erklärt Achim. Das überrascht mich. Anscheinend hat er einen lichten Augenblick. Oder er ist von der Diskussion über Boris noch gereizt und möchte Mama ein bißchen sticheln.

„Sind Deutsch und Bio nicht deine Hauptwahlfächer?" fragt Papa. „Dann ist es doch wichtig, daß du da gute Noten hast, wegen des Durchschnitts beim Abschluß."

Ich nicke nur. Das ist es. Und das sind die Fächer, die Herr Wachter unterrichtete. Plötzlich tut sich vor mir wieder dieses schwarze Loch auf. Müssen plötzlich alle von Abitur und Prüfungen und Veränderungen reden? Zuerst Mercedes, die dauernd davon faselt, erwachsen zu werden. Und jetzt meine Familie, die mir sogar das Abendessen damit vermiest.

Als ich von meinem Teller aufblicke, sehen mich alle drei erwartungsvoll an, als wollte ich jetzt eine Rede halten.

Ich zucke mit den Achseln.

„Ach, das sind doch noch drei Jahre", sage ich.

Wahrscheinlich klingt das verrückt, aber manchmal wünsche ich mir nichts sehnlicher, als ein echtes Steckenpferd zu haben. Irgend etwas, womit ich liebend gern meine Zeit verbringe, worüber ich stundenlang quatschen könnte und worin mir keine meiner Freundinnen das Wasser reichen könnte. So wie Mercedes jede freie Minute bei ihrem Pferd Charly verbringt. Sie trainiert ständig für Turniere und Wettkämpfe oder einfach nur so.

Mir tut Charly leid. Aber perverserweise scheint es ihm Spaß zu machen. Und Mercedes hat nie Schwierigkeiten, wenn jemand sie nach ihrem größten Interesse fragt. Ein anderes Beispiel ist unsere gemeinsame Freundin Karin. Sie weiß alles über Geschichte. Jahreszahlen, Kriege, Verträge und sowas. Sie meint, sie habe das mit der Muttermilch aufgesogen, weil sie aus der Ex-DDR kommt und sich da viel um Politik und geschichtliche Zusammenhänge gedreht hat. Kann sein. Auf alle Fälle beneide ich sie etwas darum, daß sie so sicher weiß, was ihr liebstes Hobby ist. Sogar mein Bruder Achim hat etwas, in dem er unschlagbar ist: Profi-Tennis. Wer gegen wen spielt und verliert und warum. Er weiß es eben.

Ich dagegen interessiere mich für vieles, schnuppere mal hier rein und mal da. Und am Ende habe ich ein bißchen Ahnung von Seidenmalerei und Leichtathletik, von Computern und von technischem Zeichnen oder chinesischem Kochen. Aber *von allem ein bißchen ist nur ein Schißchen*, sage ich mir immer. Es gibt eigentlich nichts, wofür ich mich so erwärmen könnte, daß ich alles andere dafür stehen lassen würde. Das habe ich schon immer als Manko empfunden, auch wenn es niemanden sonst an mir zu stören scheint. Im Gegenteil. Alle anderen sagen immer, was für eine tolle Allgemeinbildung ich doch habe. Vielleicht haben sie mich deshalb jetzt schon das dritte Jahr in Folge zur Klassensprecherin gewählt.

„Franziska weiß eben überall Bescheid“, sagen sie. Und ich denk' so still für mich: Wenn ihr wüßtet!

Trotzdem freue ich mich, grinse nach allen Seiten und lächle auch Sven an, der wie im letzten Jahr mein Stellvertreter ist. Wahrscheinlich denken alle, es muß so sein, weil wir letzten Sommer mal eine Weile miteinander gegangen sind. Man sollte ja meinen, das ist hundert Jahre her und alle haben es inzwischen vergessen. Aber statt dessen können sich gerade die Jungs in der Klasse hin und wieder dumme Bemerkungen nicht verkneifen. Der arme Sven. Ich glaube, es ist nicht einfach für einen Jungen, wenn das Mädchen Schluß macht. Dieser ganze Männlichkeitswahn. Da steht einer schon ziemlich blöde da. Mal ganz davon abgesehen, daß der Sven mich wirklich gemocht hat.

Er lächelt zurück und zwinkert mir zu. Mercedes sieht das natürlich und wirft mir einen vielsagenden Blick zu. Was die schon wieder denkt!

Als sich der ganze Trubel um den neuen Stundenplan und die Klassensprecherwahl gelegt hat, breitet sich eine nicht zu ignorierende Spannung in der Klasse aus.

Niemand von uns hatte damit gerechnet, daß sie uns eine vollkommen Neue vorsetzen würden. Frau Hohwald. Noch ziemlich jung. Sie hat sehr sympathische Augen.

„Jetzt haben wir also die Pflichten hinter uns gebracht", sagt sie nun und sieht sich einmal in der Runde um. „Es folgt die Kür. Was schlagen Sie vor, wie wir uns am besten kennenlernen können? Diese Namensschilder sind ja ganz lustig, aber doch eigentlich albern, oder?"

Albern kommt es mir irgendwie auch vor, daß sie uns siezt. Aber in der Oberstufe ist das nunmal so. Mercedes findet es bestimmt toll.

„Wie wäre es, wenn wir alle kurz was über uns erzählen?" wirft Sven sofort ein. „Vielleicht, was wir in den Ferien gemacht haben. Oder auch, ob wir Deutsch und Bio mögen?"

Alle lachen. Er lacht mit und schaut mich an. Wir haben uns die ganzen Ferien nicht gesehen, und er sieht mit seinen gebleichten Haaren und dem gebräunten Gesicht fremd aus. Aber auch sehr gut. Ich schaue extra nicht so lange zurück. Manchmal funkelt es noch so in seinen Augen. Aber das möchte ich nicht. Es ist eben vorbei.

„Soll ich anfangen?“ fragt Frau Hohwald und ziert sich auch nicht lange, als alle nicken. „Ich bin in den Ferien leider nicht verreist, obwohl ich das sonst leidenschaftlich gern tue. Es ist sozusagen mein größtes Hobby.“ Noch so eine, die das genau weiß, denke ich. „Ich habe schon die halbe Welt bereist. Früher, als ich noch nicht so viel Geld hatte, mit Rucksack und Zelt. Heute mag ich es lieber etwas bequemer. Aber in diesem Sommer mußte ich ja hierher umziehen, und das hat viel Zeit beansprucht. Die Wohnung einzurichten, war ein ganz schöner Akt.“

„Warum sind Sie denn in dieses Kaff gezogen?“ fragt Mercedes, die immer meckert, daß in unserem 20.000-Seelen-Städtchen überhaupt nichts los ist.

Frau Hohwald lächelt sanft. Noch bevor sie es ausspricht, weiß ich schon, daß es was mit Liebe zu tun haben muß. Ich sehe das an ihrem Gesichtsausdruck und dem Aufleuchten in ihren Augen. Sofort erwärmt sich mein Herz für sie. Ich bin eben tierisch romantisch.

„Ich habe im Frühjahr meinen Mann geheiratet. Er stammt aus der Gegend hier“, sagt sie tatsächlich. „Und ehrlich gesagt bin ich restlos begeistert von Ihrem Kaff. Ich bin zwischen Hochhäusern aufgewachsen und kann mich jetzt gar nicht sattsehen an der schönen Natur, den Bergen, den Wäldern …“

Damit hat sie nun natürlich nicht nur mich für sich gewonnen, sondern alle kleinen Lokalpatrioten, die hier sitzen.

Karin sieht mich an und zeigt mit dem Daumen nach oben. Sie gibt unserer Neuen also auch gute Chancen.

„Nun sind Sie aber an der Reihe“, sagt Frau Hohwald.

„Also, dieses Siezen finde ich vielleicht bekloppt!“ fährt es mir da heraus. Alle grinsen. Typisch Franzi.

Frau Hohwald sieht mich aufmerksam an.

„Das ist so Vorschrift, Franziska. Sie sind nun auf dem Weg zu den Universitäten.“ Dann zögert sie kurz. „Allerdings gäbe es noch eine andere Möglichkeit. Aber wenn ich jemanden duze, muß derjenige mich auch zurückduzen.“

Wir sind alle etwas geplättet.

„Wie sollen wir Sie denn nennen? Du, Frau Hohwald?“ fragt Mercedes.

Ich muß grinsen.

„Ich heiße Marion“, sagt Frau Hohwald ... sagt Marion.

Während wir noch alle etwas verdutzt auf unseren Stühlen sitzen, wird plötzlich die Tür aufgerissen und ein Mädchen schaut herein, das ich noch nie gesehen habe.

„11b?“ fragt sie. „Na, Gott sei Dank. Da sitze ich doch schon seit fast einer Stunde in der falschen Klasse und keinem fällt es auf!“ Damit knallt sie die Tür hinter sich ins Schloß und steht mitten im Raum. Supergestylt ist sie. Eng anliegendes Top und Lederbänder um den Hals. Auf dem blonden, kurzgeschnittenen Haar sitzt eine dunkle Sonnenbrille. Der Pony fällt ihr lässig ins Gesicht. Du meine Güte. Wen will die denn beeindrucken?

Marion sieht genauso verwundert aus wie wir.

„Alex Dürer. Ich bin die Neue“, sagt Madame Sonnenbrille.

„Ach, ich dachte, das wäre ich“, erwidert Marion.

Alle lachen. Alex guckt etwas irritiert. Ihre eine Hand umklammert den Griff ihrer Schultasche. Mit der freien Hand streicht sie eine Strähne ihres gegelten Ponys zurück und zieht die Augenbrauen hoch. Hoffentlich ist sie nicht so cool wie sie tut, denke ich.

„Ich glaub', das müssen wir dir erklären", lächelt Marion und deutet auf einen freien Stuhl. „Setz dich erstmal."

Alex stolziert zu ihrem Platz. Betont selbstbewußt. Sie hält den Kopf etwas steif. Aber sie hat eine tolle Figur. Diese karierte Jeans steht ihr super. Rein zufällig streife ich mit einem Blick Sven. Seine Augen hängen ebenfalls an der Neuen. Na, ich werde noch genug Gelegenheit haben, sie anzusehen, denn in unserem Hufeisen sitzt sie mir nun genau gegenüber.

„Geile Hose", murmelt Mercedes.

„Ich würde sagen, um den Stundenplan und alles weitere kümmern wir zwei uns später. Das haben die anderen schon hinter sich. Aber vielleicht möchtest du dich vorstellen? Wir sind gerade dabei, uns miteinander bekannt zu machen."

Alex nickt Marion zu und räuspert sich. Sie sitzt sehr gerade.

„Was sagt man denn da so? Ich bin sechzehn, Steinbock, Großstadtkind. Mein Vater arbeitet jetzt hier als Makler. Tja, was möchtet ihr denn sonst noch wissen?"

„Hast du einen Freund?" ruft einer. Die Jungen lachen blöde, die Mädchen verziehen die Gesichter.

Alex sucht den Sprücheklopfer und läßt ihre Augen über die Köpfe der anderen hinweghuschen. Auch mich streift sie zunächst einfach so. Aber nach einer halben Sekunde kommt ihr Blick zurückgeschnackt wie ein losgelassenes Gummiband und klebt sich an mein Gesicht.

Sie hat helle Augen. Grün. Aber sie sind nicht kalt, wie das bei hellen Augen manchmal ist. Ganz im Gegenteil. Diese Augen brennen irgendwie. Und mir schießt ein heißer Blitz in den Magen. Was starrt die mich denn so an?

„Ganz bestimmt nicht“, sagt Alex lächelnd. Ihre Wangen werden ein wenig rot. Das sieht witzig aus, denn sie hat zig Sommersprossen, die noch dunkler zu werden scheinen. Ich sehe zu Mercedes, die mich aber gar nicht beachtet, sondern nur interessiert die Neue mustert.

„Ich hatte der Klasse gerade das Du angeboten“, schaltet sich Marion wieder ein. Dann erzählt sie noch einmal kurz, was sie uns bereits über sich verraten hat. Und danach geht es weiter im Text. Jeder rattert herunter, wie er den Urlaub verbracht hat, was er an der Schule mag oder haßt.

Davon abgesehen, daß ich die zehn Mädchen und dreizehn Jungen sowieso schon auswendig kenne, hätte ich es gar nicht geschafft, richtig hinzuhören. Ich schaue auf meinen Schreibblock, auf dem ich den neuen Stundenplan notiert habe, und krakele sinnloses Zeug.

Hin und wieder sehe ich auf. Und mindestens jedes zweite Mal begegne ich dem Blick von gegenüber. Sie setzt ihre Sonnenbrille immer noch nicht ab. Statt dessen verschränkt sie die Arme vor der Brust und lächelt. Komische Type. Eine, die gleich nach ihrem Alter ihr Sternzeichen sagt. Ob die an diesen ganzen Mist glaubt?

Marion hört sich das Gequatsche der anderen interessiert an und hat zu jeder noch so verrückten Freizeitgestaltung irgendwas zu sagen.

Herrje, denke ich. Warum habe ich bloß kein beeindruckendes Hobby?

Auf dem Heimweg reden Mercedes und Karin nur über Marion. Sie finden, wir haben es mit ihr ziemlich gut getroffen. Aber ich bin trotzdem noch nicht bereit, meinen Trauerflor wegen Herrn Wachter abzulegen. Auch wenn Marion sympathisch ist, gilt mein Motto: Traue einem Deutschlehrer erst, wenn du seine Aufsatzthemen kennst. Mercedes dagegen ist in ihrer üblichen Art vollkommen begeistert. Ihre Euphorie kennt keine Grenzen. Sie kriegt sich gar nicht wieder ein.

„Daß sie uns das Du angeboten hat!" staunt sie. „Nicht, daß ich es schlecht finde, von den anderen Lehrern gesiezt zu werden. Das hat was, nicht? Aber wenn wir sie Marion nennen, dann wirkt das noch eine Ecke gleichberechtigter."

„Ich bin gespannt, was für ein Ziel sie für die Klassenfahrt vorschlägt. Wenn sie so viel gereist ist, kennt sie bestimmt ein paar tolle Ecken", überlegt Karin.

„Sie hat eben einen vollkommen anderen Horizont", meint Mercedes dazu. „Großstadt ist halt Großstadt, und nicht das Land-hinter-dem-Mond wie hier."

So geht es jetzt schon seit zehn Minuten.

Ich trotte neben ihnen her und weiß nicht so recht, was ich denken soll. Ich bin so durcheinander in der letzten Zeit. Irgendwie nervös.

Ich glaube, ich mag Veränderungen nicht besonders. Ach, wahrscheinlich habe ich einfach die Hosen voll. Und das eigentlich ganz ohne Grund. Immerhin ist nur einfach ein neues Schuljahr angebrochen, und wir hatten einen Lehrerwechsel. Trotzdem fühle ich mich so, als würde mein Leben kopfstehen. Würde mich gar nicht wundern, wenn bald etwas total Irres passieren würde, irgendwas, das mich völlig aus der Bahn wirft. Allerdings stehen die Chancen für so ein außergewöhnliches Erlebnis in diesem Kuhdorf nicht gerade gut. Vielleicht fühle ich mich auch ein bißchen seltsam, weil ich Sven wiedergesehen habe und überhaupt nichts mehr fühle, außer einer gewissen Kameradschaft. Seltsam, daß von einer Verliebtheit so gar nichts übrig bleibt. Es hörte ja schon damals im Sommer auf, als Mercedes und ich in Italien waren.

An diese komische Sache mit Mercedes muß ich in letzter Zeit auch wieder öfter denken. Nicht, daß ich glaube, daß sowas noch mal passieren könnte. Aber ich frage mich doch, was das zu bedeuten hatte. Schön war es, ja. Aber auch so unwirklich.

„Franzi?"

Ich schrecke zusammen und sehe in zwei verwunderte Augenpaare, die mich fragend anstarren.

„Wie?"

„Was hältst du von ihr?" fragt Mercedes. „Du hast noch kein einziges Wort gesagt."

„Also, ich find' sie recht nett. Ja, nett ist sie bestimmt. Aber ich bin nicht in sie verknallt wie ihr", brumme ich.

Mercedes lacht hell auf. Karin guckt kariert.

„Verknallt?"

„Ja, so wie ihr von ihr schwärmt. Die Ernüchterung kommt spätestens bei der ersten Notenvergabe, wenn ihr euch mit Marion um die Zensuren streitet. Dann ist es vorbei mit der Gleichberechtigung. Du hin und Du her."

Mercedes grinst: „Kriegst du eigentlich auch mal mit, wenn wir das Thema wechseln? Wir sprechen nicht von Marion, sondern von der Neuen, Alex."

Die hatte ich ja schon fast wieder vergessen.

„Ach, ich weiß nicht richtig", brumme ich. „Ich finde sie etwas zu cool, wißt ihr. Die Sonnenbrille und die Klamotten und so. Paßt irgendwie nicht zu uns."

„Ihre Hose ist supergeil", erklärt Karin energisch. Anscheinend hat Alex deswegen auch bei ihr einen Stein im Brett.

„Ich sag's nochmal: Unsere beiden Neuen kommen eben nicht vom Land! In der Stadt laufen sie anders rum als hier. Wenn du hier in der Gegend was Gescheites zum Anziehen kaufen willst, bist du doch erledigt. Aber stell dir vor: Ein Laden neben dem anderen. Und wenn du Glück hast, triffst du beim Einkaufen irgendeinen Promi", ereifert sich Mercedes.

„Laßt euch doch nicht so schnell beeindrucken. Nur weil sie schicke Sachen trägt, muß sie noch lange nicht nett sein."

„Aber deswegen muß sie auch nicht blöd sein, oder?!" schießt Mercedes zurück.

Ich zucke die Achseln. Meinetwegen sollen sie sich mit den beiden Neuen verheiraten.

„Hübsch ist sie", gesteht Karin der Neuen großzügig zu.

„Ach, dieser dusselige Frank konnte mal wieder seine Klappe nicht halten. Als ob der eine Schnitte bei ihr hätte. Wenn Alex sich seine Nase mal näher ansieht, wird sie es sich bestimmt schnell überlegen, ob sie mit ihm was will", gackert Mercedes. Sie mit ihrem klassisch griechischen Profil hat eine echte Macke, was Nasen anbelangt.

„Die Kommunalpolitik ist in Städten auch interessanter. Da geht es nicht nur um die Einweihung von einem neuen Tennisplatz oder so ein Kleinviehmist. Da ist richtig was los – auch zwischen den Parteien." In Karins Kopf haben solche Sachen Vorrang vor allem anderen.

Mercedes zuckt die Achseln und kickt einen Kiesel über den Bordstein.

„Frag sie doch morgen!" sagt sie.

Morgen.

Herrje, jetzt geht mir erst auf, daß ich morgen Alex wieder gegenübersitzen werde. Und übermorgen. Überhaupt die ganze Woche. Und die Woche darauf. Sie gehört auch zu diesen Veränderungen im Moment. Immer wenn ich den Blick hebe, wird sie mich ansehen.

„Was grinst du so?" fragt Mercedes.

Liebe Silke, es ist ziemlich lange her. Ich weiß selbst nicht, wieso ich dir jetzt plötzlich wieder schreiben will. Du kennst das ja, meine Phasen. Ich sitze gerade im Wohnzimmer an dem Marmortisch, in den wir damals mit deinem Chemiekasten ein Loch gebrannt haben, weißt du noch?

Das Haus ist leer. Alle sind noch unterwegs, arbeiten. Ich habe die Küche nach etwas Eßbarem für mich durchstöbert, die halbverhungerten Fische in Achims Aquarium gefüttert und bin von einem Raum zum anderen spaziert. Es sieht immer noch so aus wie früher. Aber auch anders. Du kennst das ja noch: Überall hinterläßt Mama ihre geschmackvollen Spuren. Ob in den witzigen Vorhängen an den Fenstern, den vielen Grünpflanzen oder dem kleinen Schnickschnack, der tausendfach herumsteht, -liegt oder -sitzt.

„Das ist ein Schöner-Wohnen-Haus", hast du immer gesagt. Wohlgefühlt hast du dich hier. Und wenn ich gemeckert habe, daß Mama sich mehr um die Dekoration des Hauses kümmert als darum, wie meine Hausaufgaben aussehen, hast du nur mit den Augen gerollt. Du warst da ja was ganz anderes gewöhnt. Bei euch herrschte das organisierte Chaos. Und du warst immer froh, wenn sich keiner um dich gekümmert hat – schließlich konnte das nie etwas Gutes bedeuten.

Mein Zimmer hat sich kaum verändert. Ich schmeiße nichts weg. Auch nichts von dem „Kleinscheiß", der überhaupt keinen Sinn hat. Manche von diesen Dingen sind nicht mal schön. Sie erinnern mich einfach nur. Nostalgie gehört eben zu meiner romantischen Ader. Ich habe immer noch den zerfetzten Baseballhandschuh und die Porzellankatze mit der zerschlagenen Nase. Daneben steht das Schweinchen aus Ton, das du mir mal getöpfert hast. Und das Muschelschiff hast du mir mitgebracht, als du in diesem Ferienheim auf Norderney warst.

Ich mag die Sachen. Manchmal erzähle ich mir selbst die Geschichten dazu. Dann habe ich das Gefühl, diese schönen Erinnerungen noch einmal zu erleben.

Das ist ein Zeichen von Reichtum, finde ich – und damit meine ich natürlich nicht Geld.

Ich bin gewachsen seit damals. Drei Jahre, du meine Güte. Und meine Haare habe ich auch abgeschnitten. Zur Zeit laufe ich mit einem raffiniert rauswachsenden Pagenschnitt herum. Ich muß mal wieder zum Friseur gehen. Meine Augen sind immer noch so linsensuppenfarben, wie du es genannt hast. Aber ich habe nie die goldenen Flecken gefunden, von denen du sagtest, sie sähen aus wie die Kartoffelstücke, die du immer besonders lecker fandest …

Plötzlich frage ich mich, was ich hier eigentlich mache. Ich starre sekundenlang auf das Blatt Papier vor mir, den Stift in der Hand. Dann knülle ich es rasch zusammen und werfe es in den Papierkorb. Sentimentaler Quatsch.

Ich werde jetzt zum Reithof rübergehen. Mercedes ist bestimmt gleich nach dem Mittagessen, das ihre Familie jeden Tag zelebriert, zu Charly gewetzt, um den neuen Sattel auszuprobieren. Ihr Modetick macht anscheinend selbst vor dem Pferd nicht halt.

Also gehe ich los.

Von unserem Haus zum Hof brauche ich zu Fuß fast eine halbe Stunde. Aufs Fahrrad habe ich keine Lust. Aber ich nehme die Abkürzung durch den Wald. Dieser Weg ist nur halb so lang.

Unter meinen Turnschuhen federt der Boden mit den Nadeln. Hin und wieder eine Wurzel. Die Vögel trällern. Das ist alles wunderschön, aber eigentlich ganz normal für mich.

Wie es wohl ist, in einer riesigen Stadt aufzuwachsen? Zwischen all den Autos und den vielen Menschen, den gewaltigen Häusern. Wo man seine Stadt nie richtig so im ganzen kennen kann, weil sie einfach viel zu groß ist. Wo es vielleicht sogar Stadtteile gibt, in denen man noch nie war. Bestimmt ist die Luft da schlechter, und immer ist es laut. Und dann die Kriminalität. Aber etwas muß ja doch dran sein, daß alle so verrückt danach sind. Ob Marion wirklich froh ist, hier in unserem Dorf gelandet zu sein?

Der Reithof taucht hinter einer Wegbiegung auf. Ich lege eine Spur zu und erschrecke Kasper, den Hofhund, der anscheinend in diesem Waldstück auf Kaninchenjagd gehen wollte. Kläffend rennt er neben mir her, und so stürme ich unüberhörbar in den Stall.

„Mercedes!“

Ein Pferd wiehert. Aber sonst bekomme ich keine Antwort. Charlys Box ist leer. Natürlich ist der neue Sattel auch nicht an seinem Platz. Zu spät, Franzi. Sie ist bereits ausgeflogen.

Ich setze mich also in den Hof auf einen Stapel vergessener Holzbalken und sonne mich. Die jüngeren Mädchen, die hier immer herumlaufen, beachten mich gar nicht. Sie kennen mich und wissen, daß ich mit ihrer Reiterei und dem ewigen Gequatsche über Pferde nicht viel am Hut habe, sondern nur auf Mercedes warte.

Nach einer Weile wird mir warm, und ich ziehe mein Hemd aus, unter dem ich ein Muskelshirt trage. So werden meine Arme auch noch braun. Faul räkele ich mich herum und denke an nichts Böses, als plötzlich eine ziemlich tiefe, männliche Stimme direkt neben mir sagt: „Schöner Tag heute, nicht?“

Ich fahre herum und blinzele ihn an.

„Ich bin Ralf“, stellt er sich artig vor und reicht mir die Hand.

„Franziska“, erwidere ich. Kommt mir blöd vor, ihm die Hand zu geben. Allerdings scheint er schon eine Ecke älter zu sein als ich. Da ist sowas wohl Sitte. Ich schätze ihn so auf zweiundzwanzig. Aber ich kann mich auch täuschen. Sein Schnurrbart irritiert mich.

„Franziska? Mercedes' Freundin?“ fragt er. Und da fällt bei mir der Groschen. DAS ist Ralf? Du meine Güte! Und wegen dem hat Mercedes so einen Aufstand gemacht?! Ich kann es nicht fassen.

„Wo ist sie denn? Ich bin gerade erst angekommen.“

„Ausgeritten“, sage ich, obwohl er sich das sicher auch selbst denken kann.

Dann schweigen wir einfach. Was sollte ich auch mit ihm reden? Es beginnt gerade, unangenehm zu werden, als wir vom asphaltierten Weg her Hufgeklapper hören. Dann biegen Mercedes und die Reitlehrerin Renate auf ihren Pferden um die Ecke. Sie lachen über irgend etwas so sehr, daß Mercedes ganz schief im Sattel hängt. Aber als sie Ralf und mich hier sieht, sitzt sie plötzlich wie eine Eins. Als sie näherkommen, erkenne ich auch, daß sie rot geworden ist.

„Hey“, ruft Ralf und winkt.

„Hi“, lächelt sie. Renate grinst mich freundlich an und schwingt sich von ihrem dicken Schimmel. Die beiden lösen die Sattelgurte ihrer Pferde und spritzen ihnen die Fesseln mit dem Wasserschlauch ab. Niemand sagt etwas. Renate ist sowieso immer schweigsam. Aber das Plappermaul Mercedes kriegt ihren Mund nicht auf, weil dieser Typ plötzlich wieder aufgetaucht ist. Und ich bin auch schon richtig gehemmt von dieser ganzen Peinlichkeit.

„Hast du lange gewartet?“ fragt Mercedes mich, um wenigstens irgend etwas zu sagen. Sie ist völlig steif, vor lauter Anstrengung, nicht zu Ralf hinzusehen, der abwartend neben der Stalltür steht. Sie kommt mir plötzlich ganz fremd vor. Ich kenne sie immer nur munter und frech. So wie ihre Augen blitzen, so ist sie auch. Immer große Klappe. Aber jetzt wirkt sie in ihrer Verlegenheit schüchtern. Und ihre geröteten Wangen lassen sie wie vierzehn aussehen. Ich möchte sie mit einem Mal überhaupt nicht mehr ansehen und wende mich an Renate: „Ist dein Pferd nicht etwas zu dick? Was für ein Bauch!“

Da platzen Renate und Mercedes laut heraus.

„Stella ist trächtig“, lacht Renate. „Sie bekommt bald ihr Fohlen.“

Mercedes plappert los. Von den langen Beinen junger Pferde, und ob es wohl ein Schimmel oder ein Brauner wird. Ob eine Stute oder ein Hengst. Scheint so, als hätte ich die Situation gerettet.

„Na, Ralf, willst du zu mir?“ fragt Renate, als sie ihre schwangere Stella an ihm vorbeiführt.

„Ja. Das heißt auch.“ Er wirft noch einen Blick auf Mercedes und geht dann mit Renate hinein. „Ich wollte mit dir über das nächste Jugendlager reden. Wir haben uns gedacht …“ Mehr verstehen wir nicht.

Kaum ist er weg, sieht Mercedes mich mit rollenden Augen an.

„Hat er was gesagt?“ flüstert sie.

Ich schüttele den Kopf. „Er hat nur gefragt, wo du bist.“

Sie reißt den Mund auf. „Und da meinst du, er hat nichts

gesagt? Das heißt doch wohl, daß er mit mir reden will.“ Ihre Stimme zittert etwas. Mir wird ganz anders, wenn ich sie so sehe. Irgendwie fällt mir der Magen runter.

„Mensch, ich denke, du machst dir nichts mehr aus ihm. Wo er doch einfach so abgehauen ist vor drei Wochen. Du hast gesagt, den kannst du vergessen. Also laß ihn doch stehen und komm mit. Wir gehen ein Eis essen oder so.“

Aber sie schüttelt den Kopf.

„Ich muß den alten Sattel flicken“, murmelt sie und sieht mich entschuldigend an. Sie weiß, daß sie sich unmöglich benimmt. Einem Typen, der einen nach einem ernsthaften Knutscherchen ohne Abschied einfach so sitzen läßt, dem gibt man keine zweite Chance! Aber Mercedes will anscheinend eine Ausnahme machen.

„Na gut“, knurre ich. „Wenn du dann wieder meinen Beistand brauchst, weil der Typ dich zum zweiten Mal hängen läßt, weißt du ja, wo du mich finden kannst. Dazu sind Freundinnen ja schließlich da, oder?“

Ich ziehe mein Hemd wieder an und stampfe quer über den Hof in den Wald.

„Bis morgen!“ ruft Mercedes mir noch nach. Aber ich tue so, als hätte ich sie nicht gehört.

Dieses blöde Weib, denke ich. Sie macht sich zum Narren. Und das für so einen Kapskopf! Nicht einmal gut aussehen tut er, mit seinem dusseligen Schnäuzer. Eichhörnchenaugen hat er auch, irgendwie so glubschig. Er paßt überhaupt nicht zu Mercedes. Sie ist zu hübsch für ihn, zu nett und zu gescheit. Was will sie denn mit so einem sozialen Heini, dessen Arbeit es ist, eine Horde Kinder in den

Ferien zu betreuen? Wenn ich vorher gewußt hätte, wer er ist, hätte ich ihm nicht die Hand gegeben. Und wenn ich mir jetzt im nachhinein vorstelle, daß Mercedes mit ihm rumgemacht hat …

Ich marschiere im Laufschritt durch den Wald.

Ich achte nicht auf die verschlungenen Wurzeln, die ich sonst immer so gern betrachte. Daß die Vögel singen, ist mir auch schnurz. Scheiß Tag.

Als ich am Hochsitz vorbeischieße, stürze ich fast über ein Fahrrad. Ich kann mich gerade noch fangen und ratsche mir die Hand an der Baumrinde auf.

„Verdammt noch mal!“ brülle ich.

Die Hand tut weh. Aber eigentlich schreie ich hauptsächlich wegen Mercedes, die sich wahrscheinlich in diesem Augenblick ihr Herz brechen läßt. So eine blöde Kuh! Warum sieht sie denn nicht, daß ich eher weiß, was gut für sie ist? Ich habe schon immer ein Gefühl für ihr Glück gehabt. Schon immer, seit wir uns kennen. Aber sie will ja nicht auf mich hören. Sie wollte ja nicht.

„Mist!“

„Ist was passiert?“

Aus dem Guckloch des Hochstandes schiebt sich ein Kopf mit blondem, sehr kurzgeschnittenem Haar.

Ich starre hinauf.

Okay. Heute ist der Tag der unerwarteten Begegnungen.

„Ich bin über dein Rad gefallen“, sage ich etwas blöde.

Sie runzelt die Stirn und zieht den Kopf wieder zurück. Kurze Zeit später erscheinen ihre schwarzweißkarierten Hosenbeine auf der Leiter. Ihnen folgt ein hübscher Po. Ich sehe rasch auf meine verletzte Hand.

Schließlich springt sie direkt neben mir auf den Waldboden.

„Wie kann man denn ein Fahrrad übersehen?“ fragt Alex etwas spitz.

„Ich bin gerannt.“

Sie mustert mich. „Joggst du in Jeans?“

„Ich bin nicht gejoggt. Ich bin gerannt“, brumme ich. Hier im Wald, unter einer dicken Fichte, kommt sie mir in ihrem Aufzug noch mehr fehl am Platz vor als im Klassenraum. Außerdem steht sie so nah vor mir. Ich kann jede einzelne ihrer vielen Sommersprossen ganz genau erkennen.

„Zeig mal her!“ Sie nimmt einfach meine Hand und betrachtet sie genau.

„Schöne Bescherung. Es blutet ja.“

„Ach, das ist nur ein Kratzer.“

„Warte, ich habe Taschentücher dabei.“ Sie kramt in ihrer Hosentasche und fördert eine zerknautschte Packung zutage. „Man muß vorsichtig sein mit sowas. Kann Blutvergiftungen geben.“

Stadtkind! denke ich. Wie oft bin ich im Wald schon hingefallen und hab’ mir Knie und Hände aufgeratscht. Nie ist was passiert. Als meine kleine Wunde ordnungsgemäß versorgt ist, ist sie zufrieden. Sie lächelt.

„Warum hast du es denn so eilig?“

„Ich hab’s nicht eilig. Ich bin nur sauer.“

Sie nickt, als würde sie mich total gut verstehen. Dabei sieht sie mich forschend an. Also, einen Blick hat die drauf. Was soll das? Ist mir direkt etwas unangenehm.

„Und du?“ frage ich rasch. „Schaust du dir die Landschaft von oben an?“

„So ähnlich. Ich war auf der Suche nach guten Motiven.“

„Motive?“

„Zum Fotografieren."

Jetzt erst nehme ich die Kamera wahr, die um ihren Hals hängt. Dabei ist das nicht mal eine kleine, sondern ein richtig fettes Ding. Zufällig kenne ich mich aus.

„Hm. Die 7000-i", sage ich. Das paßt ja zu ihr. Sonnenbrille. Gegelte Haare. Supercoole Klamotten. Und 'ne Spiegelreflex.

Sie macht eine lebhafte Bewegung.

„Du kennst dich aus? Fotografierst du auch?"

„Ich hab's mal versucht." Wie so vieles, denke ich. „In der Schule gibt es einen Fotokurs. Wir machen Foto-Touren, entwickeln zusammen und so."

Alex überschlägt sich fast vor Begeisterung. „Wow! Das wußte ich noch gar nicht. In den Kurs muß ich unbedingt rein! Fotografieren ist wie eine Bewußtseinserweiterung, finde ich. Durch die Linse bekommt man einfach einen völlig anderen Blick auf die Dinge."

Sie schraubt am Objektivverschluß, schiebt mich kurzerhand ein Stück zur Seite, und bevor ich mich versehe, schießt sie zwei Fotos von mir.

„Tolles Profil", sagt sie, ohne auch nur eine Spur verlegen zu werden. Ich weiß ehrlich gesagt nicht, wo ich hinschauen soll. Ich kann es nicht leiden, wenn ich so ohne Vorwarnung fotografiert werde.

Sie lächelt ganz unbefangen und sieht mich wieder so seltsam an.

„Du siehst schon gar nicht mehr sauer aus."

Ich werfe einen Blick den Weg zurück, obwohl ich von hier aus natürlich nicht mehr sehen kann, wie Mercedes sich gerade lächerlich macht.

„Meine beste Freundin schmeißt sich einem Typen an den Hals, der sie neulich schon mal so richtig mies hat sitzen lassen“, höre ich mich da sagen und möchte mir im nächsten Augenblick schon die Zunge abbeißen.

Was ist mit mir denn los? Ich plaudere doch sonst nicht so aus dem Nähkästchen. Sie hat mich ganz durcheinander gebracht mit ihrem Fotografieren und der Guckerei. Mercedes würde bestimmt entzückt sein zu wissen, wie gut ihre Geheimnisse bei mir aufgehoben sind.

Alex scheint es gar nicht sonderbar zu finden, daß ich sie hier mitten im Wald mit meinen Problemen überfalle. Wir kennen uns doch erst ein paar Stunden, aber sie sieht mich mitfühlend an.

„Hört sie denn nicht auf dich?“

„Sie verliert den Kopf, wenn sie verliebt ist“, brumme ich, ärgerlich über meine Geschwätzigkeit.

„Oh, shit“, lacht Alex, wird aber gleich wieder ernst. „Ich glaube, das geht mir dann auch nicht anders.“

Wir sehen uns an. Und da ist plötzlich ein Ziehen im Bauch. Wie dieser heiße Blitz heute morgen. Irgendwas in ihrem Blick geht mir einfach durch und durch. Sie schaut fragend und doch so, als wisse sie schon eine ganze Menge über mich. Auch Dinge, die sonst niemand weiß.

Irgendwie unheimlich.

Ich fummele an dem Taschentuch herum, das sie so fachmännisch um meine Hand gewickelt hat.

„Auch witzig, oder?“ meint sie.

„Hm?“ mache ich verwirrt.

Sie holt eine Packung Zigaretten aus der Tasche und hält sie mir hin. Ich schüttele den Kopf. Die rote Packung. Ich bin doch nicht verrückt. Sie steckt sich eine an und inhaliert den Rauch ganz tief, bevor sie ihn wieder auspustet. Echt cool.

„Na, witzig, daß wir uns hier im Wald treffen, oder?“

„Unsere Stadt ist nicht so groß. Da trifft man sich schon mal öfter", flapse ich. Irgendwie macht sie mich doch unsicher mit ihrem coolen Gehabe. Und das ärgert mich.

„Du kennst dich bestimmt hier aus. Kannst du mir nicht ein paar Tips geben, wo ich was Geiles zum Fotografieren finde?"

Mir fällt sofort das alte Haus ein.

Natürlich, weil ich vorhin diesen blöden Brief geschrieben habe. Silke und ich sind früher oft da rumgehangen. Ich glaube, seitdem war ich nicht mehr dort.

„Wo denn?"

Oh, ich muß wohl laut gedacht haben.

Widerstrebend deute ich zwischen den Bäumen durch.

„Es gibt da ein altes, verfallenes Haus im Wald. Nichts Besonderes."

„Toll!" ruft Alex. „In diese Richtung, ja? Meinst du, ich finde es?"

Ich betrachte sie skeptisch in ihren Discoklamotten. Wahrscheinlich wird sie sich verlaufen. Und am Ende bin ich noch schuld dran, wenn sie nicht mehr zurückfindet.

Ich seufze. „Es ist nicht sehr weit. Komm, ich zeig's dir."

Sie strahlt mich an. Während sie ihr Fahrrad aufhebt und mit der Zigarette herumfuchtelt, sagt sie: „Was mir wirklich auffällt, ist, daß hier alle viel freundlicher sind. Papa hat mir das ja vorher schon geweissagt. Er ist'n guter Menschenkenner. Hast du Geschwister?"

„Einen Bruder."

„Jünger?"

„Älter."

„Verstehst du dich gut mit ihm?"

„Geht so. Eher nicht."

„Warum nicht?"

„Er ist ein Maulheld. Weiß immer alles besser."

„Dabei denkst du doch schon, daß du alles am besten weißt, nicht?"

Ich schiele sie aus dem Augenwinkel an.

„Wie meinst du das?"

„Nur so. Ich hatte heute morgen so das Gefühl, daß alle der Meinung sind, du weißt schon, wo es lang geht."

„Das ist ja auch so. Oder wüßtest du jetzt allein den Weg?"

Sie grinst. Und ich habe plötzlich den Eindruck, einen Punkt gemacht zu haben. Komisch. Ich hatte vorher gar nicht gemerkt, daß wir uns in einem Wettkampf befinden.

Wir gehen eine Weile schweigend. Die Schutzbleche an ihrem Rad klappern nervtötend.

„Was kann man hier so machen?" fragt sie plötzlich.

„Nichts", antworte ich. „Am Wochenende sind manchmal private Feten. Du wirst bestimmt eingeladen, mach dir keine Sorgen. Aber wir haben hier nicht mal ein Kino. Du bist echt in der Provinz gelandet."

Alex reckt den Kopf trotzig. „Ich werd' das Beste draus machen. Es sind ja nur noch drei Jahre bis zum Abi. Dann werde ich sowieso studieren. Ich geh' nach Berlin. Fotodesign. Und du?"

„Weiß noch nicht", knurre ich. Schon wieder dieses Thema. Klar, daß sie weiß, was sie will.

Sie verzieht das Gesicht kurz zu einer Grimasse. „Du bist wohl heute nicht gut drauf?"

„Ich bin immer so."

„Ach, das glaube ich nicht. Ist deine verliebte Freundin diese Dunkelhaarige, die in der Klasse neben dir sitzt?"

„Ja. Mercedes."

„Meinst du, ich kann sie mal fotografieren? Sie hat eine klasse Nase."

Auf was die alles achtet! „Da mußt du sie schon selbst fragen. Hey, wir sind gleich da. Da vorne siehst du es schon durch die Bäume."

Je näher wir kommen, desto komischer wird mir im Bauch. Ich war seit damals nicht mehr hier. Trotzdem ist mir alles noch so vertraut, als wäre es erst gestern gewesen, nicht vor drei Jahren.

Während Alex ihr Rad achtlos hinwirft und dann durch das Unterholz drauflosstolziert, betrachte ich das Haus ganz ruhig. Nur langsam gehe ich vorwärts. Schritt für Schritt. Mit jedem Meter fällt ein bißchen Zeit von mir ab. Und dann stehe ich direkt davor, meine Hand könnte die alten Ziegel der Wand berühren. Als wäre ich wieder dreizehn. Unterwegs, um eine heimliche Zigarette zu paffen. Das Nachmittagslicht fällt wie immer durch die Baumkronen und zeichnet helle Muster auf den Boden. Hier vorn haben mal Kacheln gelegen. Schwarzweiß. Hier kann man gut eine alte Decke ausbreiten und ein kleines Picknick machen, bestehend aus Butterbroten, Äpfeln, geklautem Kaugummi. Drinnen im Haus das Geräusch von Schritten. Ein Balken ächzt. Scherben von zerworfenen Flaschen knirschen leise.

„Ob es hier wohl spukt, was meinst du?" Eine helle Stimme.

Ich schaue erschrocken auf.

Alex blickt mich durch das Fensterloch fragend an. „Was ist los? Du siehst aus, als hättest du gerade ein Gespenst gesehen."

Ich glaube, ich starre sie so blöde an, daß ich wohl selbst laut gelacht hätte. Aber sie lacht gar nicht. Sie starrt nur zurück.

„Ich muß jetzt gehen. Sorry“, murmele ich rasch und drehe mich auch schon um.

„Danke für den Tip“, höre ich noch.

Aber ich sehe mich nicht mehr um.

Mercedes sieht aus, als hätte sie gestern ein hochreligiöses Erlebnis gehabt oder sowas. Ihre dunklen Locken strahlen in einer Art Heiligenschein. Nein, eigentlich strahlt Mercedes insgesamt. Sie wartet jeden Morgen hier auf mich, und wir gehen den Rest des Schulweges gemeinsam. Aber heute morgen steht sie nicht nur einfach so da, an dieser Straßenecke. Nein, sie fluoresziert sozusagen.

So sah sie auch aus, als sie vor einem Monat auf der Grillparty am Reithof mit diesem Ralf herumgemacht hatte.

Ich hasse es, wenn sie so aussieht. Am liebsten würde ich ja so tun, als sei gar nichts, aber sie wird sowieso gleich damit herausplatzen. Also ringe ich mir ein „Wie war's?“ ab, das wirklich nicht wesentlich desinteressierter klingen könnte.

Mercedes lacht. Selbst mein langes Gesicht kann ihr die gute Laune nicht vermiesen.

„Toll war's. Er hat sich entschuldigt.“ Sie schweigt bedeutungsschwanger.

„Das ist ja wohl das mindeste“, knurre ich. Aber bei ihrem Leuchten schaffe ich es wirklich nicht, lange brummig zu bleiben. Ich hab' sie lieb. Und sie ist glücklich. „Nun erzähl schon!“

Mercedes hakt sich bei mir ein.

„Du, ich glaub', das könnte etwas Ernstes werden“, sagt sie.

„Habt ihr euch schon verlobt?"

„Er wird jede Woche rüberkommen können. Und im nächsten Monat betreut er wieder eine Gruppe auf dem Reithof. Er ist damals so schnell abgehauen, weil er Angst vor seinen eigenen Gefühlen bekommen hat. Er hat gemerkt, daß er sich richtig in mich verliebt hat. Und das hat ihm angst gemacht. Aber jetzt konnte er doch nicht anders."

„Natürlich nicht. Schließlich wäre er dir nächsten Monat hundertprozentig wiederbegegnet. Und das wäre dann echt peinlich geworden."

„Du mußt ihn verstehen. Er ist immerhin schon dreiundzwanzig, und ich bin sechzehn. Das sind sieben Jahre Unterschied. Er hat Bammel gekriegt, wie das denn aussieht und so. Aber jetzt meint er, daß uns doch egal sein kann, was die anderen sagen. Er hat wohl lange darüber nachgedacht."

„Ach, wie hat er das denn geschafft?"

Mercedes läßt meinen Arm los und bleibt stehen. „He! Was ist los mit dir? Warum bist du so supermies drauf?"

„Bin ich doch gar nicht", trotze ich.

„Bist du wohl! Seit Wochen moserst du an allem herum. Die Oberstufe ist blöd. Marion reißt dich auch nicht vom Hocker. Die Neue ist wahrscheinlich link und eingebildet. Und Ralf will mich auch nur abziehen. So denkst du doch, oder? Das ist doch sonst nicht deine Art. Was ist denn?"

Ich schweige verstockt. Also hakt sie sich wieder bei mir ein, und wir gehen langsam weiter.

„Mensch, Franzi, das paßt nicht zu dir, dieses Miesmuschelgesicht. Laß uns heute irgendwas machen, was dich wieder aufmuntert. Wie wär's? Sollen wir zum See und baden?"

„Geht nicht. Ich hab' meine Tage", maule ich. Dann sehen wir uns an und prusten los.

„Ach, deswegen!" gackert Mercedes.

„Was grölt ihr denn schon am frühen Morgen hier herum?" Karin holt uns von hinten ein.

Mercedes und ich tauschen nur einen kurzen Blick.

„Ach, nichts Besonders", sage ich dann. Manche Dinge müssen eben doch unter uns bleiben.

Karin nickt geduldig. Diese „Beste-Freundinnen-Masche" kennt sie. So ziehen wir zu dritt weiter und kommen gerade rechtzeitig mit dem Schellen in der Schule an.

Wer auch immer unseren Stundenplan gemacht hat, er meint es nicht gut mit mir. Ich hasse es, gleich am Morgen mit einer Doppelstunde Mathe bei Burre belastet zu werden. Aber ich bin nicht die einzige, die stöhnt. Als sich plötzlich Parabeln und weiterer, schwer begreiflicher Unsinn an der Tafel häufen, werden so einige Gesichter lang und länger.

Mir gegenüber allerdings herrscht aufgeräumte Aufmerksamkeit. Alex hat mich lediglich mit einem kurzen Nicken begrüßt und schreibt jetzt eifrig jedes Wort mit. Sie ist auch die einzige, die ein paar schlaue Antworten geben kann.

Heute ist sie nicht ganz so aufgedonnert. Blue Jeans und ein geripptes T-Shirt. Allerdings vom Feinsten. Dafür habe ich spätestens seit Mercedes einen Blick. Auf die Sonnenbrille hat sie heute aber verzichtet. Dafür setzt sie beim Schreiben eine richtige Brille auf, mit der sie echt intellektuell aussieht. Rüberschauen tut sie heute so gut wie nie. Dabei sitze ich genau in ihrem Blickfeld. Ist fast schon ein Kunststück, die andere nicht ab und zu mal mit einem Blick zu streifen. Das merke ich ja an mir selbst. Na, was mache ich mir darum denn Gedanken!?

Nach der großen Pause gehe ich schon vor Mercedes und Karin rein. Ich möchte Alex wenigstens kurz fragen, ob sie gestern den Weg nach Hause ohne Mühe gefunden hat.

Als ich ins Klassenzimmer komme, ist aber der Platz auf Alex' Tisch bereits besetzt. Sven sitzt da, mit lässig übereinandergeschlagenen Beinen, und quatscht auf sie ein. Alex lacht laut. Irgendwie paßt mir das nicht, die beiden da so quietschvergnügt miteinander sitzen zu sehen. Aber wieso denn? Ich werd' doch wohl nicht eifersüchtig werden?! Mercedes hat recht: Ich spinne momentan ein bißchen!

„He, Franzi, komm mal her", ruft Sven da auch schon, und es ist zu spät, um noch die Kurve zu kriegen.

Ich geselle mich also zu ihnen.

„Hast du schon gehört? Nächstes Wochenende: Party bei mir. Meine Eltern sind dann im Wohnwagen, und ich darf das Haus auf den Kopf stellen. Du kommst doch?"

„Klar", sage ich.

„Ich werd' auch da sein", meint Alex. Völlig überflüssig. Ich habe mir sowieso schon gedacht, daß er sie eingeladen hat.

Damit scheint unser Gesprächsstoff zu dritt erschöpft zu sein. Ich stehe ziemlich verloren in der Gegend herum, während Sven auf seine Schuhe starrt und Alex aus dem Fenster schaut. Gott sei Dank kommt in dem Moment Mercedes zu uns.

„Sven, du machst 'ne Party, hab' ich gehört?" Sie legt den Arm um mich und reißt erstmal das Gespräch, das ja gar keins mehr war, an sich.

Ich kann Alex' Blick förmlich spüren. Forschend. Fragend. Irgendwie wie Röntgenstrahlen auf meinem Gesicht. Aber als ich sie ansehe, schaut sie schnell weg. Komisch ist die.

Marion haut voll rein. Sie erklärt uns den vorgegebenen Lehrplan für Biologie, und alle jammern und stöhnen. Mikroorganismen, bäh! Bakterien. Viren. Klingt nicht gerade so, als würde einen das vom Hocker reißen. Im nächsten Halbjahr wechseln wir dann zur Verhaltensforschung und Genetik, sagt sie und erklärt uns auch kurz, was uns dann erwartet. Marion sagt, daß es heute immer noch nicht klar ist, wieviel in unserem Verhalten anerzogen und wieviel einfach vererbt wird. Das zu untersuchen, ist wohl ziemlich schwierig, aber auch hochinteressant. Man muß erstmal begreifen, wie Genetik funktioniert, und was für einen Einfluß sie auf solche Dinge wie Reflexe und Instinkte und so hat. Und dann muß man natürlich auch die psychologischen Vorgänge in der Erziehung kennen. Verhaltensforschung bei Tieren ist nicht ganz so schwierig, solange sie in freier Wildbahn erfolgt. Tiere im Zoo verhalten sich nicht mehr normal, logo. Aber wenn man die Chance hat, wilde Tiere in ihrem natürlichen Lebensraum zu studieren, kann man wohl eine ganze Menge rausfinden. Das klingt wirklich ziemlich interessant. Aber darauf muß ich noch ein halbes Jahr warten.

Während Marion uns den Unterschied zwischen Bakterien und Viren erklärt, klinke ich mich kurz aus und stelle mir vor, Biologie zu studieren. Mit Schwerpunkt Verhaltensforschung. So wie Dian Fossey mit ihren Gorillas im Nebel. Das fände ich spannend. Den Menschen begreiflich machen, wieso Tiere soundso handeln, und warum man unbedingt ihren Lebensraum erhalten muß, weil sie sonst zum Beispiel nichts mehr zu essen haben – wie die Pandas in China, die sich nur von Bambus ernähren.

Ich könnte den Umweltschützern helfen, die Natur zu erhalten, durch Projekte, die selbst den dicksten Finanzbossen klarmachen, daß sie nicht alles plattwalzen dürfen.

Amöben und andere Einzeller ziehen in rascher Folge an mir vorüber. Aber ich sehe mich in einem Camp mitten im afrikanischen Busch. Ob es eine Tierart gibt, über die man noch nicht alles weiß? Meine Tierart, sozusagen, die ich erforschen könnte?

Nach der letzten Stunde schließe ich mich nicht wie sonst Mercedes und Karin für den Heimweg an, sondern gehe gegenüber in die Bibliothek. Unter Zoologie finde ich eine ganze Menge an Zeugs, das ich bisher wohl immer übersehen habe, wenn ich hier herumgestöbert habe. Ich grabe Bücher aus von Grzimek und Erik Ziemen. Vom Wolf bis zur afrikanischen Wüstenspringmaus scheinen alle Tiere schon mal irgendwo erwähnt worden zu sein. Heißt das, daß man auch schon ihr Verhalten genau kennt? Überrascht stelle ich fest, daß alle drei großen Menschenaffenarten von Frauen erforscht worden sind. Das, was Dian Fossey für die Gorillas war, ist Jane Goodall für die Schimpansen. Und eine Frau, die Biruté Galdikas heißt, lebt heute noch mit Orang-Utans in der Wildnis von Borneo.

Hier waren also mal ausnahmsweise die Frauen die Vorreiterinnen. Ich blättere in ihren Büchern und sehe mir die Bilder genau an. Starke Frauen. Wow. Sie sehen so entschlossen aus. Mit einem Ziel, für das es sich zu kämpfen lohnt. Einer wirklich guten, wichtigen Aufgabe.

Die Bilder fesseln mich. Ich finde diese Frauen alle drei irgendwie schön. Nicht, daß sie umwerfend hübsch wären oder so. Aber ich finde sie schön, weil in ihren Gesichtern so viel Power liegt. In den Augen glimmt ein Feuer. So als würden sie einfach alles umnieten, das sich ihnen in den Weg stellt. Und das Besondere an diesen Forscherinnen ist, daß sie die Tiere und ihr Verhalten nicht nur erklären und besser verständlich machen, sondern sie gleichzeitig auch schützen wollen. Komisch, daß immer alle sagen, das sei von Natur aus Männersache. Ich finde, es paßt viel besser zu Frauen, etwas zu beschützen. Das macht sie um so stärker.

Ich möchte selbst so sein. Ich möchte auch so eine Powerfrau sein, die sich mit Leib und Seele für so etwas einsetzt.

Und wie ich hier so sitze und in den Büchern herumblättere, geht mir plötzlich auf, daß ich das ja eigentlich selbst in der Hand habe. Niemand sonst hat damit etwas zu tun. Wenn ich so sein will wie Fossey, Goodall und Galdikas, dann kann ich das auch. Ich muß es einfach nur richtig anfassen.

Energiegeladen springe ich mit den drei Büchern unter dem Arm die Treppe herunter und sende einen stillen Dank an Marion, die mich auf diese Idee gebracht hat.

Meine Melancholie der letzten Tage ist plötzlich wie weggeblasen. Und schwarze Löcher, die sich mir hin und wieder bedrohlich auftun, können mich jetzt auch nicht erschrecken. Ein schöner Schuljahresanfang.

Am nächsten Tag findet nach der sechsten Stunde der Fotokurs statt. Ich hole mir in der Cafeteria ein Käsebrötchen und überlege, ob ich hingehen soll. Den ganzen Tag habe ich mich schon total verpennt gefühlt, weil ich letzte Nacht so viel gelesen habe. Regenwald. Kongo. Vielleicht wäre es besser, mich zu Hause 'ne Runde aufs Sofa zu hauen. Es wäre nicht weiter schlimm, denn die Teilnahme ist freiwillig. Jeder kann kommen und gehen wie er will. So kann der Kursleiter, Herr Pohlmann, auch sicher sein, daß alle mit Spaß dabei sind. Womöglich würde ich heute einigen Leuten mit meiner Gähnerei den Spaß verderben.

„Wovon träumst du?“ Sven schlendert mit einer Cola heran und setzt sich zu mir.

„Ach, ich bin müde. Gehst du in den Fotokurs?“

„Würde ich sonst nach dem Unterricht noch hier rumhängen?“

„Du könntest ja auch andere Gründe haben …“ Ich habe gesehen, wie er und Alex sich nach der letzten Stunde noch ziemlich angeregt unterhalten haben. Daß alle anderen aus dem Klassenzimmer stürmten, hat sie anscheinend überhaupt nicht gestört.

Sven geht aber nicht drauf ein. Statt dessen lächelt er mich etwas verlegen an.

„Wegen meiner Fete demnächst …“ beginnt er und wird sogar etwas rot. Das passiert ihm bei mir öfter, und früher habe ich das total süß gefunden. „Du kannst natürlich jemanden mitbringen, wenn du möchtest.“

Darauf will er also hinaus. Ob er echt denkt, ich durchschaue das Manöver nicht?

„Wen sollte ich denn mitbringen? Ich komm’ mit Mercedes.“

Bilde ich mir das nur ein, oder läßt er wirklich heimlich etwas Luft ab?

„Mercedes hat einen neuen Freund, oder? Sie hat gesagt, sie bringt ihn vielleicht mit.“

„Ja, Ralf“, sage ich verstimmt.

Aber Sven mißversteht meine Laune, und seine Röte vertieft sich. Ich weiß genau, woran er denkt.

„Na, dann ist das also auch nicht mehr so … so … ich meine mit Mercedes?“

„Nein", sage ich rasch, bevor er hier noch mehr herumstammeln kann, „das ist doch sowieso nie. Das war was, was nur mit mir zu tun hatte, verstehst du? Nichts mit Mercedes. Das hab' ich dir doch schon zig mal erklärt."

Sven grinst verlegen.

„Irgendwie kapier' ich das nicht so ganz. Na ja ..."

Er kaut an seinem Strohhalm herum, und ich knabbere an meinem Brötchen. Was soll ich da noch sagen? Wir sind uns einfach nicht mehr so nah, als daß ich mit ihm über das Thema reden möchte. Eigentlich möchte ich mit niemandem mehr darüber reden. Ist vorbei. Und passiert auch nicht wieder. Hoffentlich fängt er jetzt nicht noch mal davon an.

Aber anscheinend ist ihm selbst aufgegangen, daß wir uns so ziemlich verkrampfen, und er beginnt, über den neuen Laborkurs zu reden. In den Ferien hat ihm sein Bruder schon einige Tricks am Vergrößerer gezeigt. Er verspricht, sie mir ebenfalls beizubringen.

Und dann ist es auch Zeit, um aufzubrechen, wenn wir nicht zu spät kommen wollen.

Wir sind die letzten. Der Raum ist schon voll belegt. Nur ganz hinten ist noch ein Platz frei. Und vorne. Neben Alex.

Sven zögert einen Moment und überläßt mir dann mit großzügiger Geste den besseren Platz.

Alex sieht mich nur kurz an und konzentriert sich dann wieder voll auf das, was Herr Pohlmann über Entwicklerchemikalien und Fotopapier zum besten gibt.

Da ich neben ihr sitze, merke ich jedesmal, wenn ich mich im Raum umschaue, wie aus allen Ecken die Blicke zu uns rüberflitzen. Na ja, nicht zu uns. Eher zu ihr. Die Leute aus den anderen Klassen wollen das neue Gesicht auch begutachten. Und die Jungs sind besonders interessiert. Eigentlich sonderbar, denn sie ist gar nicht der Typ von Mädchen, auf den Jungen normalerweise stehen. Mit ihren kurzen Haaren, dem ungeschminkten Gesicht, den tausend Sommersprossen. Aber dafür hat sie wohl etwas, das jedem sofort auffällt, was nichts mit diesen ganzen Verschönerungssachen zu tun hat. Verstohlen mustere ich meine Nachbarin von der Seite. Sie guckt sehr ernst hinter ihrer dunkelgerahmten Brille. Dieses Gesicht steht ihr. Es paßt zu ihrer etwas steifen Haltung, und es paßt sogar zu ihrem gestylten Outfit. Obwohl ich sie auch schon sehr oft habe lachen sehen, was auch nett wirkt. Sie hat unheimlich schöne Zähne. Und die Haare haben so einen cremigen Ton. Ein bißchen wie Caramelpudding. Was mich aber jetzt, wo ich ihr so nah bin, am meisten fasziniert, ist ihre Haut, die wirklich wie die von einem Pfirsich aussieht. Total zart und frisch. Pickel kennt sie wahrscheinlich nur aus der Clerasilwerbung. Ich kann sogar ganz kleine Härchen sehen …

Alex wendet den Kopf und sieht mich an.

Ertappt.

Ertappt? Wobei?

Sie sieht mich einfach ein paar Sekunden lang mit ihren hellen Augen an. Dann lächelt sie. Ich lächle zurück, und wir sehen beide wieder nach vorn.

Und da merke ich es. Mein Herz. Badong. Badong. Badong.

„Deswegen wird es das beste sein, wenn Sie sich zu zweit oder zu dritt zusammentun und sich selbst ein Aufgabenfeld erschließen. Aber lassen Sie die Finger erstmal von den Blitzaufnahmen. Viel besser sind Aufnahmen bei Tageslicht. Und verschießen sie den ganzen Film bei dem gleichen Licht, sonst bekommen wir hinterher Schwierigkeiten. Alles klar?"

Alles klar?

Ich hab' nichts mitbekommen. Als das große Stühlerücken beginnt und wir rüber ins Labor gehen, grinst Alex mich freundlich an: „Heute bist du wohl besser gelaunt als neulich?"

Ich muß ziemlich verdutzt dreingeschaut haben, denn sie schiebt gleich nach: „Wie du da weggelaufen bist im Wald. Ich dachte schon, ich hätte was Falsches gesagt oder so."

Das Haus.

„Ich war echt mies drauf an dem Tag", lache ich. Kommt mir plötzlich selbst ganz zickig vor, wie ich da einfach so abgehauen bin an dem Nachmittag. Sie konnte ja nicht wissen, daß mich ein paar Gespenster aus der Vergangenheit eingeholt hatten. Die Arme hat gedacht, ich renne vor ihr weg? Kein Wunder, daß sie mich kaum noch angesehen hat.

„Da bin ich aber froh."

Sie sieht wirklich so aus, als würde sie sich freuen. Wenn sie den Kopf nicht so stolz halten würde, würde sie direkt locker wirken.

„Hast du schon eine Idee für das Fotoprojekt?"

Sie meint wahrscheinlich das Projekt, von dessen Planung ich nicht besonders viel mitbekommen habe.

„Nein. Du?"

Ihre Augen blitzen. „Ich würde gern Tiere fotografieren. Nicht Nachbars Waldi und so, sondern Wildtiere. Am liebsten Rehe. Auf Rehe stehe ich total. Meinst du, man kann welche vor die Linse bekommen?"

Ach, nein! denke ich. Nicht nur ich auf dem Forscherinnentrip?

„Das kommt drauf an, wie nah du ran willst. Und es kommt drauf an, wie früh du aufstehen willst."

„Ich kann sehr diszipliniert sein, wenn es um eine Sache geht, an der mir was liegt!" erklärt sie ernsthaft.

In dem Moment schiebt sich Sven zwischen uns und will uns irgendwelche Kontaktabzüge zeigen, die er in den Ferien im Labor seines Bruders gemacht hat.

„Schon 'ne Idee für das Projekt?" fragt er lässig. Dabei sieht er allerdings mehr Alex an als mich.

„Wird noch nicht verraten", tut die geheimnisvoll und legt zu mir gewandt den Zeigefinger an die Lippen. „Aber wir machen etwas ganz besonders Lebendiges daraus."

Wir?

Sven ist enttäuscht. Aber er läßt es sich nicht anmerken. Ich spüre das nur, weil ich ihn gut kenne.

„Dann werd' ich mal gucken, ob ich wen finde, der sich mit mir in die Arbeit stürzt", sagt er, schaut sich tatsächlich um und schießt dann quer durch den Raum auf Tatjana zu, die bei allen Jungen ungeheuer beliebt ist. Fast muß ich über ihn lachen.

„Wir könnten ja auch zu dritt etwas planen", sage ich. Aber echt ziemlich leise. Er hat es nicht gehört.

Zu Hause ist dicke Luft.

Die Tür zu Achims Zimmer ist geschlossen, und drinnen dröhnt Heavy-Metall-Lärm.

Mama steht in einem geblümten Hosenanzug mit verkniffenem Mund in der Küche und putzt Gemüse.

„Was ist hier denn los?" frage ich und drücke ihr einen Kuß auf die Wange, die sie mir hinhält.

„Meinst du den kleinen Großkotz da drinnen?“ fragt sie zurück. Mama ist manchmal nicht zimperlich mit der treffenden Umschreibung ihrer Kinder. Ich bekomme sowas auch hin und wieder ab. Man weiß dann wenigstens, woran man ist.

„Habt ihr euch wieder über Boris gestritten?“

„Er will ausziehen“, regt Mama sich auf. „Nur weil ich ihn gebeten habe, endlich seine Hemden zu bügeln, die schon seit zwei Wochen rumliegen. Soll ich das denn auch noch für ihn machen? Aus dem Alter seid ihr doch wohl beide raus, oder?“

Sie ist in einer Stimmung, in der ich aufpassen muß, nicht auch meinen Senf abzubekommen. Deswegen sage ich lieber das einzige, das ihr zeigen wird, daß ich sie verstehe: „Wird Zeit, daß Papa zurückkommt.“ Denn der ist seit drei Tagen auf einer seiner Geschäftsreisen.

Mama seufzt tief. Er wird erst am Wochenende wieder da sein.

„Ich hatte einen so beschissenen Tag im Laden. Sieben Reklamationen von dem neuen Lieferanten. Sieben! Und dann kommt dieser kleine Hosenscheißer an und spielt sich als Chef im Haus auf.“ Das Küchenmesser in ihrer Hand deutet drohend gen Achims Zimmertür.

Ich nehme ihr das Messer ab und putze weiter die Karotten.

„Wie wäre es später mit einer Partie Rommé?“

Mama lächelt und gibt mir einen Kuß. „Du weißt genau, wie du mich von der Palme runter kriegen kannst, Schatz. Machst du weiter? Ich kümmere mich dann schon mal um die Soße. Übrigens war Mercedes vorhin hier und hat nach dir gefragt. Sie kam vom Stall, glaube ich. Jedenfalls sah die Vordertreppe hinterher aus, als wäre eine Horde Wikinger zu Besuch gewesen.“

„Hoffentlich nicht irgendwelche Horrorbotschaften wegen diesem neuen Freund, den sie hat?!“

„Sie machte eher einen vergnügten Eindruck.“

„Ich ruf' sie mal kurz an.“

„Und die Karotten?“

Ich putze also die Karotten in Höchstgeschwindigkeit zu Ende und flitze dann zum Telefon.

„Tina“, meldet sich Mercedes' kleine Schwester.

„Hallo, Tinchen. Erkennst du mich? Ich bin's, Franziska.“

„Medi ist nicht da.“

„Natürlich bin ich da. Gib mir den Hörer“, höre ich im Hintergrund Mercedes' Stimme. „Franzi? Wo warst du denn?“

„Wir hatten doch Fotokurs. Es war total klasse. Wir werden jeweils zu zweit ein richtiges Projekt machen. So mit Planung und belichten und selbst entwickeln und Ausschnitte wählen und allem, was dazugehört. Ich werde es zusammmen mit Alex machen.“

„Nicht mit Sven?“

„Nein, mit Alex.“

„Siehst du, jetzt magst du sie doch.“

„Tja ...“ Mehr fällt mir dazu nicht ein.

„Übrigens war Ralf vorhin am Hof. Obwohl er eigentlich gar keine Zeit hatte, sagt er. Aber er konnte es wohl doch nicht aushalten. Wir sind zusammen ausgeritten. Renate hat ihm Kondor gegeben, und es klappte ganz toll. Mensch, wir haben uns so toll unterhalten. Franzi, du mußt ihn nur näher kennenlernen. Dann wird er dir auch gefallen, bestimmt.“

Wenn ich mich bei Alex zuerst getäuscht habe, warum dann nicht auch bei diesem Ralf? denke ich. Vielleicht ist er wirklich nett.

Ich weiß nicht wieso, aber ich bin plötzlich bereit, zu jedem freundlich zu sein. Ich werde sogar mit Mama ihr geliebtes Rommé spielen, bei dem ich sowieso immer verliere. Ob meine gute Laune daran liegt, daß die „Menschenaffenfrauen“ mir plötzlich sowas wie eine veränderte Perspektive vorführen? Oder ob es schlicht an dem total netten Nachmittag im Fotolabor liegt?

Mercedes spricht noch eine Weile über Ralf und macht ihn mir schon fast wieder madig, weil sie ihn als den Supertypen hinstellt, und ich sowas einfach blöde finde. Aber dann wollen wir auflegen, und sie sagt plötzlich: „Irgendwie hat sie was, das ganz anders ist, nicht?“

Ich bin in Gedanken bei Ralf und dem Reithof. Meint sie ein Pferd? Oder die Reitlehrerin?

„Wer?“ frage ich der Einfachheit halber.

„Alex.“

Der Schreck fährt mir in alle Glieder.

„Anders?“

Ich höre Mercedes am anderen Ende der Leitung leise schnaufen.

„Ach, war nur so ein Gedanke. Also, dann bis morgen. Ich warte an der Ecke auf dich. Sei pünktlich!“

Verwirrt lege ich auf.

Anders.

Mercedes und ich, wir kennen uns sehr gut, verdammt gut. Sie kennt mich besser als irgendwer. Und das nicht zuletzt, weil wir den gleichen Draht zu Menschen haben, die gleiche Sensibilität.

Anders. Ja, das trifft es eigentlich ganz gut. Wenn man noch nicht genau weiß, wie man es sonst bezeichnen soll.

Ehe ich mich versehe, ist die erste Woche des neuen Schuljahres schon fast um. Freitag. Alle haben schon wieder Routine drin. Keine Schonung mehr, was Hausaufgaben oder Vokabelpauken anbelangt. Und Marion schlägt in der letzten Stunde vor dem Wochenende auch hammerhart zu …

„Wir haben schon soviel auf in Latein und Englisch", versuchen einige ihr Glück, aber Marion bleibt hart. Hab' ich ja gleich gesagt. Auch eine Lehrerin, die du duzt, bleibt immer noch eine Lehrerin.

Aber ich kann nicht leugnen, daß sie mich im Laufe der Woche immer mehr von sich überzeugt hat. Diese Sache mit der Verhaltenslehre war schon ein fetter Pluspunkt, obwohl sie dazu eigentlich gar nichts beigetragen hat. Sie hat uns ja nur den Lehrplan erklärt. Es war mein eigener Kopf, der das dann weitergesponnen hat, so daß ich jetzt bereits seit Tagen gedanklich eher in Borneo oder am Kongo lebe, statt in dieser kleinen Stadt „hinter dem Mond", wie Mercedes immer sagt.

Im Deutschunterricht hat Marion uns dann heute ein Thema gestellt, zu dem wir etwas schreiben sollen. *Utopien. Zukunftsvisionen.* Und dabei herauskommen soll so etwas wie eine Parabel. Ich hoffe, sie erwartet nichts im Stil von Kafka oder so.

Allerdings ist etwas Neues auszuprobieren auf jeden Fall interessanter als dieser alte Aufsatzkram: Einleitung, Hauptteil, Schluß. Und Marion meint, daß wir am allerschnellsten begreifen, was eine Kurzgeschichte und was eine Parabel ist, wenn wir selbst eine schreiben. Klingt logisch. Aber bei fast allen erzielt sie damit lange Gesichter. Das ist eine ziemlich harte Aufgabe. Marion tröstet uns damit, daß wir eine Woche Zeit haben. Eine Woche geht verdammt schnell rum, denke ich.

Aber dann schaue ich rüber auf die andere Seite, was schon fast eine Angewohnheit geworden ist, und sehe, wie Alex nur mühsam ein Gähnen unterdrückt. Daß sie erst seit einer Woche da sitzt, kommt mir allerdings seltsam vor. Wir sollten mal was über subjektives Zeitempfinden schreiben müssen. Das wäre eine echte Aufgabe, finde ich. Vielleicht ist Marion ja so liberal, daß sie auch Themenvorschläge annimmt.

Jetzt ist jedenfalls erstmal Wochenende. Mercedes und Karin besprechen sich noch mit ein paar anderen Mädchen aus der Klasse wegen einer Mitfahrgelegenheit, um am Samstag in eine Disco in der Nachbarstadt zu kommen.

Ich lehne an der Wand und lausche ihren Stimmen, die sich vor lauter Vorfreude schon überschlagen.

„Gehst du morgen auch mit den anderen raus?"

Alex steht vor mir und schlenkert mit ihrer Schultasche. Das ist mir schon öfter aufgefallen. Manchmal macht sie solche Bewegungen, die ich sonst nur von kleinen Kindern kenne. Irgendwie niedlich, dieser Kontrast zu ihrer coolen Art.

„Weiß noch nicht. Ich bin nicht so eine Discomaus wie Mercedes", sage ich.

„Wieso nicht? Magst du keine laute Musik?"

„Doch, schon …"

„Aber?"

„Was ich nicht mag, ist eher dieses Gebaggere. Kaum schaust du einen zweimal an, sitzt er schon auf deinem Schoß oder will dir was ausgeben. Dabei möchte ich da doch eigentlich nur abtanzen und Spaß haben."

Hält sie mich jetzt für spießig?

„Magst du House?"

„Klar. Du nicht?"

„Ich liebe es. Und Dancefloor? Rap?"

Ich nicke jeweils. Hätte ich mir fast denken können, daß eine wie sie sich in der Musikszene auskennt. Wenn es VIVA nicht gäbe, stände ich ganz schön auf dem Schlauch.

„Warum fragst du danach?“

Sie lächelt geheimnisvoll. „Ich kenne einen Laden bei uns in der Stadt, in dem sie total gute Musik spielen, und wo du nicht von irgendwelchen Typen angebaggert wirst“, verkündet sie dann.

„Der einzige Nachteil daran scheint zu sein, daß der Schuppen nicht hier steht“, erwidere ich trocken, und wir lachen uns an.

„Haben sie dich gefragt, ob du mitkommen willst?“ Ich deute mit dem Kopf zu den anderen hinüber.

„Haben sie. Aber ich bin schon ... verabredet.“

Ich erinnere mich, daß Sven und sie vor der letzten Pause wieder mal ausführlich miteinander geplauscht haben.

„Um ehrlich zu sein“, fährt sie fort, als hätte sie meine Gedanken erraten, „ich fahre mit Papa ins Kino. Ich glaube, er hat ein schlechtes Gewissen, daß er mich von einer Großstadt in so ein Kaff verschleppt hat. Jetzt will er mir wenigstens am Wochenende etwas bieten. Aber vielleicht langweilt er sich auch selbst. Kennst du diesen neuen Film mit Juliette Binoche schon?“

„Nein. Aber er soll gut sein.“

Sie steht einen Augenblick verlegen vor mir, hampelt mit ihrer Tasche herum und schaut mich nicht an. Dann räuspert sie sich.

„Hättest du Lust? Ich meine, möchtest du vielleicht lieber ins Kino, statt angebaggert zu werden?“

Wenn ihr etwas daran liegt, daß ich mitkomme, ist sie taktisch ganz schön klug, mir noch mal vor Augen zu führen, was ich an diesen Discoausflügen so hasse.

Ich überlege einen Augenblick. Aber ehrlich gesagt nur einen ganz kleinen Augenblick.

„Vielleicht könnten wir ja vorher noch unser Fotoprojekt näher besprechen?“ schlage ich dann vor.

Sie strahlt mich an. Meine Güte, hat die schöne Augen, wenn sie sich freut! Und aufgeregt ist sie plötzlich auch ganz doll. Sie stottert sogar ein bißchen, als sie sagt: „Prima! Warte, ich … ich schreib' dir meine Telefonnummer auf. Du kannst einfach anrufen, und dann erklär' ich dir den Weg. Ist ein bißchen schwer zu finden, weil das Haus abseits von der Straße liegt.“

Sie vergißt in ihrer Hektik, daß ich in diesem Kaff groß geworden bin und jeden Pflasterstein kenne. Natürlich hat sich längst herumgesprochen, wo sie wohnt. Aber das sage ich ihr nicht, weil ich völlig beschäftigt bin damit, ihr fasziniert zuzusehen, wie sie aufgeregt an den Verschlüssen ihrer Tasche herumfummelt. Sie braucht eine Ewigkeit, um in dieser Superordnung einen Stift zu finden, und während der ganzen Zeit summt sie eine Melodie vor sich hin, die ich aus den House-Charts kenne.

„Dieser Laden“, frage ich, „wieso baggern sie einen da nicht an? Ist das so 'ne Art Ehrencodex oder so?“

Alex sieht nicht auf, sucht immer noch einen Kuli. Aber als sie dann endlich einen in den Fingern hat, merke ich, daß sie knallrot geworden ist. Ihre Wangen glühen förmlich. Sie schreibt die Telefonnummer auf und gibt sie mir.

„Das erklär' ich dir ein anderes Mal“, sagt sie dann. „Ich muß dann jetzt. Bis morgen, ja?!“

„Ciao.“

Weg ist sie.

Mercedes kommt den Gang runter, mit Karin im Schlepptau.

„Was ist jetzt? Kommst du morgen abend mit uns? Bei Gabis Cousine ist noch ein Platz im Wagen frei."

Ich winke Gabi zu, die wartend an der Tür steht. „Nein, ich komme nicht mit! Ich geh' ins Kino!"

Sie winkt ein „alles klar" zurück, und die anderen verschwinden schwatzend durch den Nordausgang.

„Hab' ich mir schon gedacht", sagt Mercedes.

Ich werfe ihr einen fragenden Blick zu, und sie zeigt auf ihre Augen, was so viel heißt wie: Ich hab' Augen im Kopf.

Mensch, Mercedes, denke ich, da weißt du aber mehr als ich.

Achim ist schon zu Hause, als ich reinkomme. Er hat freitags immer früher Schluß in seiner Elektrofirma. Heute liegt er quer über dem Sofa im Wohnzimmer und blättert träge in der Fernsehzeitung.

„Wie schaut's aus?" frage ich. Das ist mehr so eine Floskel. Er brummt auch nur als Antwort.

Ich gehe in die Küche und mache mir vier Toast Hawaii. Der Geruch zieht meinen Bruder dann doch zu mir.

„Gibst du mir einen ab?" bittet er höflich, was ziemlich ungewöhnlich ist.

„Meinst du, ich esse vier von diesen Dingern? Zwei davon sind für dich", erwidere ich gelassen.

Ich glaube fast, er ist ein bißchen gerührt, denn er läßt keinen blöden Spruch los oder so, sondern sagt nur „Danke", wie man es von einem vernünftigen, reifen Menschen auch erwarten würde.

„Wie geht's in der Schule?"

Ich traue meinen Ohren nicht. Verwundert sehe ich ihn an. Aber er ist gerade sehr interessiert am Mechanismus der Dunstabzugshaube.

„Ganz okay. Wir haben statt Herrn Wachter eine ganz Neue bekommen. Sie scheint in Ordnung zu sein."

„Hm."

Wir schweigen. Das ist eine ganz sonderbare Situation. Ich kann mich nicht daran erinnern, wann wir mal so miteinander irgendwo gestanden haben. Plötzlich traue ich mich kaum zu atmen, weil ich spüre, daß in ihm irgend etwas rumort. Ehrlich, das ist mir mit meinem Bruder noch nie passiert.

„Wie sind ihre Aufsatzthemen?" Er grinst. Und ich kann es nicht fassen. Er hat sich gemerkt, was ich an unserem alten Deutschlehrer immer so in den Himmel gelobt habe! Er hat es sich tatsächlich gemerkt.

Ich grinse auch.

„Wir haben heute unser erstes bekommen. Utopien und Zukunftsvisionen. Klingt doch vielversprechend, oder?"

Achim wiegt den Kopf. „Würde mir gerade eine Menge zu einfallen. Und dir?"

Eine Sekunde lang spiele ich sage und schreibe mit dem Gedanken, meinem Bruder von meinen Spinnereien über die Verhaltensforscherinnen zu erzählen, und daß ich sowas auch gerne mal machen möchte. Aber dann kommt mir dieser Schritt doch allzu gewagt vor. Wer weiß, wann er mich das nächste Mal damit aufziehen wird.

Also sage ich nur: „Ich glaube, ich bekomme langsam ein klareres Bild von dem, was ich eigentlich will."

Er nickt. „Geht mir ähnlich."

Wir kontrollieren gemeinsam, ob der Käse auf dem Toast gut schmilzt.

„Hat Mama dir gesagt, daß ich ausziehen werde?"

Ich starre ihn sekundenlang an.

„Aber doch nicht wirklich?! Das hast du doch nur im Streit gesagt!? – Du weißt doch, wie Mama ist, wenn Papa auf seinen Touren ist. Ich habe diesmal Glück gehabt, daß ich heil davongekommen bin …"

„Ich hab' das nicht nur so gesagt. Ich mein's ernst", fällt Achim mir ins Wort. Aber nicht so, wie er das sonst immer tut, als großer Bruder, der sowieso alles besser weiß. Eher so wie ein Erwachsener einen Erwachsenen unterbricht, wenn ihm etwas ganz wichtig ist.

„Ich werde bald zwanzig. Wird langsam Zeit, oder?"

Ich bin echt sprachlos.

„Karsten und Detlef wohnen schon seit fast einem Jahr nicht mehr bei ihren Eltern. Das ist ein ganz anderes Feeling, verstehst du? Ist was ganz anderes, wenn du dich um alles selbst kümmern mußt und so. Oder wenn du Besuch haben kannst, wann immer du willst."

„Aber das kannst du doch hier auch."

Er zieht eine Grimasse. „Mann, Franzi, ich mein' ja auch nicht einfach so Besuch! Vielleicht auch jemand, der mal über Nacht bleiben möchte. Kapiert?"

„Ach, so. Jutta", sage ich lahm. Logisch, was er meint. Aber darüber habe ich noch nie nachgedacht. Ich meine, ob mein Bruder mit seiner Freundin schläft, und wenn ja, wo, das hat mich eigentlich noch nie beschäftigt. Überhaupt eine komische Vorstellung.

„Ja, Jutta. Na, die Probleme wirst du ja wohl auch irgendwann bekommen", grinst Achim. „Jedenfalls könnte ich mir finanziell eine kleine Wohnung schon leisten. Wenn Papa mir vielleicht beim Start ein bißchen unter die Arme greift. So das ein oder andere Möbelstück würde ich ja noch brauchen. Herd, Kühlschrank und sowas. Ich glaub', die Toasts sind fertig."

Wir essen in Eintracht am Eßzimmertisch, und Achim spinnt sich seine eigene Wohnung zurecht. Natürlich mit super Hifi-Anlage und so. Und einem Fernseher, der fast über die ganze Wand geht, denke ich. So, daß er beim Tennis immer wirklich den Kopf nach rechts und links bewegen muß.

Wie er so erzählt, klingt das wirklich ziemlich gut. Irgendwann bekommt man sicher das Gefühl, man muß jetzt raus aus dem Nest. Obwohl ich mir im Moment nicht vorstellen kann, nach Hause zu kommen, und da ist niemand. Niemand, mit dem ich reden kann, der fernsieht oder Musik hört, kocht oder Zeitung liest, mürrisch ist oder gut gelaunt. Einfach niemand halt. Achim meint aber, irgendwann kommt dieser Drang nach draußen.

Ich bin ziemlich nachdenklich, als ich in mein Zimmer gehe.

„Hast du Altpapier? Ich fahr' mal schnell zum Container rüber. Sonst gibt's wieder Stunk mit Mama", meint Achim.

Ich leere meinen Papierkorb und verstaue alles in einer Tragetasche. Auf dem Boden fällt mir plötzlich ein zusammengeknülltes, handbeschriebenes Blatt Papier auf, das wohl danebengefallen ist.

Liebe Silke …

Ich streiche das Blatt glatt und lese. Dann stelle ich die Tasche in den Flur und setze mich auf mein Bett, den angefangenen Brief und einen Stift in der Hand. Ich schreibe:

Liebe Silke, immer mal wieder beginne ich Briefe an dich, die ich nie zu Ende schreibe, weil sie dich ja doch nicht erreichen können. Dann fühle ich mich noch hohler und dumpfer als damals, als sie dich in das Heim für Schwererziehbare gebracht haben, und unsere Briefe kontrolliert wurden. Zuerst wollte Papa sie lesen, dann wollte deine Mutter sie lesen, und am Ende hat dieser Psychiater sie auch noch gelesen. Da konnte ich dir nicht schreiben, was ich wirklich über diesen

Wichser von deinem Vater gedacht habe, und überhaupt über alle, die dich gar nicht verstehen wollten, weil sie zu blöd dazu waren, eine Dreizehnjährige zu begreifen. Sogar Mama und Papa waren da ganz schön komisch. Angeblich, weil sie sich „Sorgen" um mich gemacht haben. Alle dachten immer, du hast einen schlechten Einfluß auf mich. Dabei kannten sie dich gar nicht. Sie haben sich nie die Zeit genommen, dir zuzuhören und hinter deinen verrückten Ideen und Spinnereien deine Träume und deine Sehnsucht zu erkennen. Sie witterten nur überall eine Gefahr für ihre heranwachsende Tochter. Von wegen mich beeinflussen! Du warst doch viel zu schwach, um überhaupt irgend etwas zu beeinflussen. Du konntest ja nicht mal dich selbst beeinflussen. Glaub mir, wenn du jetzt hier wärst, wäre alles ganz anders. Mir ging es eine Weile auch nicht besonders gut. Ich mußte wieder öfter an Italien denken. Mercedes hat damals zu mir gesagt, daß es schade ist, daß ich kein Junge bin, weil sie sich dann unsterblich in mich verliebt hätte und wir bestimmt irgendwann heiraten würden. All solchen Unsinn halt. Aber was für sie in erster Linie eine alberne Spinnerei war, war für mich doch so verdammt ernst. Ich hätte sie wirklich vom Fleck weg geheiratet. Na ja, mit fünfzehn ist man noch zu allerhand Blödsinn bereit. Aber in letzter Zeit dachte ich wieder öfter daran, weil Ralf aufgetaucht ist. Mercedes ist hin und weg, aber ich kann ihn nicht leiden. Wobei ich mir nicht sicher bin, ob er wirklich ein Idiot ist, oder ob ich einfach nur eifersüchtig bin. Es ging mir deswegen jedenfalls nicht gut. Aber das hat sich dann plötzlich geändert. Veränderungen können nämlich auch mal etwas Positives bedeuten, oh ja. Marion hat mich auf diese Idee gebracht. Verhaltensforscherin. Na, wie klingt das? Ich wette, das gefällt dir. Vielleicht wäre das sogar auch dein Traumjob. Ich werde sogar schon erste Feldexperimente durchführen, zusammen mit Alex auf Fotosafari.

Ich setze den Stift ab und kaue minutenlang daran herum. Da steht jetzt plötzlich ihr Name. So ganz selbstverständlich. Als wären wir schon seit Urzeiten befreundet, als wäre es völlig logisch, daß ich demnächst mit ihr um fünf Uhr morgens auf irgendwelchen Hochsitzen Rehen auflauern werde. Dabei kenne ich sie erst seit einer Woche.

Manche Leute kenne ich seit einer echten Ewigkeit, und ich habe noch nie von ihnen geschrieben.

Das Schlagwort, das mich im Moment am meisten beschäftigt, lautet: Subjektive Wahrnehmung der Zeit, schreibe ich weiter. *Eine Woche kann einem manchmal sehr lange vorkommen. Und drei Jahre manchmal sehr kurz.*

„Wo ist meine Familie? Ich bin wieder zu Hause!" tönt plötzlich Papas Stimme auf der Treppe. Ich lasse alles fallen und stürze raus, um ihm um den Hals zu fallen.

„Was für eine Begrüßung!" lacht er schallend. „Das lobe ich mir!" Auch mit sechzehn kann es noch manchmal großartig sein, sich vom seinem alten Herrn kräftig an die Brust drücken zu lassen.

Der Weg zu Alex' Haus führt durch das Waldstück, in dem wir uns nach dem ersten Schultag getroffen haben. Ich gehe vorsichtig, denn es hat morgens etwas geregnet, und es fehlte mir gerade noch, hinzufallen und wie ein Dreckschwein anzukommen.

Dabei habe ich mich tatsächlich dreimal umgezogen. Ich darf das keinem erzählen! Dreimal umziehen, nur um ins Kino zu gehen! Und das Ergebnis ist, daß ich mir immer noch wie ein häßliches Entlein vorkomme, als Alex die Tür öffnet. Sie trägt Levis 501, die bei mir aussehen wie blaue Müllsäcke, und dazu ein bauchfreies, schwarzes Top.

„Wow“, sage ich und pfeife ein bißchen durch die Zähne, wie ich das bei Achim eigentlich immer hasse. „Was hast du vor?“

Alex wird verlegen. „Ach, das ist ein total alter Lappen. Mir war nur so warm, weil ich den Wagen gewaschen habe. Meine Gegenleistung fürs Kino.“

Ich schaffe es irgendwie, nicht so genau hinzusehen und trotzdem zu erkennen, daß sie einen Silberring am Bauchnabel trägt.

„Tut das nicht weh?“ frage ich, während sie mich durch eine große Diele in die Richtung ihres Zimmers führt.

„Nö. Am Bauchnabel ist es am wenigsten kompliziert. Und mit Tatoos ist das gar nicht zu vergleichen. Einmal zack“, ich zucke zusammen, „und schon ist alles vorbei. Im übrigen bist du doch auch gepierct.“ Sie zeigt auf meine Ohrringe. Meine silbernen Creolen in den Ohrläppchen sind aber nicht ein Zehntel so sexy wie ihr Bauch.

Alex’ Zimmer sieht genauso aus, wie ich es mir vorgestellt habe. Alles ist super ordentlich. Das Futonbett ist brav gemacht, der Schreibtisch aufgeräumt. Das einzige, was rumliegt, sind Fotos, Filmhülsen und ein paar Alben.

„Wer ist das da?“ Ich zeige auf ein vergilbtes Plakat, das über ihrem Schreibtisch hängt.

„So eine Art Erbstück“, sagt Alex und verzieht ihr Gesicht ein bißchen. „Virginia Woolf. Und das daneben ist Madonna.“

„Und das daneben ist Winona Ryder“, ergänze ich.

„Was hältst du von Dachsen?“ fragt sie.

Damit fühle ich mich etwas überfordert. „Dachse?“

„Statt der Rehe. Papa kennt durch das Maklerbüro einen Förster, der ihm von einer Dachsfamilie in seinem Revier erzählt hat. Ich hab’ mir überlegt, ob er uns vielleicht mal mitnimmt und wir ein paar Fotos von ihnen machen können."

Ich muß über ihren Eifer lächeln.

„Stell dir das mal nicht so einfach vor. Einen Fototermin mit Familie Dachs wirst du wohl nicht so schnell bekommen. Die sind ganz schön scheu. Ich lebe schon immer hier und habe noch nie einen gesehen."

„Aber vielleicht haben wir Glück, wenn dieser Förster-Typ dabei ist. Der kennt sich doch sicher aus, wo man sie erwischen kann. Vielleicht weiß er, wo sie ihren Bau haben, und wir können uns da auf die Lauer legen."

Irgendwie ist ihre Begeisterung ansteckend. Ich sehe uns schon mit Fernglas und fetten Objektiven vor den Kameras durchs Unterholz pirschen.

„Kannst du ihn fragen, ob er das machen würde?"

„Klar. Papa hat seine Adresse und Telefonnummer."

„Okay. Versuchen wir's. Aber denk dran, daß das in drei Wochen über die Bühne sein muß."

„Aye, aye, Sir! Sie wissen mal wieder, wo es langgeht!" Alex salutiert vor mir und lacht. Aber ich bin so damit beschäftigt, bloß nicht zu sehr auf ihren Bauch zu starren, daß mich das Ganze eher irritiert.

„Was sind das für Fotos, die hier rumliegen? Kann ich mal sehen?" Ich hebe ein paar auf und werfe einen Blick darauf.

„Das sind Abschiedsbilder aus der Stadt. Ich wollte sie heute nachmittag eigentlich endlich mal in die Alben kleben, aber dann habe ich doch lieber das Auto gewaschen. Mir war nach Bewegung." Sie rudert mit den Armen, als könne sie Bäume ausreißen.

„War das euer Haus?"

„Da haben wir gewohnt, ja. Aber nicht allein. Da kannst du nicht mal eben ein ganzes Haus mieten. Bißchen teurer als hier ist es. – Oh, und das sind Pepe und Doris. Die haben über uns gewohnt. Total gut drauf. Sie haben fünf Katzen und drei Hunde. Wenn sie in Urlaub gefahren sind, habe ich die Tiere gesittet."

Es folgen Bilder von den Hunden und allen Katzen. Eigentlich ganz normale Viecher. Aber Alex bekommt so einen gewissen Glanz in den Augen, den ich gar nicht gerne sehe. Bestimmt vermißt sie das alles ganz furchtbar.

Aber dann lacht sie wieder, als ich das Foto eines bärtigen Mittvierzigers in den Händen halte, der zwar einen witzigen Karnevalshut trägt, dazu aber so ernst dreinschaut, daß das Ganze wie eine Fotomontage aussieht.

„Papa", sagt sie grinsend. „Aber den lernst du ja gleich kennen. Er müßte eigentlich schon längst da sein, wollte nur mal kurz ins Büro."

„Auch ein Foto von deiner Mutter dabei?" frage ich.

„Keins dabei. Sie ist kurz nach meiner Geburt gestorben. Du brauchst nicht so zu schauen. Ist nichts Schlimmes dabei. Es gibt viele Alleinerziehende, oder?!"

Ich mustere sie kurz. Tut sie nur so cool, oder macht ihr das wirklich nichts aus, keine Mutter zu haben?

„Manchmal ist es besser, nur einen Vater oder eine Mutter zu haben, die dann aber okay sind, als zwei Elternteile, die beide übergeschnappt sind", sage ich weise. Natürlich denke ich dabei an Silke.

„Du sagst es. Papa ist in manchen Dingen ziemlich streng, weißt du. Er achtet immer darauf, daß ich aufräume und genug für die Schule tue und so. Aber man kann auch eine Menge Spaß mit ihm haben. Wenn er mal Zeit hat, machen wir manchmal was zusammen, wie heute der Kinobesuch."

Alex putzt ihre Brille, die sie aus dem Etui genommen hat. Das habe ich in der Schule schon hundertmal beobachtet. Trotzdem sieht sie hier ganz anders aus. Viel privater irgendwie.

Ich blättere weiter. Im allerersten Augenblick weiß ich nicht, ob es ein Junge oder ein Mädchen ist. Aber dann sehe ich in die lachenden, strahlend blauen Augen. Ein Mädchen, klar. Schwarze Haare, die bis zum Hinterkopf knallkurz rasiert und darüber zu einem strengen Zopf zusammengebunden sind.

So kann man doch echt nur in der Großstadt rumlaufen. Klasse, diese Frisur. Ich wünsche mir, ich hätte auch den Mut zu sowas.

Alex, die gerade ihre Brille fertiggeputzt hat, gibt einen hellen Ton der Überraschung von sich und reißt mir mit einer heftigen Bewegung den Fotostapel aus der Hand.

Ich erschrecke fast zu Tode und bin völlig perplex.

„Ich hab' noch was Besseres für dich", sagt sie. Ihre Stimme zittert plötzlich, als sie eine andere Fototüte hervorkramt. Die anderen Fotos landen unsanft auf ihrem Schreibtisch. „Tierfotos. Allerdings aus dem Zoo."

Verwirrt blicke ich auf ein zähnezeigendes Lama.

„Interessiert dich das nicht?" fragt sie.

Ich hab' einen Kloß im Hals, und ich weiß auch, daß mich das eigentlich nichts angeht, aber ich kann mich einfach nicht zurückhalten: „Wer war das denn auf dem Foto gerade?"

Alex nimmt ihre Brille wieder ab. Der gegelte Pony fällt ihr in die Augen. Sie streicht ihn zurück. In- und auswendig kenne ich diese Geste inzwischen. Das ist ja total verrückt.

„Das ist René. Eine Freundin von mir. Sie macht gerade Abi, schon 19. Oh, wir haben uns das Piercing gemeinsam verpassen lassen. Sie ist eine echt … Coole."

Dann paßt sie ja wirklich gut zu dir, denke ich, als sie sich eine Zigarette ansteckt. Aber weiterzufragen traue ich mich nicht. Sie will es ja offensichtlich nicht erzählen, warum sie mir so hektisch das Foto von René hat entreißen müssen.

Meine Güte, die tut vielleicht geheimnisvoll!

„Weißt du schon, was du zu Marions Aufgabe schreibst?" lenkt sie nicht gerade geschickt ab.

Ich habe ein bißchen Mühe, ihr zu folgen. Gedanklich bin ich immer noch bei dem Foto und den lachenden blauen Augen. Wieso sollte ich René nicht sehen? Was ist wohl mit ihr?

„Ich bin mir nicht sicher, ob sie etwas Persönliches oder etwas Allgemeines haben möchte. Utopien – das klingt so nach George Orwell. Aber Zukunftsvisionen könnte auch unsere persönlichen Wünsche für die Zukunft meinen", sage ich. „Wofür entscheidest du dich?"

Sie zögert.

„Keine Ahnung."

Glaube ich ihr nicht. Aber wenn sie beschlossen hat, die Verschwiegene zu spielen, meinetwegen. Schade eigentlich. Ich hatte gehofft, wir könnten uns näher anfreunden. Aber das funktioniert ja nicht, wenn man sich so einkapselt.

Moment! Was hatte ich gehofft?

Wir reden also über die Schule. Sie findet alles ganz okay, die Schüler, die Lehrer, den Stundenplan. Ja, sie meint, sie hat es ganz gut getroffen. Und ich denke daran, wie sie neulich mal gesagt hat: „Ich werde das Beste draus machen!" Sie kann glücklich sein, wenn das in ihrer Natur liegt, aus allem das Beste zu machen. Ich habe in letzter Zeit ja eher die Rolle der ewigen Nörglerin inne, die nie mit etwas zufrieden ist.

Irgendwann klappert eine Tür. Kurz darauf steckt Alex' Vater seinen Kopf zur Tür herein.

„Halli, hallo, wen haben wir denn da?"

„Franziska", stellt Alex mich vor.

Er gibt mir eine schlanke Hand und lächelt mich auf eine Weise an, in der ich sofort Alex wiedererkenne. Nicht nur seine grünen Augen, sondern auch dieser leicht distanzierte, forschende Blick. Er trägt einen schnieken Anzug mit Krawatte und sieht darin irgendwie genauso steif aus wie Alex, als sie in unsere Klasse kam.

„Hast du geraucht?" fragt er und schnuppert.

„Nö", antwortet Alex, ohne mit der Wimper zu zucken. Ihr Vater schaut sie ein wenig skeptisch über seine Krawatte hinweg an, aber dann grinst er plötzlich. Ich kann mir vorstellen, daß er ein netter Typ ist, wenn man ihn mal etwas näher kennt.

„Was haltet ihr von einer Pizza, bevor wir ins Kino gehen? Wenn wir sofort losfahren, schaffen wir's noch."

„Klasse!" ruft Alex. „Aber ich muß noch mal schnell. Bin sofort da."

Herr Dürer verschwindet ebenfalls hinter einer Tür.

Ich stehe mitten im Zimmer und starre aus dem Fenster auf den Wald.

Von ihrem ehemaligen Zimmerfenster aus konnte sie wahrscheinlich nur die Wand eines anderen Hauses sehen. Oder eine Straße. Oder den Parkplatz eines Supermarktes. Die Bäume hier sind schon toll.

Franziska, laß es, sage ich zu mir selbst. Aber ich kann die Bäume noch so schön finden, mein Blick wird magisch angezogen von den Fotos, die auf dem Schreibtisch liegen.

Ich mache einen vorsichtigen Schritt dorthin und beuge mich etwas vor.

René. Hm, hm. Was ist so Besonderes an dir, daß sie dich verstecken will? frage ich sie. Aber die blauen Augen strahlen mich nur an.

Das Foto ist etwas verrutscht, weil Alex sie wirklich nicht gerade sanft hingeworfen hat. Darunter erkenne ich die Ecke von einem Hals, der mir sehr bekannt vorkommt. Alex' Lederbänder. Und das gerippte T-Shirt, das sie neulich anhatte.

Nein, Franziska, nein!

Schon passiert …

Ich starre einen Augenblick auf das Bild und lege Renés Großaufnahme dann wieder zurück. Als Alex aus dem Bad geschossen kommt, sitze ich auf ihrem Futon und blättere in einer Zeitschrift, ganz „cool".

„Es kann losgehen!"

Wir steigen ins Auto, Alex auf den Beifahrersitz. Ihr Vater sieht sie einmal kurz kritisch an und sagt: „Alexandra, Strickjacke!"

Da klettert die superlässige Alex noch mal aus dem Wagen, flitzt ins Haus und kommt mit einem Pullover wieder raus.

Alexandra. Das paßt irgendwie gar nicht zu ihr, zu ihrer etwas steifen Art und dem gestylten Gehabe. Das klingt eher verspielt und anschmiegsam, so weich. Aber so heißt sie nunmal. Und ich dagegen wäre heilfroh, wenn ich endlich den Leuten abgewöhnen könnte, meinen Namen auf diese „süße Weise" zu „Franzi" zu verstümmeln. Mama meint, das kommt später von selbst.

Alex' Vater ist ganz gut drauf. Während wir uns über die Stadt und die Leute hier unterhalten, bekomme ich den Eindruck, er hat das Spießbürgertum in der Gegend schon gut durchschaut. Aber mit einem zwinkernden Auge. Das macht ihn sympathisch.

„Arme Alexandra“, sagt er. „In der Stadt war sie ständig unterwegs. Donnerstag, Freitag, Samstag, jeden Abend raus. Nicht, das fehlt dir hier?!“

Alex lacht nur und will lieber über den Film reden, den wir gleich sehen werden. Aber mich interessiert viel mehr, was ihr Vater zu erzählen hat. Am meisten natürlich, was er über sie zu erzählen hat. Sie war also viel weg. Wo ist sie denn hingegangen? Und mit wem? Mit René?

Meine Güte, mir wird ganz anders, wenn ich daran denke, Alex wüßte, daß ich in die Fotos gespienst habe.

Aber es kommt mir gar nicht komisch vor, was ich da gesehen habe. Eher ist es etwas, was ich schon geahnt hatte, vielleicht sogar gewußt. Einfach so.

Und ich glaube auch nicht, daß ich da irgend etwas falsch verstehe. Ich meine das, was zwischen Alex und dieser René war. Oder ist?

Ja, vielleicht ist da immer noch etwas?! Kann doch sein, daß sie sich noch treffen.

Weiß gar nicht, was ich bei diesem Gedanken fühlen soll. Genauso wie ich sowieso den ganzen Abend völlig gefühlstaub bin. Mein Hirn rattert ununterbrochen, beteiligt sich am Gespräch, nimmt sie wahr, registriert alles, was sie sagt. Aber mein Bauch ist total hohl. Mal abgesehen von der Pizza natürlich.

Das war ein Kuß. Das da auf dem Foto. Und ich meine nicht einen Kuß wie Karin ihn von mir zum Geburtstag bekommt. Ich meine auch keinen Kuß wie Mercedes ihn mir manchmal gibt. Ich meine einen KUSS.

Im Kino sitzt Alex in der Mitte zwischen ihrem Vater und mir. Wir teilen uns eine Tüte Lakritze. Unsere Arme berühren sich manchmal auf der Lehne. Dann spüre ich die kleinen Härchen auf ihren Unterarmen, die über meine streichen. Das sind Momente, in denen ich nicht sehr viel vom Film mitbekomme.

Auf der Rückfahrt sind wir alle drei still. Alex hat sich zu mir nach hinten gesetzt und sich auf dem Sitz zusammengerollt wie eine Katze. Ihr Kopf liegt auf der Lehne, ziemlich nah an meiner Schulter. So fahren wir durch die Dunkelheit der ländlichen Straßen. Immer wenn uns ein Auto entgegenkommt, wird für Sekunden das Wageninnere erhellt, und ich kann Alex' Hände mit ihren Ringen spielen sehen.

Herr Dürer ist kein Raser. Er nimmt die vielen Kurven gelassen. Trotzdem rutscht irgendwann Alex' Kopf von der Lehne und landet sanft auf meiner Schulter. Ein paar ihrer langen Ponysträhnen kitzeln mich am Hals. Ein Rucken geht durch ihren Körper, und sie sieht mich mit müden Augen lächelnd an.

„T'schuldigung", sagt sie und lehnt sich wieder zurück.

Das ist es, woran ich den ganzen restlichen Abend denken muß, nachdem sie mich zu Hause abgesetzt haben. Das Gewicht ihres Kopfes auf meiner Schulter und die kleinen Augen, die schlaftrunken mein Gesicht abtasten. Die subjektive Wahrnehmung der Zeit, denke ich. Manche Augenblicke sind einfach viel zu kurz.

Mercedes hat am Montag eine Menge zu erzählen. Sie hat in der Disco einen Typen kennengelernt, der Motorradrennen fährt und sie eingeladen hat, am nächsten Wochenende zu einem Rennen mitzukommen.

„Und ich ganz locker: ‚Oh, ehm, da muß ich mal meinen Freund fragen, ob er Lust zu so etwas hat. Aber wenn ja, gerne.' War das nicht obercool? Klasse, oder? Das fühlte sich einfach spitze an. Mein Freund! Wow! Und als ich das Ralf gestern erzählte, hat er sich schlapp gelacht. Er hat den gleichen Humor wie wir, echt."

Sie hakt sich bei mir ein, wie sie das oft tut, und ich merke richtig, wie sie sich zügeln muß, um nicht weiterzuschlabbern ohne Punkt und Komma. „Wie war dein Wochenende?"

„Och, ich hab' gestern die unregelmäßigen Verben für Latein gepaukt. Und Mathe hat mich auch eine ganze Menge Zeit gekostet."

„Läßt du mich gleich abschreiben? Ich bin nicht dazu gekommen."

„Klar."

Sie stupst mich in die Seite. „Na, Mensch, und Samstag? Laß dir doch nicht alles aus der Nase ziehen! Wie war es denn so?"

„Meinst du den Film?"

„Franzi!"

Es macht mir direkt Spaß, sie ein bißchen auf die Folter zu spannen.

„Sie ist total nett. Wir verstehen uns. Sie hat mir Fotos gezeigt, von Düsseldorf, ihrem Haus und den Nachbarn und den Hunden der Nachbarn. All sowas. Ich glaube, sie hat etwas Heimweh bekommen dabei."

„Und sonst? Mensch, ich merk' dir doch an, daß irgendwas passiert ist. Rück es raus!"

Ich weiß, daß es blöde ist, denn Mercedes ist meine beste Freundin und verschwiegen wie ein Grab, aber ich habe plötzlich Hemmungen, davon zu erzählen. Schließlich siegt doch mein Bedürfnis, mich mitzuteilen.

„Na ja, also, ich hab' ein Foto von ihrer Freundin gesehen. Sie heißt René und ist etwas älter. Eine ganz Krasse, mit so einem Haarschnitt, hier ganz weg und dann so einen Zopf. Zig Ohrringe auf der einen Seite."

„Punk?"

„Nein, eher House-Kid."

„Du sagst, ihre Freundin?" forscht Mercedes nach. Den kleinen Unterschied hat sie selbstverständlich bemerkt.

Ich nicke vielsagend.

Sie pfeift durch die Zähne. „Dachte ich's mir doch."

Das gehört zu ihren Lieblingssprüchen. Sie liebt es, schon vorher über alles Bescheid zu wissen, bevor es sonst jemand ausspricht.

„Und ich habe mich schon gefragt, was sie damit meinte. Sie hat mir von einem Laden in Düsseldorf erzählt, in dem man nicht von Typen angebaggert wird."

Mercedes sieht mich groß an. „Ist doch logisch, was sie damit meint: Da sind nur Frauen. Oder nur Schwule."

„Jetzt weiß ich das auch, Klugscheißerin."

Wir lachen etwas schrill.

„Mensch, das ist doch deine Chance!" sagt Mercedes dann eifrig. „Laß dich doch von Alex etwas rumführen. Vielleicht kann sie dir noch andere Läden zeigen. Macht doch mal 'ne Tour durch die Läden, die sie kennt. Bestimmt hat sie Freundinnen, bei denen ihr übernachten könntet."

Ja, bei René, denke ich. Und sage: „Mach mal langsam. Ich bin mir doch gar nicht sicher. Steck mich jetzt bloß nicht in eine Schublade!"

„Natürlich nicht. War ja nur so eine Idee", beeilt sie sich zu sagen. „Aber das eine sag' ich dir, ich find's ja okay, wenn du sie etwas unter deine Fittiche nimmst, aber als beste Freundin soll sie sich bloß nicht aufspielen. Das ist mein Vorrecht."

Sieh an! Mercedes und eifersüchtig. Das ist ja zum Totlachen.

„Ach, du!" lache ich, um sie etwas auf den Arm zu nehmen. „Du bist doch selber sauneugierig. Wahrscheinlich würdest du noch selbst in irgendwelche Läden mitfahren, nur um mal dabeigewesen zu sein!"

Mercedes wird tatsächlich etwas rot und kneift die Lippen zusammen. Das macht sie nur, wenn ihr wirklich nichts mehr einfällt.

Ich glaube, sie ist fast froh, als von der anderen Straßenseite zwei Jungs aus unserer Klasse herüberkommen.

„Habt ihr die Mathehausaufgaben?" fragt Oliver. Hm. Na, ich sehe schon, daß mein Heft gleich die Runde machen wird. Hoffentlich habe ich nicht zu viele Fehler drin.

Es ist wirklich nicht unbedingt immer das gesprochene Wort, das die Menschen einander näher bringt. Mindestens genauso oft ist es das, was nicht gesagt wird.

Beim Abendessen zu Hause sitzen Achim und ich wie seit Jahren nebeneinander. Er reicht mir die Wasserflasche, oder ich gebe ihm ein Stück Brot rüber. Für Mama und Papa sieht es wahrscheinlich aus wie immer. Aber wenn unsere Blicke sich begegnen, ist da noch etwas anderes. Wir müssen es nicht sagen, aber wir wissen beide, daß diese gemeinsamen Essen bald nicht mehr sein werden. Daran ist im Grunde nichts Trauriges, und trotzdem wird uns beiden etwas mulmig, wenn wir sagen: „Gibst du mir mal die Butter?"

Früher hätte ich nie gedacht, daß es mir mal etwas ausmachen würde, wenn mein großer Bruder auszieht. Aber jetzt ist da so ein sonderbares Gefühl von Wehmut. Wie wenn etwas zu Ende geht, das man eigentlich gerade erst zu schätzen beginnt – obwohl es so lange angedauert hat.

Ich stelle mit Schrecken fest, daß Mercedes wahrscheinlich recht hat mit ihrem Gerede vom Erwachsenwerden. Ich finde es ungeheuer erwachsen, wenn ich traurig darüber bin, daß ein Stück meiner Kindheit zu Ende geht.

Nur im Gegensatz zu meiner besten Freundin bin ich nicht total euphorisch über diese Veränderungen. Ich fühle mich nicht pudelwohl in dieser Zeit. Eher kommt es mir so vor, als wäre im Moment einiges verkehrt und auf den Kopf gestellt. Ich will nicht wieder dahin zurück, wo alles noch einfach war. Aber ich kann auch nicht schneller nach vorn, wo wahrscheinlich nicht so ein Chaos herrschen wird.

Allerdings habe ich von Alex schon etwas gelernt in den zehn Tagen, die ich sie mittlerweile kenne: Ich versuche, das Beste daraus zu machen.

Dies gilt auch für meine Deutschhausarbeit, über der ich gerade wieder brüte. Zwei Versuche habe ich bereits hinter mir. Ich habe damit angefangen, über mich selbst zu schreiben … Ich im afrikanischen Busch, meine ganz private Zukunftsvision. Aber als ich fast fertig war, stellte ich mir vor, diesen Text abzugeben oder – noch schlimmer – der Klasse vorzulesen. Die anderen werden sagen, Franzi ist übergeschnappt. Sie kann doch nicht allen Ernstes daran glauben, mal in einer Reihe mit Fossey, Goodall und Galdikas genannt zu werden. Also wanderte dieser Entwurf in die Schublade, für den Papierkorb war mir die Idee zu schade. Im Schreibtisch geht sie weder verloren, noch kann sie mich lächerlich machen.

Mein zweiter Versuch scheiterte daran, daß ich genau entgegengesetzt übers Ziel hinausschoß. Ich orientierte mich dabei an Thomas Morus, der in seinem Werk „Utopia“ den perfekten Staat zu entwerfen versuchte. Nun habe ich aber nicht sehr viel Ahnung von staatlichen Strukturen.

Ich habe immer die Demokratie für die beste aller Staatsformen gehalten. Wahrscheinlich, weil wir in einer leben und es mir gut damit geht. Aber als ich mir jetzt etwas anderes ausdenken wollte, klappte es hinten und vorne nicht, bis ich alles frustriert zusammengeknüllt habe.

Nun sitze ich hier und versuche, ein Mittelding zwischen ganz privat und ganz öffentlich zu finden, über das ich meine utopischen Visionen verbreiten könnte.

Donnerstagabend. Wirklich der allerletzte Termin, um es hinzubekommen. Auf keinen Fall will ich etwas Stümperhaftes abgeben. Meine erste Arbeit bei Marion soll wirklich gut sein.

In der Deutschstunde gestern hat sie mit uns noch mal kurz über die Aufgabe gesprochen. Viele haben Probleme damit. Marion hat uns erklärt, daß sie nicht will, daß wir eine ganze Wiese malen. Wir sollen uns auf eine einzelne Blume, oder noch besser: auf eine einzelne Blüte konzentrieren. Sven meinte dann, das sei eher ein Thema für den Philosophieunterricht. Ich dagegen bin immer heilfroh, wenn man auch in den anderen Fächern mal denken muß. Allerdings ist mein Hirn im Moment von ganz anderen Dingen so strapaziert, daß ich anscheinend plötzlich Schwierigkeiten damit bekomme.

Eine einzelne Blume, denke ich. Was sie damit wohl meint? Wenn ich das auf Menschen übertrage, dann ist es doch klar, daß ich nicht einen ganzen Staat konzipieren soll. Marion möchte nicht, daß ich ein ganzes Volk beschreibe, sondern nur einen einzigen Menschen …

Es klopft zaghaft an die Tür.

„Ja?“ In meiner Familie klopft niemand so vorsichtig an.

Die Tür geht auf und Alex streckt den Kopf herein.

„Hi. Stör’ ich?“

Mir schießt vor Freude das Blut ins Gesicht, und ich winke sie herein.

„Ich komme gerade aus der Stadt. Habe die Fotos abgeholt, die ich neulich im Wald geschossen habe. Hast du Lust, sie zu sehen?"

„Klar. Ich mache gerade Deutsch. Da ist jede Abwechslung willkommen. Ich hab' das Läuten gar nicht gehört. Wer hat dir die Tür aufgemacht?"

„Dein Bruder." Sie macht eine kleine Pause, als wäre sie nicht sicher, ob sie es sagen soll oder lieber nicht. „Ihr seht euch total ähnlich, weißt du das?"

„Bald wird man uns nicht mehr verwechseln können. Er bekommt jetzt langsam einen Bart", scherze ich.

„Muß toll sein, Geschwister zu haben", meint sie, nicht zum Lachen aufgelegt.

Ihre Familie besteht einfach nur aus ihrem Vater und ihr. Muß auch irgendwie komisch sein, wenn sie es dann mal mit Leuten zu tun hat, deren Familien aus Vater, Mutter und vier oder fünf Kids bestehen.

Sie streckt mir die Fotos entgegen, und wir setzen uns beide auf den Fußboden in die Nähe der Stehlampe, um besser sehen zu können.

Ich schaue mir die ersten an und kann dann schon nicht mehr meinen Mund halten.

„Wow! Super! Du hast ein Auge für sowas!"

Sie zuckt mit den Achseln, als wäre es nicht der Rede wert.

Ich bin aber wirklich völlig begeistert. Sie hat es raus. Da sind Dinge eingefangen, die sich fast decken mit Bildern in meinem Kopf. Erinnerungen an eine Ecke in der Steinmauer. Ein verbogener Dachbalken. Der Ameisenhaufen an der Südseite des Hauses. Und dann dieses Licht.

„Wie hast du das gemacht? Es sieht aus wie in einem Feenwald!" rutscht es mir raus.

Alex lächelt überrascht. Ich denke: Feenwald! Aua, Franziska! Was Blöderes konnte dir jetzt echt nicht einfallen!

„Das war eher Zufall", meint sie bescheiden. „Wir waren einfach zur richtigen Zeit am richtigen Ort."

Ich blättere die Fotos wieder und wieder durch, versinke in jedem Bild. Mensch, wenn Silke das sehen könnte. Wenn sie sehen könnte, daß sich nichts verändert hat in den drei Jahren. Unser geheimes Schloß, unser Versteck, unser Königreich existiert noch genauso wie damals.

„Könntest du mir die Negative für ein paar Tage geben? Ich hätte gerne Abzüge von dem einen oder anderen."

Jetzt wird Alex rot vor Freude.

„Dann werden dich diese hier ja auch interessieren", sagt sie und hält mir zwei Fotos hin, die sie bisher in der Hand verborgen gehalten hat.

„Oh, nein! Das bin ja ich! Wo hast du …? Ach, am Hochsitz, klar! Oh Gott, wie furchtbar! Ich sehe aus wie Rotkäppchen!" Ich meine damit meine geröteten Wangen, die vom Bild strahlen.

Alex grinst. „Ich würde eher sagen, du siehst aus, als hättest du gerade den bösen Wolf verschluckt. Du warst ganz schön sauer, als du da über mein Rad gefallen bist."

Wir lachen uns an.

Es ist schön, sie in der Schule zu treffen. Wir stehen jetzt in den Pausen oft zusammen, mit Mercedes, Karin und den anderen. Manchmal kommt auch Sven dazu. Aber wenn ich sie außerhalb der Schule treffe, ist es noch etwas anderes. Sie lacht dann ein bißchen anders. Freier irgendwie.

„Wenn dir die Bilder gefallen, wirst du ja froh sein zu hören, daß wir einen Fototermin haben. Samstagmorgen um halb fünf am Forsthaus."

„Ein Date mit Familie Dachs? Super! Und glaubt der … der …"

„Franz Stüber. Wir sollen ihn Franz nennen", erklärt Alex und verdreht die Augen etwas gen Himmel. Franz!

„Meinetwegen. Also, glaubt dieser Försters Franz, daß wir auch wirklich etwas vor die Linse bekommen?"

Alex guckt mich entrüstet an. „Wenn ich an einem freien Tag so früh aufstehe, muß es sich einfach lohnen!"

Das klingt eigentlich logisch. Wenn Alex so früh aufsteht, dann wäre es nur logisch, wenn die ganze Welt Kopf steht nur für sie.

Wir besprechen noch, welche Filme wir nehmen wollen und welche Lichtempfindlichkeit sie haben sollten und so. Es wäre doch zum Schreien, wenn wir nach dem Stelldichein mit den tierischen Fotomodellen am Ende nur schemenhafte Schatten auf den Bildern hätten.

Nach einer halben Stunde verabschiedet Alex sich schon wieder.

Als sie weg ist, liege ich wie betäubt auf dem Fußboden und habe immer noch ihre helle Stimme im Ohr. In meinem Bauch geht es drunter und drüber. Ich kriege nicht ein einziges Gefühl zu fassen. Und so wälze ich mich herum, um dem Chaos da drinnen vielleicht durch eine andere Lage Herr zu werden.

Ihr Pullover. Der, den sie neulich vor dem Kino noch rasch aus dem Haus geholt hat. Vergessen lümmelt er sich unter meinem Schreibtischstuhl. Ich strecke meine Hand aus und ziehe ihn hervor. Zopfmuster in Baumwolle. Ganz weich. Und wie er riecht. Nach irgendeinem Weichspüler. Und ich bilde mir ein, es riecht auch nach warmem Körper. Urgh. Mein Magen krampft sich zusammen. Ihre Haut, die so riecht. Vielleicht in der Halsbeuge. Und das Verrückteste ist, wie ich den Pullover vor mir ausbreite und plötzlich denke: An dieser Stelle ungefähr sind ihre Brüste. Da höre ich mich wieder zu Mercedes sagen: Ich bin mir doch gar nicht sicher. Steck mich bloß nicht in eine Schublade. Als ob es noch normal wäre, von Alex' Brüsten zu träumen!

„Normal“ – was ist das überhaupt für ein Wort! Ein Scheiß Wort ist das. Und genauso blöd wie das Wort selbst ist das, was es aussagt. Natürlich ist es nicht normal für ein Mädchen, an den Klamotten ihrer neuen Freundin herumzuschnuppern. Es ist auch nicht normal, daß es hier an dieser Stelle im Bauch brennt und zieht, wenn ich an ihre Augen denke oder, noch schlimmer, an ihren Mund. Aber ist es deswegen irgendwie schlecht? Oder pervers? Oder würde ich es mir deswegen wegwünschen? Ich bin doch nicht bekloppt. So blöde war ich noch nicht mal in Italien, als ich es zum ersten Mal so richtig gemerkt habe. Ich wäre nie auf den Gedanken gekommen, daß es nicht in Ordnung wäre, oder etwas bei mir da oben nicht stimmt – nur weil ich verliebt war. Das war ich nämlich. Gnadenlos verliebt, mit allem drum und dran. Und es machte auch gar nichts, daß es Mercedes nicht so ging. Wir sind die dicksten Freundinnen, und ich konnte ihr sogar davon erzählen. Sie fand es auch gar nicht komisch. Ich glaube, irgendwie hat es ihr sogar gefallen. „Kein Junge schreibt einem Liebesgedichte!“ hat sie gesagt.

Genau. Das ist es nämlich. Es geht hier um Liebe. Und was kann daran schon falsch sein? Auch wenn es nicht „normal“ ist.

Ich werde das Wort „normal“ einfach aus meinem Wortschatz streichen, denke ich.

Und ich wünschte, das würden alle anderen Menschen auch tun. Aber dieser Wunsch ist natürlich utopisch.

Ich setze mich auf und vergrabe meine Hände in Alex' weichem Pullover.

Utopisch.

Freitag ist Gähntag. Ich habe gestern noch so lange an meiner Deutschhausaufgabe geschrieben, daß ich kaum die Augen aufhalten kann, als wir im Bioraum irgend so ein Gewimmel mikroskopieren sollen. Mercedes muß mir alles einstellen, weil ich nichts gebacken krieg'.

Marion sieht schon rüber und runzelt die Stirn. Deshalb reiße ich mich gewaltig zusammen. Nach einer Weile haben wir alle eine Zeichnung der Zellen angefertigt und sitzen wieder brav auf unseren Plätzen. Die Stunde nähert sich dem Ende.

„Die Zellen, die ihr gerade gesehen habt, sind natürlich ungleich größer als Viren. Mikroskope, mit denen wir Viren untersuchen könnten, sponsort das Kultusministerium leider nicht“, erklärt Marion.

„Na, Gott sei Dank“, sagt irgend jemand, während die meisten lachen. „Wir würden uns ja sonst sämtliche Krankheiten einfangen.“

„Falsch!“ kontert Marion. „Aber eine gute Überleitung zu dem Thema, auf das ich heute noch kommen wollte: Virusinfektionen! Wo überall kann uns der Krankheitserreger Virus begegnen?“

„In der Luft!“ ruft jemand.

„Im Speichel.“

„Im Blut natürlich.“

„Alles richtig. Aber dies gilt nicht für alle Viren. Und es hat etwas mit dem unterschiedlichen Aufbau der Viruszellen zu tun. Welchen Virus kennt ihr am besten?“

„Grippevirus“, schlägt Mercedes vor, die sich im Winter eine hartnäckige Grippe eingefangen hatte.

Aber ich glaube, Marion hat etwas anderes im Sinn.

„Das Virus, das ja ständig in aller Munde ist, ist das HIV-Virus“, sage ich deshalb.

Marion nickt. „Ganz genau. Und du hast es richtig gesagt: HIV-Virus. Viele sagen AIDS-Virus dazu. Aber das ist nicht korrekt. AIDS bedeutet ‚Acquired Immune Deficiency Syndrome‘, zu deutsch ‚Erworbener Immundefekt‘, das ist die Krankheit, zu der sich eine HIV-Infektion entwickeln kann. Was wißt ihr noch über das HIV-Virus?“

„Es ist ein Retro-Virus“, sagt Sven zögernd. „Aber was das bedeutet, weiß ich auch nicht.“

„Und das Virus kann nicht durch die Luft fliegen wie Grippeviren!“ Mercedes mit ihren Grippeviren.

„Stimmt. Und?“

„AIDS ist tödlich“, bringt noch irgend jemand zustande. Aber mehr kommt nicht.

„Nun, da wir uns eh mit Viren beschäftigen müssen, werden wir dem HIV-Virus besondere Aufmerksamkeit widmen. Das scheint ja auch nötig zu sein bei euerm umfassenden Wissen, hm? Und damit ihr euch mal Gedanken darüber macht, woher die Menschen ihr Wissen über das HIV-Virus nehmen sollen, die nicht die Gnade erfahren, von mir unterrichtet zu werden“, damit erntet sie natürlich Gelächter, „möchte ich euch bitten, mal selbst etwas zu forschen. Am Dienstag hätte ich gern Infomaterial aus Zeitschriften, Zeitungsartikel und so weiter. Bringt alles mit, was ihr finden könnt. Und vor allem: Lest es vorher! Damit hier nicht wieder die gähnende Leere in den Köpfen herrscht."

Dabei streift Marion mich mit einem Blick. Ausgerechnet, als ich gerade mal wieder die Klappe bis zum Anschlag aufreiße. Sie grinst. Ich denke: Alles klar, Marion. Wenn schon nicht Herr Wachter, dann auf jeden Fall du!

Ob ich das auch noch denken soll, als ich sie in der sechsten Stunde zum Deutschunterricht wiedersehe, weiß ich nicht so genau.

Ich habe so ein sonderbares Gefühl. Aber dann komme ich doch nicht als erste dran, was mein Gefühl eigentlich bedeutet hätte. Statt dessen beißt Oliver in den sauren Apfel. Ist sogar etwas ganz Nettes dabei herausgekommen. Er hat das Ganze eher witzig aufgezogen und parabelt über die utopischen Technikvisionen. Er bekommt Beifall, und Marion erklärt recht zufrieden, was er alles richtig gemacht hat.

„Okay, wer will noch?"

Marion sieht sich in der Runde um. Gleich bin ich dran, ich hab' es im Gefühl. Aber da hebt sich mir gegenüber ein Arm mit Lederbändern und einer Swatch am Handgelenk.

Ich setze mich zurecht. Ich mag es, wenn Alex sich meldet und dann mit ernsthaftem Gesicht ihre Antworten gibt.

„Land der Frauen", liest sie. „Eines Morgens erwachte ich in einem fremden Bett, in einem fremden Zimmer. Ich stand auf und zog die Kleidungsstücke an, die ich im Zimmer fand, Hosen und ein einfaches Hemd. Die riesige Küche des Hauses war überfüllt mit Frauen, die frühstückten oder am offenen Feuer standen und in den vielen Töpfen rührten. Sie begrüßten mich freundlich und hießen mich willkommen in ihrem Land, in das ich geraten war. Ein

Mädchen namens Maria setzte sich zu mir und erklärte sich bereit, mir nach dem Frühstück alles zu zeigen, was ich sehen wollte ..."

„Das Land der Frauen". Vor meinem inneren Auge wächst eine Gesellschaft, in der es weder Kriege noch Mord gibt, und bestimmt keine Vergewaltigung, in der gegenseitiges Helfen und die Einheit mit der intakten Natur an erster Stelle stehen.

Ich bin ganz baff. Das hat sie sich ausgedacht? Die coole Alex mit ihren supergestylten Klamotten und den gegelten Haaren? Was sie da vorliest, ist so ziemlich das Romantischste, was ich mir vorstellen kann. Mittelalter wie in den Robin-Hood-Filmen, Lagerfeuer, Jahrmärkte. Damit trifft sie voll meinen Nerv. Marion hatte uns gebeten, uns Notizen zu machen. Aber ich hocke einfach nur staunend da und höre ihr zu und betrachte sie.

Ich kann sie die ganze Zeit ansehen, ohne daß sie mich dabei ertappen kann. Der Raum zwischen uns wird plötzlich kleiner. Als atmete ich sie immer näher zu mir hin. Ja, genauso fühle ich mich, während ich ihr zuhöre. Ich fühle mich, als sei ich der Magnet, und sie reagiert darauf. Oder vielleicht ist es auch umgekehrt.

Als sie schließlich ihr Heft ablegt, muß ich mich richtig zusammenreißen, um nicht weiterzustarren. Die anderen fangen gleich mit einer Diskussion an, von der ich die ersten Meldungen natürlich nicht mitbekomme. Das einzige, was mich plötzlich wieder in die Realität zurückholt, ist ein Paar blauer Augen von weiter vorn. Sven, der mich ansieht, als wären bei ihm gerade mehrere Groschen gefallen.

Ich rase mit Lichtgeschwindigkeit aus meinen Träumereien zurück in dieses Klassenzimmer. Herrje, hat er mich schon länger so angeschaut?

Wir grinsen uns etwas kariert an, und er tut so, als müsse er dringend irgend etwas in seinen Block notieren.

„Alex hat hier eine Form gewählt, die in der Literatur nicht unüblich ist, um eine friedvolle Utopie darzustellen: Das Weibliche als gewaltfreie Lebensform", erklärt Marion. „Auch der Erzählstil ist durchaus gängig. Die Ich-Erzählerin erleichtert den Lesern oder in diesem Falle den Zuhörern die Identifikation mit den Sehnsüchten nach Geborgenheit und Frieden, sowie den Eindrücken, die dieses fremde, perfekte Land auf sie macht. Ist denn jemandem aufgefallen, was in die literarische Form der Parabel nicht so ganz hineinpaßt?"

Was hier nicht paßt? Kann ich ganz genau sagen. Auch ohne, daß Sven mich anglotzt wie ein Uhu. Es paßt nicht, daß sie ein Mädchen ist. Oder es paßt nicht, daß ich ein Mädchen bin. Das werden alle sagen. Das paßt nicht.

Ob sie überhaupt ahnt, was mit mir los ist? Ob sie auch nur einen blassen Schimmer davon hat, daß ich letzte Nacht fast ihren Pullover im Arm gehalten hätte, und es nur deshalb nicht getan habe, weil ich befürchtete, daß er dann am anderen Morgen nicht mehr nach ihr riechen könnte? Ob sie sich vorstellen kann, daß mich der Gedanke an diesen silbernen Ring durch ihren Bauchnabel maßlos verwirrt, und daß ich jeden einzelnen der Ringe an ihren Händen schon auswendig kenne? Vielleicht würde sie sich schlapp lachen, wenn sie wüßte, daß ich mir vorstelle, sie einatmen zu können, zu mir hinzusaugen wie ein Magnet.

Mercedes ist echt witzig. Nur weil Alex irgendwas mit dieser René hatte, heißt das ja noch lange nicht, daß sie mich auch mögen würde. Ich bin doch so vollkommen anders. Anders als diese Coole mit der flippigen Frisur und dem gepiercten Nabel. Könnte mir vorstellen, daß Alex nur auf solche steht. Aber doch nicht auf eine wie mich, so brav und normal. Brrr. Da ist es wieder dieses Wort! Ich wollte es doch aus meinem Wortschatz streichen.

„Franziska, ich könnte mir vorstellen, daß du auch etwas Spannendes gezaubert hast. So wie du heute morgen gegähnt hast, scheint es eine Nachtarbeit gewesen zu sein!"

Oh, nein! Ich kann doch jetzt nicht …! Aber mir fällt keine gute Ausrede ein, um mich gerade noch zu drücken.

„Ja, ehm … ich habe einen Text geschrieben mit dem Titel ‚Warum normal sein?'" beginne ich, und ich ernte von meiner lieben Freundin Mercedes eine Kichersalve, die sie nicht unter Kontrolle bekommen kann. Ich könnte sie zum Mond schießen.

Marion bekommt das schnell in den Griff, indem sie nur kurz fragt: „Vielleicht möchtest du lieber zuerst lesen, Mercedes?" Das wirkt wahre Wunder.

„Na, dann schieß mal los!"

Ich räuspere mich und fange an:

„Warum normal sein?!

‚Es gab einmal eine Zeit', beginnt der alte Geschichtenerzähler, ‚als Menschen und Tiere und Dinge in zwei Kategorien eingeteilt wurden: Normal und anormal. Da gab es die Geradegewachsenen und die Buckligen, die Sprechenden, Hörenden und die Tauben, die Gescheiten und die Dummen. Die einen wurden von allen jeweils normal genannt, und die anderen anormal.'

‚Was für komische Worte', sagt ein Kind in der ersten Reihe. ‚Was bedeuten sie denn?'

Der Geschichtenerzähler, der vielleicht sogar so alt ist, daß er diese sonderbare Zeit mit diesen komischen Worten noch als ganz, ganz kleiner Junge erlebt hat, runzelt seine von Falten durchfurchte Stirn. Seine Stimme grollt wie von einem fernen Donner: ‚Schlimme Worte waren das!‘ brummt er. ‚Worte, die eines besser als das andere machen wollten. Denn alles, was normal genannt wurde, war gut und recht. Und alles, was anormal hieß, war verdorben und schlecht.‘

Die Menge schweigt.

‚Was für einen Sinn hatte es, solche Worte zu benutzen?‘ fragt wieder das Kind vorn. So wie es in allen Zeiten war, ist sein Geist beweglicher als der der Erwachsenen, formen sich aus seinem Mund beständig richtige Fragen.

‚Der Sinn‘, antwortet ihm der alte Mann, ‚liegt im Unsinn. Das Reine wurde dadurch unrein. Das Schöne wurde unschön. Das Liebevolle wurde grausam.‘

Seine gebogenen Hände fahren durch die Luft. ‚Vorüber diese Zeit. Vorüber.‘

Aber das Kind weiß noch nicht genug, wie es für Kinder typisch ist. Es zupft am Ärmel seines Mantels und fragt weiter. So wie es sein soll. ‚Wie kam es, daß diese komischen Worte nicht mehr gebraucht wurden?‘

Der Alte lächelt, denn er erinnert sich noch gut.

‚Es geschah, daß Menschen und Tiere und Dinge, die als normal bezeichnet wurden, dieses Wort nicht mehr mochten. Sie wollten etwas Besonderes sein, etwas Spezielles, etwas Individuelles …‘

‚Aber‘, fährt das Kind dazwischen, und niemand rügt es, weil es den Alten unterbricht, ‚aber das ist doch automatisch jeder mit dem Tag seiner Geburt!‘ Ungeheuerlich ist das, was der Geschichtenerzähler da berichtet.

‚Heute ist das so, das ist wahr. Aber in jener Zeit wurden die meisten als normal geboren und irgendwann zum Anormalen ernannt. Und so begannen die Normalen, sich zu

Anormalen umzunennen, da es modern war, etwas Speziel-les zu sein. Die, die aber vorher anormal geheißen hatten, konnten nun trotzdem nicht normal genannt werden. So gab es plötzlich mehr und mehr, die nicht normal waren. Entsetzlich.'

‚Warum entsetzlich? Es war doch so schön, anormal zu sein?' sagt ein Mann, angesteckt von der Neugier des Kindes.

‚Man konnte plötzlich nicht mehr unterscheiden, wer schrecklich anormal und wer schön anormal war', ruft eine Frau.

‚Es war plötzlich nicht mehr besser, normal zu sein. Es war nicht mehr schlechter, anormal zu sein. Es war ganz einfach so, daß jede und jeder für sich entscheiden konnte, was für ihn das Erstrebenswerte war', erzählt der alte Mann. ‚Und so verloren diese komischen Worte an Bedeutung. Sie gerieten in Vergessenheit. Niemand kennt sie mehr.'

‚Das ist gut!' ruft das Kind.

Die Menge lacht. Und dann bitten sie um eine weitere Geschichte."

Für ein paar Augenblicke ist es vollkommen still im Klassenraum. Dann fragt Marion: „Was sagt ihr dazu?"

Sven meldet sich. „Diese Aufgabe hatte es in sich. Wir sollten die Texte doch in Philosophie durchnehmen. Ich wette, sie wären nicht nur wegen ihrer literarischen Form interessant."

Alex sieht mich nicht an. Sie spielt mit ihren Ringen. Was denkt sie? Fand sie es nicht gut?

Marion setzt sich aufs Pult. „Ich muß gestehen, daß ich nicht mit einer solchen Qualität des Inhalts gerechnet hatte. Aber natürlich freut es mich, daß bei euch ein so hohes

Niveau besteht. Das erhöht allerdings auch den Anspruch, den ich bei den Klausuren an euch stellen werde." Bei ihrem letzten Satz grinst sie so frech, daß wir alle nur lachen und sie nicht ernst nehmen.

Wir diskutieren noch etwas über meinen Text. Es war gar nicht schlimm, ihn vorzulesen. Im Gegenteil. Es hat richtig Spaß gemacht. Und die Art, wie jetzt darüber geredet wird, gelenkt durch Marions Fragen und Kommentare, diese Art gefällt mir. Sie gefällt mir vielleicht sogar ein bißchen besser als die Aufsatzbesprechungen bei Wachter. Marion bekommt gerade hundert Punkte von mir.

Es schellt, und alle stürzen wie üblich aus dem Raum.

Marion bleibt noch auf dem Pult sitzen und schaut abwesend aus dem Fenster. Als ich an ihr vorbeigehe, sagt sie: „Alle Achtung, Franziska. Das war sehr gut."

„Ich habe lange darüber nachgedacht", antworte ich hocherfreut. „Mir war nämlich zuerst nicht ganz klar, was du mit der Wiese und der einzelnen Blume gemeint hast."

Sie schmunzelt. „Und weißt du es jetzt?"

„Ich glaube, die einzelne Blume ist das Wort, das ich aufs Korn genommen habe."

Sie nickt und wechselt ganz plötzlich das Thema: „Sag mal, Franziska, du als Klassensprecherin müßtest doch den Überblick haben. Ich bin etwas verwundert, weil ich an der Schule so gut wie gar keine Anlaufschwierigkeiten habe. Seid ihr einfach ein unkomplizierter Verein?"

Darüber muß ich erstmal lachen. Sie hat wohl erwartet, daß wir über sie herfallen wie diese Klasse Schwererziehbarer in dem Film mit Michelle Pfeiffer.

„Wir sind vielleicht braver als die Kids in den Großstädten", schlage ich als Lösung vor.

Marion verzieht das Gesicht. „Brav! Igitt! Noch so ein Wort, von dem ich mir wünschen würde, daß es in Zukunft niemand mehr kennt. Findest du nicht?"

„Doch. Klingt ziemlich spießig."

„Klingt oberspießig. Dabei habe ich nicht den Eindruck, als könnte man euch diesen konservativen Stempel aufdrücken. Du weißt schon, all das, was Städter über Landbewohner denken …"

Da erst geht mir auf, daß nicht nur wir unsere Vorstellungen davon haben, wie Leute sind, die in Berlin, München oder Wien aufgewachsen sind. Die Städter haben auch ihre Vorurteile über uns Landeier.

„Dein Unterricht macht Spaß. Das ist dein Vorteil", sage ich. „Ich meine, man merkt schließlich, wenn man ernst genommen wird."

Sie sieht mich mit diesem gewissen Blick an, den Lehrer manchmal drauf haben, wenn sie einen auf die richtige Spur gebracht haben.

„Ihr seid fast erwachsen", meint sie. „Wird langsam Zeit, euch ernst zu nehmen, oder?"

„So denken aber nicht alle."

Jetzt lächelt sie gerissen. „Die sind dann aber selbst schuld, wenn ihr sie bald auch nicht mehr ernst nehmt."

Stimmt. Unser Mathelehrer ist so einer. Der versucht, uns mit den gleichen Sprüchen zu ködern, die er bei den jüngeren Schülern auch losläßt.

„Und wie sieht es aus mit der anderen Neuen? Lebt Alex sich gut ein?"

Witzig, daß sie ausgerechnet mich danach fragt. Das hätte ich nämlich selbst gerne gewußt.

„Ich glaube schon. Ist eine Umstellung für sie. Aber sie … macht das Beste daraus."

„Schön. Das freut mich. – Tja, ich will dich nicht aufhalten …"

Mercedes macht von der Tür aus bereits verzweifelte Zeichen.

Ich drehe mich um und bin schon fast draußen, da sagt Marion noch: „Du solltest dein Talent nutzen!"

„Wie?" frage ich.

„Das Schreiben, meine ich", sagt sie.

Mercedes greift meinen Arm und zieht mich auf den Korridor hinaus. „Komm endlich, oder du kannst allein nach Hause laufen. Ich will gleich zum Hof rüber."

Wir laufen durch die Gänge, und sie legt ein echtes Tempo vor.

„Siehst du Ralf heute?"

„Er hat gesagt, er kommt wahrscheinlich heute schon rüber. Ich bin so aufgeregt."

„Wieso denn? Ihr habt euch doch erst Dienstag noch gesehen." Ich werfe ein paar Blicke über den Schulhof, aber Alex ist natürlich schon längst weg.

„Dieses Wochenende wird was ganz Besonderes …" sagt Mercedes. „Ich wollte dich sowieso noch was fragen: Kannst du mir vielleicht bei einer Notlüge beistehen? Ich meine … he, Franzi! Huhu! Hier bin ich! Wen suchst du?"

„Ach, niemanden. Was für eine Notlüge?"

Sie sieht mich mit diesem typischen, herausfordernden Mercedes-Blick an, 200 PS sozusagen, und dann sagt sie: „Kann ich meinen Herrschaften sagen, daß ich nach Svens Fete bei dir penne?"

Stutz.

„Ja … klar. Wieso …?" Da geht mir ein Licht auf. „Oh, nein! Mercedes, das ist nicht dein Ernst! Du kennst ihn doch kaum!"

Sie zieht eine Grimasse.

„Mensch, Franzi, ich liebe ihn. Kapier das doch!"

„Klar! Nach zwei Wochen, die ihr jetzt zusammen seid, liebst du ihn schon. Wir waren doch beide immer der Meinung, daß es sowas nicht gibt. Liebe muß wachsen. Das geht nicht so hopplahopp. Weißt du nicht mehr? Liebe ist nicht einfach so – paff – plötzlich da."

„Ich sage dir, es ist ein ganz, ganz starkes Gefühl. Und ich will ... ich werde ..." Sie sieht sich um, ob auch niemand in Hörweite ist. „Ich hab' einfach Bock auf ihn, verstehst du? Das kennst du doch bestimmt auch. Was soll also dieser ganze Babykramquatsch mit Warten und so?" raunt sie mir dann zu. „Er ist der Richtige, das weiß ich. Schon allein, wie er küßt und alles. Er ist so zärtlich ... Warum sollten wir warten?"

Ich sehe sie an, und bei dem Glitzern in ihren Augen kneift mir irgend etwas ins Zwerchfell.

Hab' ich mir schon gedacht. Irgendwann hat sie einen Freund und all das. Und dann steh' ich da und guck' in die Röhre.

Es fühlt sich echt nicht besonders toll an. Obwohl es nicht so höllisch ist, wie ich gedacht habe. Hat nicht so viel mit Eifersucht zu tun. Eher was mit Sorgenmachen. Ich hab' sie so verdammt lieb, und ich will nicht, daß irgend so ein Idiot sie ausnutzt und ihr weh tut.

„Du wirst doch ..." Irgendwie fehlen mir die Worte. Aber sie weiß, was ich meine.

„Ich war schon in den Ferien beim Arzt. Ich nehm' die Pille." Sie klingt regelrecht stolz.

Davon hat sie mir überhaupt nichts erzählt. Ich bin gekränkt. Bloß nichts anmerken lassen. Sonst kriegt sie es am Ende noch in den falschen Hals.

„Aber du bist gar nicht dicker geworden!“ stelle ich deswegen spöttisch grinsend fest. Sie knufft mich in die Seite und wir gehen schweigend weiter.

Ach, Mercedes, liebe Mercedes, wir werden echt erwachsen, oder?

„So ’ne Scheiße!“ entfährt es mir.

Mercedes guckt verdutzt. „Was?“

„Unsere Kindheit!“ plärre ich sie verstimmt an. „Weg ist sie!“

„Ja!“ lacht meine beste Freundin und breitet die Arme aus. „Leben, wir kommen!“

Ich habe geträumt.

Was habe ich geträumt? Gerade war es noch da. Es war etwas Schönes. Ich möchte es behalten. Warum klingelt dieser blöde Wecker? Es ist noch stockdunkel draußen. Mitten in der Nacht. Mitten in einem wunderschönen Traum.

Ich taste nach dem Horrorgerät und erwische ihn so, daß er gleich ganz umkippt und mit einem letzten „Pling“ aufgibt.

Was ist eigentlich los?

Ich liege wie ein Käfer auf dem Rücken und bin einfach unfähig, mich umzudrehen. Todmüde bin ich.

Dachse. Oh, shit. Warum können wir nicht Mercedes’ Pferd Charly fotografieren oder so? Oder vielleicht irgend etwas anderes, das wir nicht mitten in der Nacht im Wald suchen müssen. Das Schulgebäude vielleicht.

Ich quäle mich aus dem Bett und torkele ins Bad. Aus dem Spiegel glotzt mir eine Fratze entgegen, die unmöglich mein Gesicht sein kann. Na, was erwarte ich. Es ist kurz vor vier.

Den Weg zu Alex' Haus mache ich heute mit dem Fahrrad. Ich kenne den Wald, auch bei Nacht. Aber trotzdem ist mir unheimlich zumute. Hinter allen Bäumen lauern Schatten. Sträucher bewegen sich wie von selbst. Alles sieht so anders aus im Grau der Nacht. Ich bin ziemlich froh, als ich mein Rad in der Einfahrt abstellen kann. Aber bevor ich die Klingel erreiche, tut sich wie bei „Sesam-öffne-dich“ die Tür auf, und Alex schlüpft heraus. Sie ist ganz schwarz angezogen, genau wie ich. Und zusätzlich hat sie noch eine schwarze Schlägermütze auf. Wenn ich nicht wüßte, daß sie da druntersteckt, könnte ich sie auch für einen Jungen halten.

Sogar ihre grünen Augen wirken dunkel.

Wir lächeln uns an wie zwei Verschwörerinnen. Es beruhigt mich, daß sie auch total zerknautscht aussieht. Das ist bestimmt ihre Aufwachmiene am Morgen.

„Wir sind ja total verrückt!“ sagt sie.

Statt einer Antwort gähne ich hinter vorgehaltener Hand.

Wir gehen bewaffnet mit Taschenlampen den Weg weiter bis zum Forsthaus. Davor steht schon ein klappriger Wagen, in dem ein brauner Jagdhund auf dem Rücksitz sitzt und kläfft, als wir näher kommen.

„Ssscht, Alter, psst! Du verscheuchst uns noch unsere Models!“ mahnt Alex ihn.

Da kommt auch schon Franz aus der Hütte, in grünem Parka und mit festen Wanderschuhen, ganz wie man sich einen Förster so vorstellt. Allerdings wesentlich jünger als ich gedacht hätte, vielleicht dreißig oder so.

Er begrüßt uns mit Handschlag und mustert unseren schwarzen Aufzug.

„Na, auf Klau wollen wir aber nicht heute“, brummt er grinsend.

Dann läßt er den Hund aus dem Auto, der erstmal wild um uns herumspringt und Alex, die sich das auch noch gefallen läßt, stürmisch die Nase leckt.

„Senta, hier“, und der bemitleidenswerte Hund mit dem Allerweltshundenamen sitzt sofort wie eine Eins neben Franz. Alex’ Augen leuchten unter ihrer Kappe hervor.

So ziehen wir los. Franz nimmt Gott sei Dank kein Gewehr mit. Ich hatte da so eine Befürchtung, ein Bild, das ich mir von Jägern zurechtgebastelt habe: immer den Kolben im Anschlag und auf alles schießen, was vor die Büchse springt.

Franz erzählt, daß er eigentlich Forstmeister ist und genauso viel mit Bäumen, Pflanzen, Wegen, Vogelnistplätzen, Fütterung von Tieren und so weiter zu tun hat wie damit, den Tierbestand im Gleichgewicht zu halten. Als er auf Familie Dachs zu sprechen kommt, ist er ganz schön stolz, glaube ich. Dabei sind Dachse gar nicht so selten, wie ich gedacht habe. Und er selbst hat ja wohl auch kaum etwas zum Nachwuchs beigetragen. Aber er erzählt von den drei jungen Dachsen, als wäre er persönlich der Vater.

Alex ist hin und weg. Ihr ganzes Gesicht strahlt, als wir durch den Wald gehen, Senta zwischen ihr und Franz.

„Jetzt müssen wir aber still sein, sonst ist am Ende alles umsonst. Bis zum Unterstand brauchen wir noch ein paar Minuten. Also, Ruhe jetzt“, werden wir ermahnt. Sogar Senta tritt vorsichtiger auf.

Der Unterstand, von dem er gesprochen hat, ist eine windschiefe Hütte mit einer einzelnen, wenig vertrauenerweckenden Bank drinnen. Wir setzen uns alle drei, und Franz späht hin und wieder aus dem kleinen Fenster, während wir unsere Kameras herauskramen, um im Ernstfall gerüstet zu sein.

Eine ganze Weile passiert aber überhaupt nichts. Wir sitzen einfach nur schweigend da und warten, daß hier ein paar schwarzweiße Viecher vorbeispaziert kommen, um nach der nächtlichen Jagd wieder in ihren Bau zurückzukehren.

Wahrscheinlich haben die uns durch den Wald verfolgt und warten jetzt in Seelenruhe hinter der Bretterwand, bis wir die Geduld verlieren und wieder verschwinden.

Alex und ich sitzen dicht nebeneinander. Tagsüber wird es momentan zwar noch richtig warm, aber um diese Uhrzeit fröstelt es einen doch ganz schön. Alex' Nähe wärmt mich. Sie verströmt eine friedliche Stimmung zwischen Schläfrigkeit und leiser Aufregung. Wir lehnen aneinander wie zwei gute Freundinnen. Aber ich weiß genau, daß eine gute Freundin sich für mich nicht anfühlen würde, als sei sie irgendwie elektrisch unter ihrem schwarzen Anorak. Genauso fühlt es sich nämlich an, wenn eine von uns sich mal ein bißchen zurechtsetzt und unsere Arme sich berühren. Es kribbelt und bitzelt bis in die Fingerspitzen.

Ob sie es auch fühlt?

Ich hebe den Blick, der bisher hauptsächlich ganz unverfänglich auf dem Hund geruht hat, der in der gegenüberliegenden Ecke liegt.

Alex sitzt in ihrer ganz typischen Haltung aufrecht, die Augen geschlossen. Welche Bilder sieht sie auf der Innenseite ihrer Lider?

Ich schließe meine Augen auch kurz und sehe vor mir Alex' Gesicht, wie es gerade ausgeschaut hat. Etwas müde, etwas angespannt, nach draußen in den Wald hinein lauschend. Mit leicht geschlossenen Lippen, die ganz weich und rosafarben schimmern.

Augen wieder auf. Sie sieht mich an. Ihre Augen brennen. Ihr Blick hinterläßt wieder diese heiße Spur in meinem Inneren. Ihr Mund öffnet sich ein wenig. Aber sie sagt nichts. Schaut mich nur immer weiter so an.

Da ist es plötzlich wieder. Erst ein einzelnes Bild, wie ein Foto. Und plötzlich, als hätte dieses eine auch alle anderen wieder lebendig gemacht, sehe ich den Traum wieder vor mir. Dieser Traum, den ich nicht loslassen wollte, als vorhin der Wecker schellte. Alex mit diesen Augen, mit diesem Mund. Ihre Hände. Und ihr Duft überall um mich herum.

Erschrocken wende ich mich ab und starre auf die unschuldige Senta, die keine Ahnung hat, was für Wahnsinnsträume ein Mensch träumen kann. So intensiv wie eine Erinnerung. So unglaublich. Und so wundervoll.

Mercedes, denke ich. Mercedes hat mich direkt angesteckt mit ihrem ‚Ich hab' Bock'. Nur daß es bei mir nicht darum geht, daß ich mir die Pille verschreiben lassen muß oder so. Bei mir geht's nur darum, es möglichst niemanden merken zu lassen, daß ich sowas denke.

Wenn nur Alex es nicht ahnt. Wenn sie nur nicht …

In diesem Augenblick hebt Senta den Kopf und schaut mit ihren braunen Hundeaugen fragend rüber zu Franz. Sie winselt leise.

Er macht eine Bewegung mit der Hand, und sofort ist sie still. Uns grinst er vielsagend an. Sie kommen.

Ich lasse etwas überstürzt alle meine verrückten Gedanken hier auf der Bank zurück und schleiche vorsichtig hinter Alex zum Ausguck.

Wir haben hochlichtempfindliche Filme eingelegt, denn selbstverständlich wäre ein einziger Blitz das Ende unserer Fotosafari. Vielleicht ist sogar schon das leise Surren der Kameras beim Filmtransport zu laut. Franz hat uns auch gesagt, wir sollen nicht überrascht sein, wenn sie plötzlich scheinbar ohne Grund davonrasen. Dann könnten sie Witterung bekommen haben. Aber das Wetter sei günstig, hat Franz gemeint.

Zuerst sehe ich überhaupt nichts. Na gut, irgendwo ein paar Meter weiter wuselt etwas herum. Aber das könnte auch ein Kaninchen sein, oder ein Vogel. Doch dann kommen sie plötzlich alle vier anmarschiert. Vornweg die ziemlich beeindruckende Mutter. Meine Güte, ich habe nicht gewußt, daß solche Tiere hier frei im Wald herumlaufen. Unfaßbar. Mutter Dachs sieht verdammt wehrhaft aus mit dem breiten Kreuz und den kräftigen Beinen. Ich kann sogar ihre Krallen sehen, wenn sie im Boden scharrt. Sie frißt etwas. Ihr Schmatzen ist ganz deutlich zu hören. Und da kommen wie auf Kommando die drei Kleinen angewetzt. Immerhin, da wo Muttern was Gutes findet, muß es doch noch mehr geben. Ich weiß nicht, ich möchte lieber nicht so genau wissen, was die da fressen. Alex wagt es als erste. Ihre Kamera summt leise. Mutter Dachs frißt ungerührt weiter. Noch ein Versuch. Wieder passiert nichts. Also legen wir richtig los. Nichts wird ausgelassen. Ein paarmal habe ich das Gefühl, jetzt haben sie was gehört. Sie müssen das hören. Aber sie bleiben trotzdem. Toll!

Alex gibt mir ein Zeichen. Ihr letztes Foto. Ich nicke. Auch meins. Wir fixieren beide noch mal genau, stellen lange herum und drücken dann ab. Tja, und das war's. Meine Kamera ist da nicht gefährlich. Aber Alex' Superding spult automatisch den Film zurück, und dieses Schnarren kann einfach kein Dachs ignorieren. Innerhalb von zwei Sekunden sind die vier auf ihren kurzen Stummelbeinen in den Büschen verschwunden. Franz lacht, und Senta springt auf und bellt begeistert.

„Mein Film ist voll! Sechsunddreißig Dachsfotos!" jubelt Alex. Draußen im Unterholz knackt es gewaltig, und Senta bellt noch mehr.

„Das war bestimmt der Bär des Reviers", schmunzelt Franz.

Alex lacht wieder: „Als ob es hier Bären gäbe!"

Und irgendwie bin ich froh, daß es hier keine gibt. Andernfalls hätte sie sich bestimmt nicht mit Dachsen zufrieden gegeben. Dafür wette ich.

Franz spendiert uns im Forsthaus ein Frühstück, das er in einem echt unromantischen Karton aus dem Auto holt. Er befragt uns ein bißchen über diesen Fotokurs und die Schule an sich und so. Und wir quetschen ihn über seine Arbeit aus. Er erzählt, daß es Hobbyjäger gibt, die einiges an Geld dafür bezahlen, eine sogenannte Pacht zu erstehen. Das bedeutet, daß sie ein bestimmtes Stück Wald zugewiesen bekommen, das gleichzeitig das Revier von diversen Wildtieren ist. Der Forstmeister erteilt dann die Abschußgenehmigungen.

Alex verzieht das Gesicht.

„Abschußgenehmigung", sage ich angewidert. „Wie das klingt!"

„Muß aber sein", meint Franz. „Früher war die Natur so im Gleichgewicht, daß Raubtiere die schwachen, kranken, alten Tiere weggefangen haben. Heute müssen wir diesen Job erledigen, seit es in unseren Wäldern weder Wölfe noch Bären oder Wildkatzen mehr gibt."

„Idiotisch", schnaube ich. „Zuerst bringt man die Raubtiere um, und dann hat man einen Grund, das Wild abzuschießen."

„Und was ist mit den riesigen Hirschgeweihen, auf die alle Jäger so scharf sind? Kann mir doch keiner erzählen, daß das alte, kranke und schwache Tiere gewesen sind. Das ist doch einfach ein Sport", setzt Alex hinzu.

Franz macht ein etwas betretenes Gesicht, und ich komme mir plötzlich enorm unhöflich vor. Immerhin hat er sich die Zeit für uns genommen und sogar noch ein Frühstück spendiert. Nicht besonders nett von uns, jetzt alle Jäger, Förster und Tierkiller in einen Topf zu stecken.

„Jedenfalls war es total nett, daß du uns die Dachse gezeigt hast", sage ich schnell. „Und danke auch für das Frühstück."

Alex beeilt sich, mir zuzustimmen. Satt und mindestens so hundemüde wie Senta treten wir bald den Heimweg an.

Aber als wir in der Tür stehen, kann ich mir doch eine letzte Frage nicht verkneifen. Es geht mir einfach nicht aus dem Kopf.

„Franz? Diese Dachsfamilie, die gehört doch auch zu einer Pacht, oder?"

Er nickt.

„Werden sie auch abgeschossen?"

Ich glaube, dies ist einer von den Augenblicken, in denen man vor einem Erwachsenen steht, der überlegt, ob er es sich leisten kann zu lügen. Aber dann siegt Gott sei Dank seine Ehrlichkeit vor dem Bedürfnis, den Jägerstand in unseren Augen doch noch zu retten.

„Nicht alle", sagt er.

Inzwischen ist die Sonne längst aufgegangen. Es strahlt ein wunderschönes Licht über den Hügeln, als wir aus dem Wald kommen.

„Was für ein Blau!" seufzt Alex und reckt sich gen Himmel. Sie ist nur ein ganz kleines bißchen größer als ich. Aber wenn sie sich so reckt, wirkt das echt gewaltig. „Möchtest du nicht auch manchmal abheben? Stell dir vor, wir hätten Flügel und könnten direkt hineinfliegen in das Blau des Himmels."

Ich sehe hinauf. Es ist verdammt hoch.

„Ich würde lieber ins Apricot fliegen", sage ich.

Sie sieht mich amüsiert an und wartet auf meine Erklärung.

„Na ja, ins Blau wollen doch alle. Denk mal an die ganzen Gedichte und Songtexte und so. Da reden immer alle vom Himmelblau, oder etwa nicht? Dort würde ein ganz schönes Gedränge herrschen, das sage ich dir. Außerdem ist das Blau so sehr hoch, echt weit weg von der Erde. Das Apricot aber ist frei. Und immer noch so nah an der Erde, daß wir alles mitbekommen könnten, was hier geschieht."

Alex betrachtet den schmalen Streifen Apricot am Horizont. Dann nimmt sie kurz meine Hand und drückt sie. Ein wenig verlegen stehen wir voreinander.

„Du bist wirklich verrückt", sagt sie.

Parties sind eine prima Alternative zu einem Samstagabend vor dem Fernseher. Und sowieso sind sie einfach besser als Disco oder sowas. Du kennst jeden, kannst mit hundert Leuten quatschen, ißt ein bißchen türkisches Brot mit Zaziki und danct etwas herum.

Ich mag Parties also wirklich gerne. Und besonders heute. Ich kann an gar nichts anderes denken als an heute abend.

Nachdem Alex und ich von unserem frühen Ausflug zurück waren, habe ich mich noch mal aufs Ohr gehauen. Immerhin will ich fit sein für die Party. Aber richtig schlafen kann ich nicht. Meine Güte, mir gehen wirklich tausend Dinge im Kopf herum. Ich denke an Mercedes, die hoffentlich das Richtige tut, wie auch immer das aussehen wird. Irgendwie habe ich immer gedacht, ich weiß, was gut für sie ist, und ich kann sie richtig glücklich machen. Habe mich ein bißchen wie ihre Beschützerin gefühlt. Aber jetzt merke ich langsam, daß sie vielleicht doch nach etwas ganz anderem sucht, als ich es ihr je hätte geben können. Ich hoffe einfach, daß ich mich in Ralf täusche und er sie wirklich sehr, sehr liebt. Mindestens so wie sie ihn, vielleicht noch ein bißchen mehr, damit er ihr auch ganz sicher nicht weh tut. Um elf Uhr poltert mein rücksichtsvoller Bruder aus seinem Zimmer.

„Pssst!" macht Papa auf dem Flur. „Die Kleine schläft noch."

Männer! Daß sie mich immer noch so nennen müssen, wenn sie glauben, ich kann sie nicht hören. Achim hat neulich beim Essen mit Mama und Papa über seinen Auszug geredet. Und Mama warf Papa einen Blick zu, der sowohl stolz als auch ein bißchen ängstlich war. Ich dagegen bin momentan eher ein bißchen ungläubig, was das anbelangt. Ich kann mir nur schwer vorstellen, ohne das Poppen der Tennisbälle zu existieren, die auf Achims Fernsehbildschirm herumgehauen werden.

Schlaf doch endlich, denk' ich zum zigsten Male. Sonst gähnst du heute abend am laufenden Band und sehnst dich um zwölf nach deinem Bett.

Dabei möchte ich so richtig abhotten. Macht bestimmt mächtig Spaß mit Alex. Sie ist in Düsseldorf doch ständig rausgegangen, hat ihr Vater gesagt. Und sie mag die Musik, die im Moment überall läuft. Da tanzt sie bestimmt auch gerne. Jetzt denke ich schon wieder an sie. Und schon ist da wieder ihr Blick. Wie sie mich angesehen hat auf der Bank in diesem Unterstand, kurz bevor die Dachse kamen. Ein Blick wie aus meinem Traum herausgezaubert.

„Was macht man denn da so?“ hat Mercedes mich damals in Italien gefragt. Und ich wußte nicht, ob sie es sich wirklich nicht vorstellen kann, oder ob sie einfach möchte, daß ich es mal ausspreche.

Ich jedenfalls hatte überhaupt keine Schwierigkeiten mit dieser Vorstellung. Ich kenne schließlich meinen eigenen Körper. Der Körper von Sven war für mich ganz fremd und kam mir mal so vor, als würde etwas fehlen und mal, als wäre etwas zu viel. Wenn ich aber mit Mercedes auf dieser engen Pritsche lag oder sie am Strand eincremte oder ihr beim Aussuchen eines neuen BH's zusah, dann war das alles so vertraut.

Mercedes sagt, daß sie es sich eben nicht richtig vorstellen kann, daß ich das Fremde uninteressant finde und mich statt dessen das Vertraute aufregt. Aber genauso ist es. Ich meine, ich weiß, daß ich es mag, wenn ich meine Brüste streichele. Ich weiß eben, wie ich es machen muß, damit es schön ist. Auch alles andere hab' ich ziemlich früh selbst rausgefunden. Ich brauchte dazu nicht diese Dr.-Sommer-Seiten.

Und wenn ich mir vorstelle, einen anderen Körper so zu streicheln, dann weiß ich doch genau, wie sich das für die andere anfühlt. Und das macht mich an. Ich kann es nicht anders sagen – muß ich ja auch nicht. Herrje, ich bin sechzehn. Mercedes hat ja recht. Viele in unserem Alter sind schon längst nicht mehr Jungfrau. Aber ich geniere mich, mir einzugestehen, was mir Spaß macht.

Genauer gesagt, ich geniere mich, sobald es nicht einfach nur so anonym ist, dieses Gefühl. Oh, klar konnte ich mir immer schon sagen: Du findest Frauenkörper einfach wunderschön. Aber jetzt geht es hier nicht um irgendeinen Frauenkörper, an den ich denke. Es geht um Alex, die mir jeden Tag in der Schule gegenübersitzt. Ich weiß ganz genau, daß ihre Haut wahnsinnig weich ist. Ich weiß genau, wie sich ihr Bauch anfühlen würde. Und ich möchte so wahnsinnig gerne ihr Ohr küssen. Ist das nicht Banane? Und was habe ich von meinen ganzen Überlegungen? Mein Herz rast wie eine Dampflock, und ich kann bestimmt nicht mehr schlafen heute. Wenn ich sie auf der Party sehe, werde ich bestimmt knallrot, wenn ich jetzt noch länger so an sie denke. Sie wird sich bestimmt total aufdonnern, vielleicht mit ihrem bauchfreien Oberteil. Damit auch alle ihren gepiercten Bauchnabel sehen. Sie findet sich selbst unheimlich toll, glaube ich. Aber verrückterweise stört mich das gar nicht. Im Gegenteil. Ich finde, daß sie auch Grund dazu hat, sich toll zu finden. Nur wenn sie so supercool tut, dann kann ich nicht so viel mit ihr anfangen, weil ich selbst ganz gehemmt werde. Dann merke ich immer, daß sie irgendwie schon weiter ist als ich. Am Anfang habe ich ja gedacht, es liegt daran, daß sie aus der Großstadt kommt. Mama sagt immer, daß die Großstadtkids schneller erwachsen werden. Aber jetzt glaube ich, daß es eher etwas mit dieser René zu tun hat und allem, was mit ihr passiert ist. Ich meine, daß da etwas war mit René, das hat Alex bestimmt irgendwie verändert. Ich dagegen mit meiner romantischen Ader, ich bin reine Theoretikerin.

Oh, Gott, diese Überlegungen machen mich völlig nervös. Ich stehe auf und setze mich an den Schreibtisch. Zuoberst liegen immer noch meine Affenfrauen. Ich schlage die Bücher auf und blättere zwischen den Bildern herum. Aber selbst das kann mich nicht beruhigen. Eher im

Gegenteil. Wie soll ich es jemals hinbekommen, eine solche Frau mit so viel Engagement und Zielstrebigkeit zu werden, wenn ich jetzt noch nicht mal meine Gedanken ordnen kann. Es fällt mir schwer, zu akzeptieren, was da in mir vorgeht. Und darum geht es ja einzig und allein: Ich selbst muß es klar kriegen – für mich.

Es geht hier ja nicht darum, Alex etwas davon zu erzählen. Es geht ja schließlich nicht darum, sie vielleicht wirklich zu küssen.

Oder? Oh, shit …

Als ich mich um acht auf den Weg zu Sven mache, weiß ich mit einemmal ganz genau, was die Leute meinen, wenn sie von gemischten Gefühlen reden. Immer hört man irgendwelche Sprichwörter und fragt sich, was wohl dahintersteckt. Aber was diese gemischten Gefühle anbelangt, da kann ich ab heute mitreden. Eine echt wilde Mixtur aus der üblichen Partyvorfreude, einem nervösen Kribbeln, wenn ich an Alex denke, und einem mürrischen Knurren meines Magens, sobald mir Ralf in den Sinn kommt.

Ich merke, wie ich mich immer mehr anspanne, je näher ich Svens Wohnhaus komme.

Wenn es irgendwie scheiße läuft, mit Mercedes oder mit Alex oder mit Sven oder mit allen dreien, dann haue ich einfach früh wieder ab und vergrabe mich für etwa zwei bis drei Wochen zu Hause unter meiner Decke, sage ich mir, als ich in seine Straße einbiege.

Vor mir laufen zwei Mädchen aus unserer Parallelklasse.

„He, Tatjana." Sie bleiben stehen, und wir gehen zusammen das letzte Stück.

Svens Schwester macht uns die Tür auf und grinst mich gleich auf diese gewisse Art an, die kleine freche Mädchen den Ex-Freundinnen ihres Bruders gegenüber so drauf haben.

„Die Party findet im Keller statt. Aber du weißt ja sicher noch, wo alles ist."

Ich grinse zurück und werfe mich sofort ins Getümmel des Partyraums.

Gleich als erstes sehe ich Mercedes, die mich mit einem ihrer argwöhnischen Tatjana-Blicke beehrt. Tatjana und sie waren mal hinter dem gleichen Typen her. Am Ende hat er eine von der Realschule genommen. Aber seitdem mißtraut Mercedes jedem Schritt, den Tatjana tut. Schade eigentlich. Ich komme mit ihr gut zurecht. Und daß alle Jungs auf sie fliegen, hat mir nie Probleme gemacht. Haha, darüber könnte ich ja jetzt fast kichern. Aber das Kichern bleibt mir im Hals stecken. An der Theke im Partyraum lehnt Alex und lacht laut. Sie dreht sich um, als hätte sie irgendwie gespürt, daß ich gerade zur Tür hereingekommen bin. Aber sie sieht mich nur für eine einzige Sekunde an und dreht sich dann wieder weg. Mein Magen, mein Kopf, mein Herz, alles tut mir weh vor lauter Freude und Schreck und ich weiß nicht was.

Eine einzige Sekunde hat sie in meine Richtung geblickt, und ich weiß schon genau, daß sie toll aussieht. Sie hat sich gar nicht aufgedonnert, sondern trägt ein relativ schlichtes, blauweiß-kariertes Hemd zu ihren Jeans. Aber sie selbst leuchtet einfach. Ich starre sie an, versuche, in ihr abgewandtes Gesicht zu sehen, um mich davon zu überzeugen. Und es stimmt: Sie strahlt und glänzt, so wie Mercedes, als Ralf wieder aufgetaucht war.

Apropos Ralf ...

„Wo steckt er denn?" frage ich Mercedes, die in ihrem schönsten Kleid aussieht wie die Ballprinzessin.

„Holt mit Sven ein Faß Bier aus dem Auto“, sagt Mercedes ganz gelassen. Aber ich seh’ ihr an, daß sie innerlich bebt. Ihre schwarzen Augen glühen wie Kohlen.

„Hast du deinen Eltern Bescheid gesagt wegen heute nacht?“

Ich hoffe für einen Augenblick, daß sie es sich vielleicht doch noch überlegt hat. Doch sie nickt und grinst mich verwegen an.

„Weiß Ralf denn schon von seinem Glück?“

„Ich werde ihn nachher überraschen.“

Tolle Überraschung, denke ich, während ich wieder zu Alex schiele. Mit wem lacht sie da so laut? Warum begrüßt sie mich nicht? Hat sie mich denn gerade gar nicht wahrgenommen, als sie hierher sah?

Da geht die Tür auf, und Sven kommt rückwärts herein. Er und Ralf schleppen ein Bierfaß zur Theke und stehen damit augenblicklich im Mittelpunkt des allgemeinen Interesses. Sie streiten zum Spaß etwas herum, wer denn nun das Faß anschlagen muß. Ralf verliert. Aber ich glaube, er verliert ganz gerne, damit er auch allen zeigen kann, wie routiniert er das macht.

Mercedes starrt ihn dabei an, als brächte er gerade das achte Weltwunder zustande.

Während die beiden „Männer“ herumzappeln und einen Riesenaufstand um diese lächerliche Tat machen, schlängele ich mich zwischen den Leuten durch und stehe endlich neben Alex.

„Du siehst ja verdammt ausgeschlafen aus“, grinse ich.

Sie lächelt. Aber nur mit dem Mund. Ihre Augen sind so komisch.

„Dabei habe ich gar nicht mehr geschlafen nach unserem Ausflug heute morgen“, sagt sie.

„Ich auch nicht. Ich konnte nicht."

Wir stehen nebeneinander und schauen zu, wie diese ganzen Kerle sich profilieren.

Da ist irgend etwas. Ich kann es ganz deutlich spüren. Eine Spannung zwischen uns, die nichts Gutes bedeutet. Aber woher kommt das? Heute morgen war doch alles so toll zwischen uns.

„Oh, da ist ja Peppi", sagt Alex und geht weg. Einfach so.

Hey, ich habe sie ja nicht gepachtet, denke ich. Ist ihr gutes Recht, mal nicht in Plauderstimmung zu sein. Immerhin haben wir schon den Morgen miteinander verbracht.

Jetzt ist Partytime! Ich schlendere mal hierhin, mal dorthin, quatsche überall ein bißchen. Aber ich bleibe nirgends lange stehen, bin irgendwie unruhig und laufe von einer Gruppe zur nächsten. Komischerweise bin ich aber nie da, wo Alex ist. Im Gegenteil, sie scheint sogar immer am anderen Ende des Partyraums zu sein. Nach etwa einer Stunde legt Sven gute Musik auf. Alle tanzen. Da darf ich natürlich auch nicht rumsitzen. Obwohl mir gar nicht so richtig nach Tanzen ist. Mit besonders guten Einlagen ist sowieso nicht zu rechnen, ich fühle mich eher wie der sterbende Schwan oder so. Nach einer Weile überlasse ich daher lieber den anderen das Parkett und setze mich auf eine der Bänke an der Wand.

Alex hat bis gerade noch ganz in der Nähe gesessen und mit Sven den Kopf zusammengesteckt. Ihr Lachen perlte ständig durch die Musik zu mir rüber. Aber jetzt springen sie auf, und Sven legt ein bestimmtes Lied auf, das Alex sich anscheinend gewünscht hat, denn sie applaudiert ihm von der Tanzfläche aus. Alle sehen hin. Und ich merke auch, wie Oliver und Karsten dann zu mir herschauen. Die beiden sind Svens beste Freunde. Sie behalten Alex auch schon den ganzen Abend scharf im Auge. Und dann immer diese Blicke zu mir. Mensch, wie mich das plötzlich ankotzt. Als ob Sven und ich mal verheiratet gewesen wären. Immer noch denken alle, ich müßte natürlich gleich eifersüchtig werden oder so. Bloß weil die beiden ein bißchen herumflirten. Dabei macht mir das echt überhaupt nichts aus. Sollen sie ruhig Spaß haben. Kein Grund für mich, um meine gute Laune zu verlieren.

„Geht's dir nicht gut?"

Da quatscht mich ausgerechnet dieser Ralf schräg von der Seite an.

„Ausgezeichnet. Wieso sollte es mir nicht gutgehen?" pflaume ich ihn an.

Er wackelt mit seinem Schnurrbart, was wohl ein Lächeln sein soll.

„Du bist ein bißchen blaß und sitzt hier so still herum. Ich dachte, vielleicht ist dir das Essen auf den Magen geschlagen?"

Auf den Magen geschlagen ist mir heute abend tatsächlich etwas, aber nicht der Zaziki, denke ich.

„Nein. Mir geht's gut. Ich mache nur mal eine Pause."

„Hm."

So sitzen wir nebeneinander und glotzen doof vor uns hin. Wo ist Mercedes? Ah, die steht mit ein paar Mädels aus der Zwölf zusammen. Ob Ralf sich bei mir einschleimen möchte? Ich mustere ihn ein bißchen, so schräg von der Seite. Der Schönste ist er echt nicht. Aber er hat ein ziemlich markantes Gesicht. Könnte mir vorstellen, daß es das ist, was Mercedes an ihm reizt. Oh, nein! Jetzt darüber nachzugrübeln, ist echt genau das, was ich brauche, um meine Stimmung auf den Nullpunkt zu bringen …

„Ihr habt eine Menge netter Freunde", startet Ralf einen zweiten Versuch, um mit mir ins Gespräch zu kommen.

Ich fange einen kurzen, flehenden Blick von Mercedes auf und gebe mir einen Ruck. Soll er seine Chance bei mir bekommen, wenn ihr so viel dran liegt.

„Wir sind ja selbst auch nett", lächele ich. Das ist wirklich das Freundlichste, was mir einfällt.

„Oh, ja, das muß ich wirklich sagen!" springt er auch gleich drauf an. „Ich finde es aber auch immer sehr interessant, die Freunde kennenzulernen. Dadurch kann man einiges über den Menschen selbst erfahren."

„Guter Tip. Vielleicht solltest du dann demnächst auch mal all deine Freunde mitbringen", schlage ich vor, immer noch lächelnd.

„Ich habe Mercedes vorhin schon erzählt, daß in zwei Wochen bei uns eine riesengroße Kirmes stattfindet. Vielleicht könnt ihr dann ja auch kommen? Übernachtungsmöglichkeiten finden wir bestimmt. Meine Freunde sind nämlich auch alle sehr nett."

Ich bin wider Willen beeindruckt. Das klingt ja regelrecht nach einer Einladung. Ob er weiß, daß ich eine echt hirnrissige Schwäche für Karussells und Zuckerwatte habe?

„Klingt nicht uninteressant", sage ich und höre selbst mit Erstaunen, daß ich schon nicht mehr so feindselig klinge. „In zwei Wochen? Und sind deine Freunde alle in deinem Alter?"

Er lacht. „Die meisten ja. Aber wie du siehst, ist das kein Hindernis."

Wir sehen uns einen Augenblick beide forschend an. Eichhörnchenaugen, denke ich. Aber nicht unsympathisch.

„Ich fand das nicht besonders klasse, als du so einfach abgehauen bist in den Ferien. Mercedes hat darunter echt gelitten", sage ich plötzlich.

Ich glaube, er hat darauf gewartet oder sogar gehofft, daß ich es erwähne. Er beugt sich lebhaft vor und sieht mich ernst an.

„Ich habe mich benommen wie ein Schwein. Aber ich hatte plötzlich die Hosen voll. Sieh mal, ich bin sieben Jahre älter als Mercedes. Was glaubst du, wie das zuerst aussieht? Gar nicht gut, das kann ich dir sagen."

„Das sollte einem aber egal sein", erwidere ich verstockt. Trotzdem weiß ich verdammt gut, was er meint. Ich will es nicht richtig wahrhaben, aber ich kann es verstehen.

„Das ist mir jetzt auch egal!" erklärt er mit fester Stimme.

Dann sitzen wir wieder schweigend nebeneinander. Ich möchte ihm wirklich gerne glauben, um Mercedes willen, aber ich habe trotzdem irgendwie immer noch ein ungutes Gefühl. Oder ist das bloß meine gekränkte Eitelkeit, weil sie mich nicht wollte?

„Wer ist das da?" fragt er.

Ausgerechnet!

„Alex. Sie ist neu in der Klasse. Wieso?"

Ralf zuckt mit den Achseln. „Nur so. Sie ist auffällig. Irgendwie fällt sie etwas aus dem Gesamtbild."

Sie fällt aus dem Gesamtbild. Ich hätte es nicht besser sagen können. Ihr blauweiß-kariertes Hemd ist auffälliger, als es ein Glitterkostüm wäre. Und ihre hellen Augen sind hundertmal schöner als Berge von Goldschmuck. Sie tanzt wie sie geht, aufrecht und ein wenig steif. Aber jede ihrer Bewegungen ist mir vertraut und könnte mich zum Lächeln bringen. Wenn sie nur ein einziges Mal hersehen würde.

Statt dessen sieht sie Sven an und lacht und zwinkert ihm zu. Und Sven wird ein bißchen rot, wie ihm das früher bei mir auch immer passiert ist. Oliver und Karsten stecken die Köpfe zusammen.

Plötzlich wird mir klar, daß ich mich geirrt habe. Klar. Ich habe mir da ordentlich was eingebildet.

Ich habe es schon immer gewußt. Irgendwann kommt eine, die mich umhaut. Eine, bei der mein Herz sich überschlägt. Eine, bei der ich nicht einfach so glückselig bin, wenn ich bei ihr sein kann, sondern von der ich mehr will. Eine, von der ich will, daß sie mich auch will. Shit! Plötzlich sehe ich alles ganz klar. Sie kam neu in unsere Klasse. Ich verknallte mich Hals über Kopf in sie – denn das tat ich, verdammt noch mal! Und dann bastelte ich mir eine Wunschvorstellung, die mit der Realität nichts zu tun hat. Ich mit meinem romantischen Knall. Bilde mir erotische Blicke ein, bilde mir Kribbeln ein, bilde mir Berührungen ein. Alles Sachen, bei denen sie sich wahrscheinlich überhaupt nichts gedacht hat. Und dann sehe ich ein Foto von ihr und einer Freundin und denke gleich, mit der hat sie mal was gehabt. Bloß weil sie sich küssen, ein harmloser Freundinnenkuß. Da habe ich mir ja echt was Tolles zusammengesponnen. Mercedes soll mich nicht in eine Schublade stecken? Mann, ich stecke schon so sehr in dieser Schublade drin, daß ich ein ganz normales Mädchen auch gleich mit hineinphantasiere.

Oliver kommt herangeschlendert.

„He, Franzi, willst du nicht tanzen?“

„Ich hab’ Blei in den Füßen heute, Olli“, sage ich. Aber er streckt mir die Hand hin und ich nehme sie auch. Er ist in Ordnung. Ich mochte ihn immer schon gern.

Ralf grinst mich an und schlendert wieder zu Mercedes hinüber, die ihn gleich umschlingt, als wären sie einen

Monat getrennt gewesen. Er küßt sie. Muß Liebe schön sein.

Oliver kreiselt mehr oder weniger um mich herum und macht seine Faxen. Ja, er bringt mich sogar zum Lachen mit seiner heiteren Art. Alex sieht manchmal her und beobachtet uns. Ich lache etwas mehr. Als Karsten ein langsames Lied auflegt, sieht Olli mich auffordernd an. Eigentlich will ich nicht so richtig. Aber dann sehe ich, wie Alex die Arme um Svens Hals legt, und ich denke: Wieso nicht? Und schon tanzen Oliver und ich eng auf einem halben Quadratmeter.

Irgendwo sind mal Mercedes' fragende Augen. Aber das ist mir jetzt auch wurscht.

Nach dem dritten Kuschelsong fangen Ollis Hände etwas an zu wandern.

„Sorry. Ich muß mal an die frische Luft", murmele ich.

„Ich komme mit!"

„Nein!" fährt es mir raus. „Ich meine, nicht nötig. Ich brauche wirklich nur Luft, okay?"

Er nickt ein wenig betreten, und ich gehe gemessenen Schrittes hinaus, obwohl ich am liebsten rausgestürzt wäre.

Draußen vertreibe ich erstmal Tatjana, die mit einem Typen aus der Zwölf an der Hauswand lehnt und knutscht. Sie verziehen sich kichernd in den Garten. Ich setze mich auf die kleine Mauer vor dem Haus.

Es ist noch nicht spät. Aber sieht so aus, als ob der Abend für mich gelaufen wäre. Etwas anders, als ich erwartet hatte. Haha.

Wenn ich jetzt daran denke, wie ich mir ausgemalt habe, mit Alex zu tanzen, das tut fast schon weh. Nein, nicht fast, es tut weh! Verdammt weh tut das. Sie ist jetzt so nah, keine zehn Meter entfernt unten im Partykeller, wo sie gerade vielleicht schon mit Sven knutscht. Aua. Scheiße.

Zwei Wochen kenne ich sie. Jeden Morgen in der Schule. Und im Kino. Und bei ihr. Und bei mir. Heute morgen im Wald. War das erst heute morgen? Kommt mir vor, als läge es Wochen zurück.

Ich kann Mercedes verstehen, ja, ich verstehe sie. Sie ist erst zwei Wochen mit Ralf zusammen, aber sie sagt, sie hat ein ganz starkes Gefühl für ihn. Das habe ich auch. Ein starkes Gefühl für Alex. Aber es ist noch mehr als das. Es ist nicht nur das, was ich für sie fühle, sondern auch das, was sie mit mir anrichten kann. Sie hält mein Herz in ihrer Hand. Sie kann ihre schmale Faust in meinen Bauch bohren. Da ist kein Widerstand in mir.

Ich glaube, ich sollte jetzt nach Hause gehen.

Die Haustür klappt. Knirschende Schritte auf dem Kiesweg.

„Hier bist du." Sie setzt sich neben mich.

Ich bin plötzlich ganz starr, kriege kein Wort heraus.

„Bist nicht gut drauf, wie?" fragt Alex.

„Nicht mein Tag", würge ich heraus.

„Heute morgen war er schön", erwidert sie. „Aber bei mir ging der Tag heute auch nicht so klasse weiter."

Will sie mir jetzt etwa erzählen, daß es ihr nicht gut geht? So wie sie leuchtet, soll es ihr nicht super gehen?

Als ich nichts sage, stupst sie mich vorsichtig an.

„Was'n los?"

Was los ist? Du bist los! denke ich. Du wütest in mir herum wie ein Steppenfeuer. Du mit deinem coolen Gehabe, deinen Zigaretten und deinen grünen Augen. Weiß nicht, wie du das gemacht hast. Aber ich wünschte, du würdest damit aufhören. Nein, ich wünschte nicht, du würdest aufhören …

„Franziska?“ Sie nennt mich bei meinem vollen Namen, wie es sonst eigentlich niemand tut. „He, ist es wegen Sven? Er hat mir vorhin gesagt, daß ihr mal zusammengewesen seid. Du bist doch nicht eifersüchtig?“

„Quatsch!“ platze ich raus. „Das ist doch längst gegessen.“

„Gut. Ich meine, du hättest auch gar keinen Grund. Ich finde ihn echt nett, aber das ist auch alles. Und ich glaube, bei ihm ist es genauso.“

Da kennst du Sven aber schlecht! Der wird nicht ohne Grund rot.

„Kann schon sein“, murmele ich. Sie will nichts von Sven? Sagt sie das nur, um mich zu beruhigen, weil sie glaubt, daß ich doch eifersüchtig bin?

Wir sitzen nebeneinander in der milden Spätsommernacht. Von drinnen dringt gedämpft die Musik und das Stimmengewirr.

„Und du?“ fragt sie schließlich. „Oliver ist echt nett.“

Ich knurre ein bißchen. Habe ich mir ja gleich gedacht. Das mit dem eng tanzen hätte ich lieber lassen sollen. Da drinnen laufen wohl gerade die Gerüchtedrähte heiß.

„Nett, ja. Aber ich kenne ihn schon, seit wir elf waren, verstehst du? Da läuft nichts mehr. Auf keinen Fall.“

Sie nickt, dann schüttelt sie den Kopf.

„Aber Sven kanntest du doch auch schon so lange und warst trotzdem mit ihm zusammen.“ Gut aufgepaßt!

„Er kam letztes Jahr neu in die Klasse“, antworte ich.

Sie lacht. „Aha. Dann verliebst du dich also nur in die, die neu in die Klasse kommen?“

Urgh! Ich werfe ihr einen raschen Blick zu, und sie sieht selbst etwas überrascht aus. Was hat sie da gesagt? Ich vergesse irgendwie zu antworten. Wir schweigen uns an.

„Warum war dein Tag denn mies?" will ich schließlich wissen.

Sie macht eine fahrige Bewegung mit der Hand. Sieht aus, als wollte sie eine Fliege verscheuchen, die sie umschwirrt. Aber gleichzeitig knipst irgend jemand bei ihr da drinnen die Laterne wieder an, und sie strahlt plötzlich genauso wie vorhin, als ich sie an der Theke stehen sah.

„Post aus der Heimat", sagt sie schlicht, als würde mir das alles erklären.

„Von René?" frage ich idiotischerweise.

Sie rührt sich nicht, schaut mich nicht an, aber sie zieht rasch die Luft ein. Vollkommen überrascht.

„Woher ...?"

„Intuition", antworte ich. So begründet Mama immer ihren siebten Sinn, was uns Kinder anbelangt, und ich leihe mir das Wort mal kurz aus, weil es mir hier gut aus der Misere hilft.

Alex sagt lange Zeit nichts. Immer wieder geht eine Welle durch ihren Körper, aber dann kommt doch nichts raus.

Ich warte einfach nur. Ich fühle sie einfach nur. Ehrlich, es ist mir plötzlich alles egal. Sven. René. Ist mir wurscht. Diese Minuten sind das Beste in meinem Leben, seit langem. Vielleicht weil es mir gerade noch so megamies ging, weil sie nicht da war.

„Ich hatte einfach nicht mit einem Brief von ihr gerechnet", sagt sie. „Ich hatte ihr meine neue Adresse gar nicht gegeben. Aber sie muß sie irgendwie rausbekommen haben. Keine Ahnung über wen. Wir hatten keinen großartigen Kontakt mehr, weißt du?"

Ich weiß gar nichts mehr!

„Nichts, was man wieder einrenken könnte?" frage ich vorsichtig.

Sie schüttelt den Kopf. „René möchte das vielleicht gerne. Aber … nein, es geht nicht. Da ist einfach zu viel passiert. Manche Dinge lassen sich nicht rückgängig machen. Ihr Brief hat mich trotzdem ganz schön geschockt. Irgendwie habe ich mich wieder an alles erinnert. Hat mir klar gemacht, daß ein Vertrauensvorschuß immer mißbraucht wird …“ Sie bricht ab.

„Nur manchmal“, höre ich mich leise sagen. Ist das der Grund? Ist sie deshalb so distanziert gewesen heute abend? So weit weg? Hat sie einfach Angst bekommen, ich könnte ihr Vertrauen mißbrauchen? Ich?

„Oft“, brummt sie, etwas störrisch. Ich muß lächeln. Sie auch.

„Weißt du eigentlich, daß da in deinen Augen so helle Flecken sind? Sieht aus wie Gold“, sagt sie ganz unerwartet.

Ich weiß gar nicht, was ich denken soll. Geschweige denn fühlen oder sagen. Die goldenen Flecken in meinen Augen. Ich habe einen Wahnsinnskloß im Hals, den ich am liebsten herauswürgen würde. Ihn einfach hochwürgen und ausspucken, damit er nicht immer und immer wiederkehren kann.

„Ich hatte mal eine Freundin, die hat gesagt, die Flecken sehen aus wie Kartoffelstücke in der Linsensuppe.“

Alex wiegt den Kopf und sieht mir in die Augen, als wollte sie die Richtigkeit dieser Beschreibung prüfen. „Darüber sollte ich mal mit ihr diskutieren“, meint sie grinsend. „Ich finde, es sieht aus wie Gold in einem Teich.“

Oh Gott, sag doch nicht sowas! denke ich. Weißt du eigentlich, daß ich immer daran denken werde? Wie soll ich solche Sätze je wieder vergessen können? Sowas gräbt sich in mein Hirn, als würde es da drinnen auf eine Granitplatte gemeißelt, absolut unverwüstlich.

„Das mit der Diskussion wird leider nichts werden", erwidere ich. „Sie ist nicht mehr … hier."

„Oh, tja, so ist das. Die einen kommen, die anderen gehen."

Ja, so ist das.

Tatjana und ihr Typ kommen Arm in Arm um die Hausecke und bleiben kurz bei uns stehen.

„Hast du schon diesen Pavillon gesehen? Affenstark. Warum Sven keine Grillparty gemacht hat bei diesem Garten, versteh' ich nicht", meint Tatjana. Ihr Freund sieht mich betont interessiert an, und sie knufft ihn in den Bauch.

Dann verschwinden sie hinter der Tür.

„Komm. Wir schauen ihn uns an!" Alex zieht mich von der Mauer hoch.

„Ich kenne den Garten", protestiere ich sanft. Eigentlich möchte ich einfach nicht ihre Nähe verlieren auf der schmalen Mauer. Aber jetzt steht sie ja sowieso schon.

Wir gehen also um das Haus herum und tapern vorsichtig über den Rasen zu dem kleinen Pavillon, den Svens Vater immer „das Schlößchen" nennt.

Dabei kichern wir genauso wie vorhin Tatjana und ihr Freund. Es ist nämlich ganz schön schwierig, im Stockdunkeln einen Fuß vor den anderen zu setzen, ohne zu stolpern. Ich nehme kichernd Alex' Hand, ohne groß darüber nachzudenken, und wundere mich zwei Sekunden später, wie ich so mutig sein konnte. Es liegt wohl an der Dunkelheit. Sie schützt mich vor ihrem hellen, forschenden Blick und läßt alles ein wenig wie in einem Traum erscheinen, unwirklich und spannend. Alex hält meine Hand fest. Ich kann die kühlen Ringe an ihren warmen Fingern fühlen.

Im Pavillon setzen wir uns auf eine Bank. Langsam gewöhnen sich die Augen an die Dunkelheit.

„Ein Glühwürmchen!" rufe ich.

„Wo?" Alex schaut in die völlig falsche Richtung.

„Da!" Natürlich sieht sie nicht, wohin ich zeige. Ich tue es einfach: Ich nehme ihr Gesicht zwischen meine Hände und lenke ihren Blick so direkt auf das leuchtende Hinterteil des Käfers.

Wir kichern wieder beide ziemlich blöde. Bloß gut, daß ich nicht allein so albern bin. Sie hat ihr cooles Gehabe plötzlich völlig abgelegt. Vielleicht braucht sie es nicht, wenn es dunkel um sie herum ist.

„Da ist noch eins", sagt sie, aber diesmal ohne zu lachen. Ihre Stimme ist ganz ernst, und ich horche auf, weil dieser Tonfall überhaupt nicht zu ihren Worten paßt.

„Wo?" frage ich und gluckse immer noch ein bißchen. Und da tut sie es. Nimmt mein Gesicht zwischen ihre Hände. Ich denke, jetzt dreht sie meinen Kopf in die Richtung von so einem Vieh, aber sie hält ihn ganz gerade. Ganz gerade auf sich selbst gerichtet.

Was ist das jetzt? Warum ...?

Sie küßt mich.

Kein Kuß, wie ihn Karin von mir zum Geburtstag bekommt. Kein Kuß, wie Mercedes ihn mir manchmal gibt. Ein richtiger Kuß. Nur ganz zart, ganz weich. Unsere Lippen berühren sich ja kaum, so vorsichtig ist sie. Und dann sieht sie mich an, versucht in diesem stockdusteren Garten in meinem Gesicht zu lesen, ob ich das mochte, oder ob ich jetzt gleich schreiend davonrasen werde.

Und ich?

Bin nur ein einziges Gefühl. Bin vollkommen ohnmächtig von dem Wunsch, ganz eingehüllt zu werden von ihr. Und bevor ich überhaupt einen einzigen klaren Gedanken fassen kann, küsse ich sie. Zuerst auch zart. Aber plötzlich wird es ganz anders. Weiß nicht, wer von uns damit anfängt. Die Küsse werden tief. Als wollten wir ineinander eintauchen. Alex' Hände wandern von meinem Gesicht in meinen Nacken, streicheln mein Haar, meine Schultern. Und meine Finger machen sich selbständig, erkunden den Rücken unter dem Hemd, ihre Seite, legen sich auf ihre Beine. Ich kann ihren Körper fühlen, eng an mir. Ihre Brüste an meinen. Ihr ganzes süßes Sein. Wir küssen und küssen und hören gar nicht mehr auf. Sie küßt auch mein Gesicht, meine Wange, meine Nase, mein Kinn, und plötzlich meinen Hals. Das hat mich bei Sven immer gekitzelt. Aber bei ihr, wow, …

Ich denke daran, wie ich neulich mal so gerne ihr Ohr küssen wollte. Und das tue ich dann. Sie seufzt, und das macht mich ganz schwach. Wie sie riecht! Sie riecht so gut, ich könnte in sie hineinkrabbeln.

„Ich könnte in dich reinkriechen", flüstert sie.

Mein Herz platzt gleich aus den Nähten, glaube ich.

„Du küßt einfach super", sage ich und bringe sie damit tatsächlich zum Lachen. Aber dann wird sie rasch wieder ernst und küßt mich weiter. Und ich sie. Keine Ahnung, wie lange wir hier sitzen und uns festhalten. Ich zähle bestimmt nicht die Minuten. Aber wenn die Ewigkeit so aussehen könnte, fände ich das wirklich nicht übel.

Irgendwann hören wir auf der Straße Stimmen. Mercedes lacht ihr volltönendes Lachen und ruft ein paar Worte auf Griechisch. Von der Hausecke her ertönt Svens Stimme: „Franzi?"

Alex und ich schießen auseinander. Schwachsinnig! Er kann uns doch gar nicht sehen. Zuerst will ich nicht antworten, aber dann ruft auch Mercedes nach mir.

„Ja. Was ist denn?“

Mercedes stolpert anscheinend über irgendwas, denn sie kreischt laut, und jemand macht „Pssst!“

Nach einer Minute kommt eine ganze Karawane durch den Garten auf uns zu. Es sind sechs oder sieben unserer lieben Klassenkameraden. Alex kichert leise.

„Nur ruhig Blut!“ wispere ich, mehr um mich selbst zu beruhigen.

Mein Herz rast. Weiß nicht, ob vom Küssen oder von dieser verrückten Situation. Daß sich jetzt aber auch alle auf die Suche nach uns machen müssen.

„Was macht ihr denn hier?“ will Sven lachend wissen. „Führt ihr tiefschürfende Gespräche?“

„Ich wette, Franzi hat ein neues Opfer für ihre romantischen Momente gefunden!“ meint Mercedes. Und ich wette, spätestens jetzt rattert es in Svens Kopf los.

„Es gibt hier Glühwürmchen“, sagt Alex, als würde das alles erklären.

Die anderen quetschen sich mit uns in den Pavillon auf die Bank, und so rücken Alex und ich automatisch wieder eng zusammen.

„Wenn man ganz still ist, hört man auch Froschgequake“, ergänze ich ihre Erklärung. Dieses Gequake ist das einzige Geräusch außer Alex’ Atem, das ich in der letzten Stunde wahrgenommen habe.

Tatsächlich lauschen alle eine Weile ganz ernsthaft, und manchmal sagt jemand: „Da! Habt ihr gehört?“

Man könnte meinen, wir sind alle schicker. Mercedes und Ralf beginnen herumzuknutschen.

„He, ihr seid hier nicht allein“, erinnert sie Frank und legt einen Arm um Alex. Sie lacht und schiebt den Arm geschickt wieder von ihrer Schulter herunter. Daraufhin legt

Frank den Arm um Oliver, der auf seiner anderen Seite sitzt. Alle gackern.

Klammheimlich schleicht sich von Alex' Seite her eine weiche Hand heran und umschließt meine. Niemand kann es sehen. In mir ist ein Gefühl, als säße in meinem Bauch eine kleine Gestalt, die laut lacht und vor Glück Purzelbäume schlägt.

Ist das Wirklichkeit? Kann es so etwas Schönes überhaupt geben? Kann ich sowas erleben? Ich habe immer gedacht, daß ich mir sowas in meinen romantischen Träumen einfach nur ausdenke, aber daß mir das in Wahrheit nie passieren wird.

Klar. Da wußte ich ja auch noch nicht, daß sie vorbeispazieren würde, mit ihrer Sonnenbrille auf dem kurzen Haar, ihren Sommersprossen und dem coolsten Lächeln der Nation.

„Laßt uns wieder reingehen!" schlägt Sven irgendwann vor. „Die machen sonst das Faß alleine leer."

Die Jungen springen natürlich sofort auf, als gäbe es nichts Wichtigeres als Bier. Ich möchte nicht gehen, sondern mit Alex wieder allein hier bleiben. Aber es sieht ganz so aus, als müßten wir unsere Laube an ein anderes Pärchen abgeben.

Ein anderes Pärchen? denke ich, völlig überrascht von meiner eigenen Kühnheit.

Mercedes nimmt kurz meine Hand und sieht mich grinsend an.

„Ich komme dann später nach", sagt sie. Das heißt wohl, daß wir uns nicht mehr sehen werden. Hier trennen sich unsere Wege? So ein Unsinn! Morgen werden wir schon wieder an der Strippe hängen, und es wird sein wie immer zwischen uns.

„Bis später", erwidere ich und drücke ihre Finger.

Alex steht schon am Fuß des Pavillons und wartet auf mich.

„Laß uns noch ein bißchen abtanzen", sagt sie lächelnd und streicht sich mit dieser typischen Handbewegung ihre gegelte Ponysträhne aus dem Gesicht.

Liebe Silke, dieser Brief entwickelt sich ja schon fast zu einer Art Tagebuch. Aber ich muß dir wirklich dringend über den gestrigen Abend schreiben. Kann es sowas geben? Ich habe die ganze Nacht von ihr geträumt. Kein Wunder, sobald ich die Augen zumache, sehe ich ihr Gesicht. Und sowieso kommt mir alles vor wie ein einziger großer Traum. Wie sie draußen plötzlich neben mir auf der Mauer saß. Dann der Garten. Ihre Lippen. Ihre Hände. Ihr Duft, den ich gerne in einem kleinen Fläschchen konservieren möchte. Wie ein Parfüm, an dem man schnuppern kann, wann immer man möchte. Weißt du noch, du hast damals immer gesagt, daß du gerne manche Augenblicke so aufbewahren möchtest.

Und dann der Rest der Party. Wie sie getanzt hat, und die Blicke, die sie mir zuwarf. Ehrlich, scheißegal war mir, was die anderen dachten. Oliver hat ganz schön blöd geguckt. Aber das war mir auch wurscht. Irgendwie zählte plötzlich nur noch sie. Und sie war gut drauf, lachte mich immer auf diese süße Art an. Sie kneift dann die Augen zusammen und ihre Nase kraust sich, hat plötzlich tausend kleine Falten. Du müßtest das wirklich mal sehen.

Um zwei sind wir dann aufgebrochen, zusammen mit ein paar anderen.

„Zwei Uhr!" hat Alex gemeint, und sie war mal wieder ganz die erfahrene, supercoole Großstadtfrau. „Wenn wir freitags im ZAKK waren, sind wir immer bis zum Schluß geblieben, bis drei. Und danach ging es noch ins Valentino bis zum Morgengrauen." Ich möchte ja

schon ganz gerne wissen, was das für Schuppen sind. Ob da tatsächlich nur Frauen reingehen, wie Mercedes glaubt?

Tatjana guckte jedenfalls ganz neidisch und fragte: „Wieso lassen sie dich da rein, obwohl du erst sechzehn bist?" „Siebzehn!" korrigierte Alex sie. „Ich bin auch immer mit Älteren losgezogen. Da rutscht man dann einfach so mit durch."

Das war der einzige Moment am Abend, der mir dann nicht mehr so gefiel. Ich weiß nicht wieso, aber René beunruhigt mich irgendwie. Sie sieht mit ihrer krassen Frisur so hart aus, verstehst du? Stärker als ich mit meinem Pagenschnitt. Na ja, und dann ist sie ja auch älter, fährt Auto und so. Aber am meisten macht mir was anderes zu schaffen. Ich denke nämlich, daß sie es war, die Alex dazu gebracht hat. Sie hat ihr bestimmt die ganzen Läden gezeigt und sie mit eingeschleust. Und sie hat sie bestimmt zuerst geküßt – so wie Alex mich.

Verrückt, oder? Aber das schüchtert mich irgendwie ein. René weiß bestimmt genau, wo es lang geht. Vielleicht ist die schon ein bißchen mehr eine Affenfrau, als ich es bin. Aber warte nur! Du kennst mich! Was ich will, das erreiche ich auch! So war das ja auch mit Alex. Ich wollte sie küssen, also … na ja, zugegeben, zuerst hat sie mich geküßt. Aber das nächste Mal bin ich schneller, das schwör' ich dir. Und hör jetzt bloß auf zu lachen!

Es klopft heftig an die Tür.

„Stehst du heute noch mal irgendwann auf? Wir frühstücken sonst ohne dich!" ruft Achim.

Ach, ich liebe heute morgen auch meinen Bruder. Rasch springe ich aus dem Bett und schlüpfe in meinen Jogginganzug. Meine Familie wird mich heute morgen mal ungewaschen ertragen müssen.

Die anderen sehen aber auch nicht viel besser aus. Nur Papa ist frisch geduscht nach seinem morgendlichen Waldlauf. Mama ist in einen schicken Kimono gewickelt, der in starkem Kontrast zu ihrer zerzausten Bettfrisur steht. Achim hat heute morgen bestimmt auch noch kein Wasser gesehen.

„Wie war die Party?“ fragt Mama als erstes. Trifft sich gut. Ich dachte sowieso gerade dran. Rein zufällig.

„Echt nett“, sage ich.

„Glaube ich“, grinst Achim. „Du hast da einen Megaknutschfleck.“

Ich verschütte etwas Milch und werde knallrot. „Echt?“

„Sie wird sich gestoßen haben“, meint Mama sachkundig und kneift mir ein Auge. Papa tut so, als hätte er gar nichts gehört. Ich glaube, Knutschflecke an seiner Tochter sind ihm unheimlich.

Ich erinnere mich. Einmal hat es verdammt gebitzelt als Alex … mir wird irgendwie plötzlich ganz anders.

„Und wie war es bei euch?“ frage ich rasch. Meine Eltern waren auch unterwegs gestern abend. Das war vielleicht nicht besonders geschickt, aber immerhin reden wir jetzt von etwas anderem als von den Hautveränderungen an meinem Hals.

Ich habe einen Mordshunger, so daß Mama und ich als letzte am Tisch zurückbleiben. Ich, weil ich so viel, sie, weil sie so langsam ißt.

Als ich schließlich aufstehe, sieht sie mich forschend an auf diese besondere Mütter-Art, bei der man einfach nicht vergessen kann, daß man jemandes Kind ist.

„Gibt es was zu erzählen?“ fragt sie. Klar möchte sie Bescheid wissen. Sie macht sich leicht Sorgen, ob ich auch mit den richtigen Leuten herumhänge. Da interessiert es sie ganz sicher, wen ich da so nah an mich herangelassen habe.

Ich starre sie einen Moment nur groß an. Mein Zögern macht mich ganz krank. Ich schaue in ihre lieben Augen, aber ich kriege kein Wort heraus.

„Nein“, sage ich dann.

„Na, vielleicht später“, meint sie und nimmt noch einen Schluck aus ihrer Tasse.

Im Bad stehe ich erstmal stundenlang vor dem Spiegel und inspiziere diesen Knutschfleck. Er ist gar nicht mal besonders großflächig, sondern eher klein. Aber dafür ist er ungeheuer dunkel, so richtig lila, mit einem schmalen, rosafarbenen Rand. Ich streichele diese Stelle und denke an Alex' Lippen, die sich um meine Haut schließen. Meine Augen sehen heute eher grün aus als braun. Bei Mama ist das auch oft so: Wenn sie so richtig aufgedreht ist, trägt sie ihre Katzenaugen spazieren. Und an anderen Tagen, da kann man sich am Braun in ihren Augen regelrecht wärmen. Ich steige in die Dusche und schäume mich ausgiebig ein. Mama. Und Papa. Hm. Darüber habe ich schon damals bei Mercedes nachgedacht. Aber auch damals habe ich es ihnen nicht gesagt. Weil ich geglaubt habe, daß es mir nicht noch mal passiert. Ich habe geglaubt, daß es einmalig ist. Nein, ich habe es nicht wirklich geglaubt, sondern wohl eher gehofft. Gehofft? Wieso eigentlich? Es fühlt sich so klasse an! Wieso habe ich bloß gehofft, sowas nie zu erleben? Irgendwie bekloppt.

Da ist halt nur diese eine Sache, diese Frage: Wie würden sie wohl reagieren?

Ich habe mal eine Sendung im Fernsehen gesehen, in der Eltern interviewt wurden. Manche waren ganz locker und ein Vater sagte: „Das Wichtigste ist, daß unser Sohn glücklich ist.“ Aber andere waren so verbissen und wütend. Als wären sie enttäuscht über das, was aus ihrem Kind geworden ist. Eine Mutter weinte: „Was habe ich denn falsch gemacht?“

Das ist mir ziemlich lange nicht aus dem Kopf gegangen. Ich kann es nicht leiden, wenn jemand wegen mir weint. Und damals, als ich mit Silke rumzog, war Mama echt unglücklich deswegen, glaube ich. Ich kam nie rechtzeitig nach Hause, und sie wußte selten, wo ich eigentlich steckte. Wie hat sie mich oft genervt mit diesem *Wo bist du gewesen?*. Wenn ich es ihr dann gesagt habe, fand sie immer alles viel zu düster, zu erwachsen oder zu abgedreht. Das sei doch nichts für uns und so. Aber sie hat nie gefragt, was ich da eigentlich erlebt habe. Manchmal wollte ich ihr davon erzählen, aber sie hat nur geknurrt: ‚Das will ich gar nicht wissen! Aber da gehst du nicht wieder hin! Haben wir uns verstanden?'

Vielleicht würde sie jetzt auch denken, Alex hat einen schlechten Einfluß auf mich? Vielleicht würde sie mir sogar verbieten, sie zu sehen?

Was ich mir für Gedanken mache! Kaum habe ich einmal mit einem Mädchen geknutscht, denke ich gleich dran, es allen zu erzählen. Sowas steht ja ständig in allen Zeitungen: *Outen.* Diese Geschichten habe ich immer mit Interesse gelesen. Aber ich hab' mir dabei nicht so viele Gedanken darum gemacht, wie das ist, wenn man in das vertraute Gesicht der eigenen Mutter schaut und ihr einfach nicht sagen kann, daß man verliebt ist. Einfach nur, weil es ein Mädchen ist, das einen so in Atem hält. Ob Mama auch denken würde, sie hat was falsch gemacht?

In meinen Bademantel gewickelt, husche ich über den Flur und bin so in Gedanken versunken, daß mir fast das Herz stehenbleibt, als ich in mein Zimmer komme und Mama da auf meinem Bett sitzt.

„Jetzt hab' ich mich aber erschrocken", lache ich, etwas verlegen über mein Zusammenzucken.

Mama lacht aber gar nicht. Sie schaut mich ernst an, und mir fällt irgendwie das Herz unten aus dem Bademantel raus.

Das sieht verdammt nach einer Aussprache zwischen Mutter und Tochter aus. Jetzt ist es also soweit. Gerade habe ich noch darüber nachgegrübelt, und schon sitzt sie hier und schaut mich mit diesem gewissen Blick an. Ob sie etwas gemerkt hat? Ob sie es einfach geahnt hat, daß Alex und ich ...?

„Was ist denn?“ quetsche ich mühsam heraus. Sie weiß ganz genau, daß sie mich fertigmacht mit dieser Schweigenummer.

Jetzt kommt's!

„Frau Fernandez hat gerade angerufen“, sagt Mama und sieht mich dabei an wie ein Bussard die Maus.

Mercedes' Mutter!

„Shit!“

Mama nickt grimmig.

„Zu deiner Information, Franziska: Ich mag es überhaupt nicht, angelogen zu werden. Das weißt du. Und mir gewisse Dinge zu verschweigen, zähle ich auch dazu. Manche Sachen für dich zu behalten, ist dein gutes Recht.“ Sie schaut direkt auf meinen Hals. „Aber anderes solltest du mir unbedingt mitteilen. Ich möchte gerne vorher wissen, wenn ich zu einer Lüge gezwungen werde. Alles klar?“

Ich schlucke und nicke betreten.

Eine Erklärung würde jetzt gar nichts nützen. Aus dem Alter der Ausreden bin ich inzwischen heraus. Und ich weiß, daß sie recht hat.

Sie steht auf und geht zur Tür.

„Ich habe ihr gesagt, daß Mercedes rechtzeitig zum Mittagessen zu Hause sein wird. Sie wollte wohl schon um diese Zeit wieder heimkommen. Kann ich mich da jetzt auf dich verlassen?“

Ich gehe rasch zu ihr hin und umarme sie.

„Danke“, murmele ich in den Kragen ihres Kimonos.

„Beeil dich lieber!“ knurrt sie und verschwindet.

Und genau das mache ich. Jeans. T-Shirt. Turnschuhe. Diesmal das Fahrrad und die Abkürzung durch den Wald. Ich bin völlig außer Atem, als ich am Reithof ankomme.

Renate sitzt mit zwei Mädels auf dem Gatter der Weide und füttert drei dicke Pferde mit Möhren. Ob die alle schwanger sind?

„Hi, Renate. Wo ist Mercedes?“

Sie sieht mich erstaunt an. „Ist sie hier?“

Also gut, auf diesem Weg bekomme ich es wohl nicht heraus.

„Oder anders gefragt: Welches Zimmer hat Ralf?“

Jetzt guckt sie doppelt kariert. „Ralf? Der ist heute morgen schon ganz früh weggefahren. Kommt auch erst nächste Woche wieder.“

„Mist!“ entfährt es mir. „Mercedes macht eine kleine Tour und ich kann es ausbaden!“

Renate denkt wahrscheinlich, ich sei etwas durchgeknallt. Sie schüttelt verwirrt den Kopf.

„Mercedes ist doch gar nicht hier, Franzi.“

„Doch. Sie war hier. Sie muß eben auch ganz früh mit ihm mitgefahren sein.“

Jetzt hat sie es, glaube ich, kapiert, denn ihre Miene versteinert sich plötzlich. Reitlehrerinnen können einen manchmal tatsächlich an eine verdammt saure Mutter erinnern.

„Er ist allein gefahren. Ich habe ihn noch verabschiedet. Und ich habe mich gefragt, wieso er so niedergeschlagen war“, setzt sie hinzu.

Es dauert eine Weile, bis ich überhaupt schnalle, was das bedeutet. Ralf alleine. Weggefahren. Niedergeschlagen. Mercedes schon am frühen Morgen nicht mehr hier. Aber auch nicht zu Hause, wo sie schon längst hatte sein wollen.

Renate steht auf, reckt sich in aller Ruhe und sagt: „Ich sattle mein Pferdchen und suche sie drüben im Birkenwald. Da sitzt sie gerne herum.“ Damit geht sie energischen Schrittes in den Stall.

Ich laufe los. Ich habe nämlich auch so eine Idee, wo sie sein könnte. Vielleicht spinne ich ja. Aber ich habe es im Gefühl.

Ich radele wie blöde den holprigen Waldweg entlang, bis ich an den Hochsitz komme. Hier halte ich an.

„Mercedes?“ rufe ich rauf. Es rührt sich nichts.

Ich werfe mein Rad auf den Weg und klettere die Leiter hoch, obwohl ich solchen Leitern immer mißtraue und es zu meinen Prinzipien gehört, sie nur im äußersten Notfall zu betreten.

Dies ist ein Notfall.

Und als ich die morsche Tür öffne, sehe ich auch, daß ich recht hatte. Hier sitzt sie, eingerollt wie ein kleines Tier, das man aus seinem Bau vertrieben hat.

Sie sieht mich an mit dunkelroten Augen und heult sofort wieder los.

„Franzi!“ wimmert sie und umhalst mich, als ich mich zu ihr beuge.

Ich bin plötzlich so wütend, daß ich schreien könnte.

„Was ist passiert? Was hat er gemacht?“

Aber aus ihr ist erstmal gar nichts herauszubekommen. Sie schüttelt nur immer den Kopf und murmelt: „Das Schwein! Das Schwein!“ Ich werd' schon ganz wahnsinnig, weil ich mir natürlich alles Schlimme ausmale, was er ihr angetan haben könnte. Schließlich muß ich sie irgendwie dazu bringen, von diesem verdammten Hochsitz herunterzukommen.

„Hör zu, Mercedes, du mußt jetzt hier runter und schnellstens nach Hause gehen. Dann sehen wir weiter, okay?“

„Ich geh’ hier nicht mehr weg“, heult sie.

„Deine Mutter hat schon bei uns angerufen und hatte Mama an der Strippe.“

„Was?“ Jetzt kommt Leben in sie. „Hat sie …?“

„Mama ist stinkesauer, aber sie hat uns nicht verraten. Nur mußt du jetzt so schnell es geht nach Hause, damit sie nicht vor deiner Mutter doof dasteht. Alles klar?“

Mercedes rafft sich auf und sagt theatralisch: „Natürlich. Das bin ich ihr jetzt schuldig.“

Wir schwanken die wackelige Leiter hinunter und stehen unten einen Moment lang zögernd voreinander.

„Rufst du mich an?“ frage ich. „Du mußt mir erzählen, was passiert ist.“

Sie weint wieder los und schneuzt lautstark in ein Taschentuch. „Das ist so demütigend. So demütigend.“

„Was denn?“

Sie winkt ab. „Ich muß jetzt schnell nach Hause. Ich ruf’ dich an.“ Sie küßt mich und stolpert den Weg in die andere Richtung davon.

„Melde dich auch bei Renate! Sie macht sich sonst Sorgen!“ rufe ich ihr nach.

Ich hebe mein Rad auf und schiebe langsam los.

Was kann da passiert sein? Hat sie mit ihm geschlafen, und es war absolut grauenvoll? Oder wollte er vielleicht nicht? Oder hat er irgendwas Perverses verlangt?

Wie auch immer, ich hatte also doch recht. Er hat sich wieder etwas Ätzendes geleistet. Etwas, das so schlimm ist, daß Mercedes, die sonst immer mit beiden Füßen auf der Erde steht, sich kreuzunglücklich in einem Hochsitz versteckt.

Und dabei fing ich gestern abend gerade an, ihn auch ein wenig sympathisch zu finden.

Gestern abend. Kaum habe ich diese zwei Worte gedacht, stelle ich überrascht fest, daß ich auf einem Waldweg falsch abgebogen bin. Ich bin keine fünfhundert Meter mehr entfernt von Alex' Haus.

Na ja, wo ich nun einmal hier bin …

Auf mein Läuten hin rührt sich lange Zeit nichts. Ich versuche es noch mal und will gerade wieder gehen, als die Tür aufgeht und sie im Jogginganzug vor mir steht. Ihre Haare sind völlig zerzaust.

„Du bist das!" sagt sie und grinst mich schelmisch an. „Komm schon rein."

Ich bin plötzlich total verlegen. Weiß gar nicht, wo ich hinschauen soll. Vor lauter Peinlichkeit blubbere ich sofort los und erzähle diese ganze Mercedes-Geschichte. Alex bugsiert mich währenddessen in die große Küche und macht Kaffee. Ihr scheint es überhaupt nicht komisch vorzukommen, was gestern abend passiert ist. Sie ist ganz normal, stellt Fragen zu Ralf und Mercedes und mutmaßt, was da gelaufen sein könnte. Ich muß immer wieder auf ihren Mund sehen, diese weichen Lippen.

Als wir uns am Tisch gegenübersitzen, streckt sie plötzlich lächelnd die Hand aus und berührt meinen Hals.

„Das habe ich ja toll gemacht", sagt sie und grinst so frech, daß dieses kleine Kerlchen in mir wieder anfängt, wie toll zu lachen. Sie ist so süß, so charming mit diesem Blitzen in ihren Augen. Kann sie wirklich mich damit meinen? Das ist ja total verrückt!

Ich grinse auch.

„Mein Bruder hatte natürlich nichts Besseres zu tun, als es beim Frühstück laut herauszutrompeten."

Wir lachen darüber wie über einen guten Witz.

„Woran hast du gemerkt, daß du es bist?" frage ich dann plötzlich und überrasche mich damit ein wenig selbst.

Alex blinzelt. „Daß ich was bin?"

„Na, daß du Mädchen magst."

„Das heißt lesbisch", sagt sie ernsthaft.

„Das weiß ich", erwidere ich, etwas ärgerlich. Weiß nicht, ob über sie oder eher über mich selbst.

„Warum sagst du es dann nicht?"

Oh je, jetzt habe ich mal wieder Madame Supercool vor mir sitzen.

„Ich mag das Wort nicht so besonders", erkläre ich ihr. „Es steckt einen so in eine Schublade."

„René kennt eine Frau, die bisexuell ist. Die wäre superfroh, wenn sie in die eine oder in die andere Schublade gehören könnte." Alex nimmt einen Schluck Kaffee und sieht mich herausfordernd an.

Da steht jetzt plötzlich so viel zwischen uns. Nicht nur René. Sondern auch dieses Unausgesprochene. Daß Alex eben viel mehr darüber weiß und sich viel besser auskennt als ich. Ist doch klar, daß ich mich da ziemlich klein fühle und mir babymäßig unerfahren vorkomme.

„Ich wußte das einfach schon immer", sagt sie jetzt auch noch. „War nur eine Frage der Zeit. Und dann bin ich durch Zufall in die richtige Clique geraten. Dann lief alles wie von selbst."

„Auch das mit René?"

Wieder dieser herausfordernde Blick. „Auch das, ja."

Wir rühren in unseren Tassen, und ich merke, daß

irgendwas nicht stimmt. Ihre coole Art. Ihr Gehabe, dieses „Ich-weiß-Bescheid-Kleine". Irgendwie kann ich mir nicht vorstellen, daß es in ihr wirklich so aussieht. Hat sie denn nie Zweifel gehabt? Hat sie sich denn nie Sorgen gemacht? Wenn sie wirklich so selbstbewußt wäre, was das anbelangt, dann bräuchte sie doch auch dieses Getue nicht.

„Du bist eine ganz schön harte Nuß, weißt du", sage ich lächelnd. „Ich glaube nicht, daß alles so einfach war, wie du jetzt tust."

Sie sieht ein bißchen geschmeichelt aus. Als sei sie stolz darauf, eine harte Schale zu besitzen. Oder als freue es sie, daß ich mir solche Gedanken um sie mache.

„Kann schon sein", schmunzelt sie. „Aber du bist ziemlich gut darin, mich zu knacken." Wieder dieses unverschämte Grinsen. Mein Magen fängt an zu vibrieren.

„Echt? Wie mache ich das denn?" frage ich.

„Das weißt du nicht? Na, dann werde ich es dir auch sicher nicht sagen." Und schon ist sie um den Tisch herum und sitzt auf meinem Schoß.

Für ein paar Sekunden kommt mir das ganz merkwürdig und verkehrt vor, aber echt nur für ein paar Sekunden. Schon einen Augenblick später erinnere ich mich daran, was ich Silke geweissagt habe, lege meine Hände in ihren Nacken und küsse sie.

Ist alles sofort wieder da. Ihr Mund, ihre weiche Haut, und wie sie mich ansieht, wenn wir mal Luft holen müssen. Herrgott, ich könnte sie aufessen, als zweites Frühstück genüßlich verspeisen. Es ist aber noch was anderes da als gestern abend. Nicht nur dieses Aufregende und Spannende. Es hat auch etwas Vertrautes, wie sie hier auf meinem Schoß sitzt. Wir trauen uns, einander auch mal länger anzuschauen, uns zuzulächeln. Wir brauchen den Schutz der Dunkelheit nicht.

Es ist schön mit ihr. Den ganzen Tag sind wir uns so nah. Egal ob wir Fotos ansehen, spazierengehen oder der Pizzeria einen Besuch abstatten. Alex ist so verrückt, daß sie überall ein Plätzchen findet, eine Nische, irgendeine Ecke, in der sie mir einen heimlichen Kuß geben kann.

Und ich werde überhaupt nicht satt von ihr. Manchmal sieht man einen Menschen an und hat nach ein paar Minuten schon genug. Aber bei ihr nicht. Bei ihr bestimmt nie. Trotzdem schließe ich die Augen, als wir auf ihrem Bett liegen und sie mit ihrer hellen Stimme auf mich einplaudert. An ihrem Lachen satt hören? Das geht doch gar nicht!

Irgendwann sagt sie: „Papa kommt gleich zurück. Wir wollen essen gehen. Hast du Lust mitzukommen?"

Ich zögere. „Ich würde ja gerne, aber ich habe Mercedes gesagt, sie soll mich anrufen. Wahrscheinlich hat sie schon den ganzen Tag versucht, mich zu erreichen. Wer weiß, was passiert ist, und ..."

„Ist schon gut! Ist schon gut!" lacht Alex. Sie schlingt die Arme um mich, hält mich ganz fest. „Weißt du, ich möchte nur nicht, daß der Tag mit dir schon vorbei ist", flüstert sie mir ins Ohr.

Ich beuge mich etwas zurück und sehe sie an. Registriere alles an ihr. Ihre hohen Wangenknochen. Die geschwungenen Brauen. Ihre grünen Augen. Die leicht geöffneten Lippen. Die weißen Zähne. Die Strähne, die ihr ins Gesicht fällt. Alex.

„Es wird noch viel mehr solcher Tage geben", sage ich.

Aus Mercedes ist absolut nichts rauszukriegen. Sie ist meine beste Freundin. Immer hat sie mir alles erzählt. Aber jetzt plötzlich ist sie verschlossen wie eine Auster. Ich habe gebohrt und gemutmaßt, war lie-

bevoll, war sauer, war verzweifelt, war geduldig. Nichts hat genützt. Sie will mir einfach nicht sagen, was passiert ist. „Was immer es war, es ist vorbei!" sagt sie. Und jetzt tut sie schon seit Tagen so, als hätte es in ihrem Leben einen Typen namens Ralf überhaupt nicht gegeben. Als Oliver sie heute mal nebenbei nach ihm fragte, drehte sie sich einfach weg. Oliver hat natürlich ganz schön dumm aus der Wäsche geglotzt. Aber das soll mir noch egal sein. Was mir überhaupt nicht egal ist, ist meine liebste Freundin. Sie kann mir nichts vormachen. Ich sehe ihr den Liebeskummer schon auf fünfhundert Meter an. Und ich weiß, wie man sich da fühlt, da geht der Arsch auf Grundeis. Mercedes lacht nicht mehr. Und manchmal hat sie so einen komischen Blick drauf. Ist mir schon ein paarmal aufgefallen. Besonders wenn sie denkt, ich habe gerade was anderes im Kopf. Sie guckt dann so trübe. Als wäre etwas in ihr gestorben. Das macht mir angst, denn ein bißchen erinnert es mich daran, wie du damals immer geschaut hast. Irgendwie so hoffnungslos.

„Ein gebrochenes Herz macht keiner so schnell wieder heil", hat Alex gemeint. Na, sie muß es ja wissen. Ihres hatte nach René wohl auch einen ganz schönen Knacks. Ja, ja, du hast ja recht. Ich sollte nicht immer so viel Aufhebens um René machen. René ist in Düsseldorf, und Alex ist hier – bei mir! Und wie sie bei mir ist! Du meine Güte, ich könnte fast rot werden, wenn ich daran denke, wo man überall heimlich knutschen kann. Und vor allem: wieviel Spaß das macht. Denkst du dabei vielleicht an die Putzkammer neben den Schultoiletten? Oder an den Kartenraum? Ich glaube, wenn Sven mich dahinbugsiert hätte, hätte ich ihn nur groß angeschaut. Aber mit Alex ist das anders. Wir warten nur darauf, daß uns demnächst mal jemand ertappt, in flagranti, sozusagen. Ich lach' mich schlapp. Stell dir den Hausmeister vor, mit einem Besen bewaffnet, wie er plötzlich vor zwei knutschenden Elftkläßlerinnen steht. Für den brechen dann doch Welten zusammen. Ist mir sowieso ein Rätsel, wieso nicht schon alle Bescheid wissen. Ich meine, ich versuche ja

immer, mich in dieser Hinsicht etwas zurückzuhalten. Aber Alex sieht mich manchmal an ... oh Gott! So ein James-Dean-Blick, verstehst Du? Mit gesenktem Kopf durch ihre Ponysträhnen durch. Mir wird dann immer ganz anders. Und ich frage mich, wann das auch mal anderen auffällt. Sven zum Beispiel. Aber der benimmt sich ganz normal. Wahrscheinlich, weil Alex immer noch total nett zu ihm ist. Er denkt wahrscheinlich, wenn eine so ist, dann muß sie ihm auch die kalte Schulter zeigen, so wie ich damals.

UPS! Jetzt müßte ich den letzten Satz eigentlich streichen, oder zumindest statt diesem kleinen Wörtchen „so" was anderes hinschreiben, nämlich lesbisch. Alex meint, es ist wichtig, die Dinge beim Namen zu nennen. So drückt sie sich immer aus: die Dinge beim Namen nennen. Das ist wichtig für die eigene Selbstachtung. Hat sie von René. Du kannst sagen, was du willst, René ist mir irgendwie unheimlich. Immer taucht sie wieder auf. Und ich kann sie nicht einfach abtun mit ihrer krassen Frisur und den stählernen Augen. Immerhin hat sie wohl ein paar schlaue Dinge gesagt, wie zum Beispiel das mit der Selbstachtung. Denn das ist doch das Allerwichtigste, findest du nicht, die Selbstachtung!

Es klingelt, überall fliegen die Türen auf, aus allen Ecken kommen lärmende Schülerinnen und Schüler geschossen. Meine freie Zeit ist zu Ende. Ich habe sie mir sowieso geklaut. Aber was soll ich machen? Chemie ist nicht meine Stärke, und deswegen bin ich mit den Tests einfach immer am schnellsten fertig. Wird eh wieder nur ein Vierer.

„Was hast du gemacht die ganze Zeit?" fragt Alex, als sie mich mit dem Block hier sitzen sieht. Sie tut so, als versuche sie, auf den Brief zu schielen, aber ich halte das Papier zu.

„Ein Liebesbrief an Oliver?" raunt sie mir zu, kneift ein Auge zu und läuft lachend davon, als ich ihr mit der Faust drohe.

Sie ist lockerer geworden. Wenn ich da an den ersten Morgen denke, wie sie mit ihrer Sonnenbrille hereinstolziert kam … Marion sagte gestern so im Vorbeigehen zu mir: „Alex scheint sich ja wunderbar eingelebt zu haben“, und schaute mich dabei so vielsagend an. Ist natürlich Unsinn. Sie weiß ganz bestimmt nichts. Aber trotzdem bin ich knallrot geworden.

Ich klappe den Block zu. Eine dumme Angewohnheit ist das mit diesen Briefen. Ob Alex das wohl verstehen würde? Gestern hätte ich fast davon angefangen. Fehlte nur eine Sekunde oder so. Aber dann habe ich statt dessen von unserem Handballteam gequatscht. Manchmal bin ich schon ziemlich verquer.

Es ist nicht so, daß ich es ihr nicht gerne erzählen würde. Es fällt mir nur so wahnsinnig schwer, darüber zu reden. Damals, ja, da hätte ich gut darüber reden können. Aber irgendwie war niemand da, der mir zugehört oder mal die richtigen Fragen gestellt hätte. Hier in der Schule sowieso nicht. Na ja, und zu Hause? Mama immer in ihrer Boutique und von allen Skandalen hochgradig schockierbar. Und Papa so häufig auf Geschäftsreisen. Sie haben eben nie gefragt. Es fehlte immer der richtige Augenblick, glaube ich. Und deswegen habe ich damals damit angefangen, ihr zu schreiben. Ich war die einzige, die sie verstand, da bin ich sicher. Und die Briefe halfen mir verrückterweise wirklich. Daß das Schreiben mich dann aber allmählich auch daran hinderte, mal mit jemandem über alles zu reden, habe ich erst gemerkt, als es praktisch schon zu spät war. Selbst Mercedes weiß nicht viel darüber. Eigentlich nur das, was alle wissen.

Hat mich richtig überrascht, als ich gestern plötzlich diesen Drang hatte, davon anzufangen. Aber dann habe ich es ja doch nicht getan.

„Wartest du auf ein besonderes Ereignis?" Marion steht vor mir auf dem mittlerweile leeren Gang und betrachtet mich amüsiert. Ich springe rasch auf und klopfe meinen Hosenboden sauber.

„Ich hab' so vor mich hin geträumt."

„Vielleicht von einer neuen Geschichte?" Sie streift ebenfalls meinen Schreibblock mit einem Blick, genau wie Alex gerade noch. Was ich hier zu Papier bringe, scheint ja allgemein großes Interesse zu erregen.

„Vielleicht", antworte ich vage, schnappe meine Tasche und will mich vor ihr in den Bioraum schieben. Aber sie hält mich am Arm zurück.

„Franziska, ich wollte dich sowieso noch sprechen. Ich habe da etwas, das für dich bestimmt interessant ist."

Sie hält mir einen Zettel hin, einen Zeitungsausschnitt.

Kurzgeschichtenwettbewerb ‚Jugend schreibt', lese ich da. *Zum Thema ‚In dieser Welt als junger Mensch' werden Kurzgeschichten von jungen Menschen gesucht. Der erste, zweite und dritte Platz ist mit einem Geldpreis dotiert. Außerdem werden die zehn besten Geschichten in einem Buch veröffentlicht.*

Ich sehe Marion fragend an. Sie zuckt die Achseln.

„Ich wüßte gar nicht, was ich da schreiben sollte", sage ich.

„Warum versuchst du es nicht einfach? Du hast doch etwas zu sagen."

Das stellt sie einfach so fest. Tja, wenn sie das sagt.

Ich tapere etwas verdutzt hinter ihr her in den Bioraum. Kurzgeschichtenwettbewerb. Ist das nicht etwas hoch für mich?

Oh, denk an deine Affenfrauen! sage ich mir. Ist denen jemals etwas zu hoch?

Marion knallt vorn ihre Tasche auf den Tisch, und es geht los.

Heute geht es richtig rund in unserem kleinen Viruszirkus. Die meisten haben Material aus Zeitungen mitgebracht. Das Spektrum reicht von horrormäßigen Schreckensbotschaften in irgendwelchen Schundblättern bis zu wissenschaftlichen Abhandlungen in medizinischen Fachzeitschriften. Ein paar aus der Klasse haben auf dem Gesundheitsamt Infomaterial besorgt, meist kleine Faltblätter, auf denen nur ein Bruchteil von dem steht, was man wissen möchte.

„Okay, schauen wir mal, was wir hier haben", sagt Marion und heftet ein paar der Artikel an die Tafel. „Ansteckung durch Küssen, durch Trinken aus demselben Glas, durch Benutzen der gleichen Toilette ... Diesem Reporter sollte fristlos gekündigt werden!"

Einige lachen.

„Das war mein voller Ernst, Herrschaften!" donnert sie, und sofort sind alle still. Sie grinst, weil sie sich immer freut, wenn wir so prompt auf sie reagieren. „Was glaubt ihr, wie viele Menschen durch so einen Artikel in Panik getrieben werden, sie könnten sich irgendwo mit dem HIV-Virus angesteckt haben? Und was denkt ihr, wie viele nach so einem Artikel auf die Straße gehen würden für ein Gesetz, das die Ghettoisierung von HIV-Positiven und AIDS-Erkrankten vorsieht? Artikel wie dieser schüren den Haß auf anfangs oder noch immer besonders gefährdete Randgruppen wie Prostituierte, Drogenabhängige und Homosexuelle. Zur Aufklärung dienen solche Zeitungsberichte jedenfalls auf keinen Fall. Mit der Aufklärung über ein so gefährliches Virus, das eine todbringende Krankheit auslösen kann, darf aber in den Medien nicht verfahren werden wie mit der neusten Hutmode der Königin-Mutter. Hier wird das freie Presserecht, das wir besitzen, leider schamlos ausgenutzt. Noch irgendwelche Fragen zur Lösung der fristlosen Kündigung?"

„Ja! Woher soll man denn genau wissen, daß manche Dinge stimmen, die geschrieben werden, und andere nicht?" fragt jemand.

„Indem du nicht in eins von diesen Schundblättern schaust!" ruft ein anderer.

„Guter Tip", kommentiert Marion zufrieden. „Ein noch besserer ist: Besorgt euch die Informationsbroschüren von den Gesundheitsämtern, wie einige von euch das ja schon getan haben. Diese Blätter werden ständig auf den neuesten Stand gebracht. Das Wichtigste daran ist aber, daß hier die Schutzmaßnahmen beim Namen genannt werden. Die da wären?"

„Pariser."

„Genau, Kondome."

„Nicht die gleichen Spritzen verwenden", sagt Oliver so großkotzig, als hätte er schwer Erfahrung damit, an der Nadel zu hängen.

Marion nickt zu allem, ist aber unzufrieden. Sie ist eine gute Lehrerin, echt. Ich glaube, es macht ihr manchmal regelrecht zu schaffen, wenn wir nicht die richtigen Fragen stellen. Und das spornt wiederum mich an. Also durchforste ich mein Hirn nach Fragen, die ich zu diesem verteufelten HIV-Viurs und seinen Übertragungsmöglichkeiten habe.

„Ja, Franziska?"

„In diesen Broschüren steht immer Safer Sex", sage ich. „Mich würde mal interessieren, was das genau bedeutet. Was ist denn nun safe und was nicht?"

Ich habe fast damit gerechnet, daß irgend jemand lacht, aber statt dessen sind hier und da nickende Köpfe zu sehen.

Marion schwingt sich vorne aufs Pult und spielt mit der Kreide in ihrer Hand. Daß sie sich dabei völlig weiß macht, scheint sie nicht zu stören.

„Nun, Safer Sex bedeutet, daß man nur sexuelle Praktiken ausübt, die nicht zur Infektion mit dem Virus führen können. Das heißt: Beim Geschlechtsverkehr benutzt der Mann ein Kondom. Beim vaginalen und analen Geschlechtsverkehr ist die Gefahr nämlich besonders groß, da das Virus mit dem Sperma direkt in den Körper gelangt."

„War das jetzt auch die Erklärung für die Schwulen unter uns?" fragt Karsten, der ab und zu richtig ätzend sein kann. Ich glaube, er möchte Marion damit aus dem Konzept bringen. Aber sie sieht ihn nur an, ohne mit der Wimper zu zucken.

„Laut Statistik sind zwischen fünf und fünfzehn Prozent der Bevölkerung homosexuell veranlagt. Man sollte auch immer für diese fünfzehn von hundert mitsprechen, findest du nicht? Im übrigen", sie wendet sich wieder an alle, „glaubt bloß nicht, daß alle heterosexuellen Paare jede Nacht bloß die Missionarsstellung praktizieren."

Die meisten lachen betont heiter.

Ich habe einen Kloß im Hals und schiele zu Alex rüber. Dieses Thema mit den fünf bis fünfzehn Prozent macht mich noch nervös. Ich hoffe auf einen kurzen Blick, ein Lächeln oder so. Aber sie sitzt steif auf ihrem Platz und wendet nicht mal rasch den Kopf zu mir. Als ich wieder nach vorne sehe, streift mein Blick Mercedes' Gesicht. Meine Güte, sie ist leichenblaß.

Ich stupse sie an. Ihre Kohlenaugen wirken grau und müde, als sie mich ansieht.

„Alles okay? Du siehst plötzlich echt mies aus."

Sie sieht mich so seltsam an, wie sie es in den letzten Tagen manchmal tut. Immer so, als würde ihr gleich vielleicht endlich mal ein Wort herausrutschen. Aber dann sehe ich förmlich, wie es in ihr rumpelt und pumpelt und ihr eiserner Wille durchkommt. Am Ende sagt sie dann doch nichts. Wenn ich nur wüßte …

„Safer Sex bedeutet aber nicht nur geschützter Geschlechtsverkehr", fährt Marion vorne fort. „Safer Sex ist alles, was keine Infektionsgefahr birgt. Das bedeutet natürlich Küssen und Streicheln, was wirklich keinen geringen Teil der Sexualität ausmacht. Beim Oralverkehr mit einem Mann sollte die Partnerin oder der Partner darauf achten, niemals Sperma zu schlucken. Auch hier sind Kondome angesagt."

„Mit Erdbeergeschmack!" albert Sven.

„Oder Vanille. Oder Banane. Für den Oralverkehr mit einer Frau gibt es sozusagen die Schwester des Kondoms: Dentaldam. Das ist eine sehr dünne Gummischicht, die beim Küssen und Lecken über die weiblichen Geschlechtsteile gelegt wird. Dentaldam wurde ursprünglich in der Zahnmedizin verwendet und zu diesem sinnvollen Zweck weiterentwickelt."

„Dabei heißt es immer, Lesben bekommen kein AIDS", ruft Karsten wieder.

Wo ist ein Loch, in dem ich verschwinden kann? Ich merke richtig, wie sich in meinem Gesicht alle Gefäße schockartig erweitern und ich aussehe wie der Ketchupexperte, oh Gott. Ich täusche einen Hustenanfall vor. Aber die ganze Show ist sowieso umsonst, weil niemand auf mich achtet. Alle sind damit beschäftigt herauszufinden, wie sie auf Karstens dumme Sprüche reagieren sollen. Marion kann das auch nicht so schnell schlucken, wie es scheint.

„Auch Lesben sind nicht immun, weißt du“, sagt sie vorerst nur und versucht, ihn mit einem langen Blick unter Kontrolle zu kriegen. Karsten grinst nur blöde.

„Es stimmt, daß es gemeinhin heißt, Frauen, die Frauen lieben, leben in einer Art Elfenbeinturm, unbehelligt von solchen Problemen. Das liegt daran, daß die Wahrscheinlichkeit der Ansteckung in ihrer Sexualität nur gering ist, weil Körperflüssigkeiten nicht in so großen Mengen ausgetauscht werden – aber Vorsicht! Das heißt nicht, daß es hier gar kein Risiko gibt, klar?“

Sie tut ganz locker, einfach so, als ob es völlig logisch wäre, daß hier die eine oder andere Frau, die Frauen liebt, unter uns sitzt. Und sieht sie mich an? Sieht sie nicht ganz besonders mich an? Und schaut sie dann nicht auch in Alex' Richtung?

„Es gibt immer Lesben, die vielleicht drogenabhängig sind, Bluterinnen, ehemalige oder praktizierende Prostituierte oder ganz einfach bisexuelle Frauen, die auch mit Männern schlafen. Wenn diese Frauen dann Sex mit anderen Frauen haben, der gefährliche Praktiken beinhaltet, besteht natürlich auch in einer Frauenbeziehung das Risiko der Übertragung. Mit gefährlichen Praktiken meine ich den Austausch von Blut, zum Beispiel Menstruationsblut. Deshalb sollte auch unter Lesben das Thema HIV nicht ausgeklammert werden. Wir leben in einer Zeit, in der dieses Problem alle etwas angeht. Auch wenn man nicht zu den Risikogruppen gehört.“

Es klingelt.

Uff!

Ich packe meine Tasche in Rekordgeschwindigkeit und bin als erste auf dem Gang. Irgendwie habe ich Angst, hysterisch zu lachen oder sonstwas Blödes, wo einen dann alle anschauen, als sei man paranoid. War das eine Stunde!

Ich meine, ich bin echt aus dem Alter raus, wo mir das Thema Sex peinlich sein könnte. Aber mußte Marion das so genau erklären? Die Sache mit diesem Gummi. Ich hatte wirklich den Eindruck, sie schaut dabei besonders häufig in meine Richtung oder auch zu Alex. Und dann die Worte, die sie benutzt hat. Lecken. Also, ich weiß nicht. Das klingt nun wirklich überhaupt nicht romantisch. Und mit Alex und mir hat das sowieso nichts zu tun. Wir haben ja auch noch gar nicht … Wir haben ja noch überhaupt nicht … Noch?

„Hast du heute Zeit?"

Alex schlendert plötzlich neben mir. Ich wäre fast in die Höhe gehüpft, weil ich mich so erschrecke. Und dann muß ich laut lachen. Habe ich heute Zeit? Wofür denn, Babe?

„Huch."

„Erschreckt?"

„Bißchen."

„Wovon hast du geträumt?" Da ist er wieder, dieser freche Blick. So schaut sie manchmal, bevor sie auf mich zukommt, um mich zu küssen. Ihr Flirtblick ist das. Den hat sie nur bei mir drauf. Alles in mir wird warm, weil sie mich so ansieht.

„War Karsten nicht widerlich?" lache ich. Ich glaube, ich bin wirklich etwas hysterisch. Kann gar nicht mehr aufhören mit dieser Gackerei.

Alex hampelt mit ihrer Schultasche herum und zuckt die Achseln. „Reiner Selbstschutz."

Auf meinen verwunderten Blick hin setzt sie ihr Brillengesicht auf.

„Hör zu, ich erzähl' dir jetzt was, du Landei! Daß er und dieser Berthold aus der Zwölf immer zusammenhängen, ist mir schon in der ersten Woche hier aufgefallen."

„Sie spielen zusammen in der Band."

„Klar. Aber nicht nur Gitarre, Schätzchen." Oh Mann, wo hat sie heute ihre Sonnenbrille?

„Das kann ich mir nicht vorstellen!"

„Wart's ab! Irgendwann wird es bestimmt rauskommen."

Damit schiebt sie sich einen Kaugummi in den Mund und fängt an wiederzukäuen.

Bei uns auch? denke ich. Wird es bei uns auch irgendwann bestimmt rauskommen?

„Wieso sagst du das so? Das klingt ja, als sei es etwas ziemlich Schlimmes. Etwas, das ‚irgendwann bestimmt rauskommt', muß doch etwas Verbotenes sein, etwas Mieses. Wenn du das so sagst, komme ich mir ganz seltsam vor."

„Du kannst einem das Wort im Mund umdrehen, Franziska!"

„Ich habe nur analysiert, was du gesagt hast."

Der Kaugummi wandert von links nach rechts, von rechts nach links.

„Weißt du, es ist nicht besonders witzig, wenn jemand es merkt. Du hast dann echt das Gefühl, als hättest du was Verbotenes gemacht. Oder noch was Schlimmeres. Etwas, vor dem sich andere ekeln, das sie abstößt. Damals hatte ich Glück, meine Klasse war okay. Aber als René immer öfter auch mal auf dem Schulhof auftauchte, gab es schon ein paar doofe Sprüche. René ist eben … na ja, sie ist eben ganz anders, verstehst du. Du hast es da gut. Du siehst ganz normal aus."

„Bitte nicht dieses Wort!" Ich verziehe das Gesicht.

„Ist ein blödes Wort, ja! Aber wenigstens weißt du, was ich damit meine. Ich meine, dir sieht man es nicht gleich an, so wie René und mir."

Ich kann es echt nicht leiden, wenn sie sich mit René unter einen Hut steckt. ‚René und ich', das klingt ja so, als wären sie verheiratet.

„Und was ist so schlimm daran, daß man es dir viel eher ansieht? Was heißt das eigentlich? Glaubst du, nur weil du knallkurze Haare trägst und dein Selbstbewußtsein in alle Ecken rotzt, halten dich gleich alle für so eine?"

„Frag mich jetzt bloß nicht, wieso das so ist. Aber die meisten von uns haben eben kurze Haare. Jedenfalls die, die in der Szene sind. Vielleicht, weil's stärker ist, oder weil wir uns erkennen wollen. Ist doch scheißegal. Jedenfalls erkennen wir uns nicht nur gegenseitig, sondern auch die wissen Bescheid, die es gar nichts angeht. Und das ist echt nicht angenehm."

Szene, Szene! Davon spricht sie öfter. Was heißt das eigentlich? Sind das dreihundert Mädchen mit knallkurzen Haaren, die alle Sonnenbrillen tragen und coole Sprüche schieben? Sie tut jedenfalls immer so, als könnte ich auf keinen Fall dazugehören. Das macht mich ziemlich sauer.

„Ich versteh' das nicht so richtig: Einerseits knutscht du ständig mit mir in Putzkammern und auf dem Klo und so, wo uns ständig jemand erwischen könnte. Andererseits hast du aber doch die Hosen voll, daß es rauskommen könnte, wie du sagst. Das paßt doch irgendwie nicht zusammen. Wenn du schon so selbstbewußt und cool bist, solltest du auch versuchen, deine Art zu leben besser zu vertreten."

Sie sieht mich mit ihren hellen Augen von ihrem drei Zentimeter höheren Posten kühl an. „Ich hab' das schon mal erlebt. Kein Bedarf für ein zweites Mal. Ich war damals schon froh, daß Papa nichts mitbekommen hat."

Natürlich. Sie hat mal wieder den Vorteil, alles schon erlebt zu haben. Sie hat diese Erfahrungen schon gemacht. Aber ich kann das trotzdem nicht so stehenlassen.

„Kommt es nicht hauptsächlich darauf an, wie man es den anderen rüberbringt? Vielleicht hast du es falsch angepackt. Man muß den Miesepetern nur den Wind aus den Segeln nehmen, glaube ich. Du darfst ihnen keine Chance geben, dich damit fertigzumachen. Man muß nur selbstbewußt sein. Vielleicht auch ein bißchen stolz?" Dieser Gedanke kommt mir selbst erst in diesem Augenblick, und ich finde ihn richtig gut. Stolz.

„Du bist zu romantisch für diese Welt. Ich habe es nicht ‚falsch angepackt'. Ich hatte gar keine Möglichkeit, irgend etwas anzupacken. Ich war nur gezwungen zu reagieren. Und so in die Ecke gedrängt zu werden, ist ein verdammt beschissenes Gefühl, das kann ich dir sagen!"

„Das glaube ich ja, aber …"

„Aber! Aber! Was weißt du denn schon davon? Du hast das nicht mitgemacht. Und vielleicht mußt du das ja auch nie erleben. Irgendwann kommst du wieder mit einem Typen zusammen und machst so weiter wie vorher. Dann kannst du meinetwegen drüber lachen, über unsere Knutscherei auf dem Klo und so. Mist, ich hab' vergessen, Marion was zu fragen. Bis dann."

Sie läßt mich einfach hier stehen und geht. Ist sie durchgedreht? Was soll das?

Sie kann doch nicht einfach so weglaufen. Ist das ihre Art, Probleme anzugehen? Dabei war das doch nur eine Meinungsverschiedenheit. Und wir waren noch längst nicht am Ende. Wie kann sie einfach behaupten, ich habe keine Ahnung, nur weil ich nicht über ihre persönlichen Erfahrungen verfüge? Wer hat sich denn neulich fast in die

Hosen gemacht, weil sie es ihrer Mutter nicht sagen konnte? Das war doch ich! Also soll Alex mir nichts davon erzählen, daß ich nicht weiß, wie sich das anfühlt, Angst zu haben.

„Endlich mal jemand, der die Dinge beim Namen nennt“, sagt Karin, die plötzlich neben mir geht. Wie kommt es, daß sich heute alle an mich heranschleichen können, ohne daß ich es mitbekomme?

„Hä?“ mache ich intelligent.

„Marion ist gut drauf“, erklärt sie mir geduldig. „Sie hat keine Angst davor, die Dinge beim Namen zu nennen.“

Warum muß sie das ausgerechnet so ausdrücken? Alex sagt das auch immer: beim Namen nennen ...

„Da kann ihr auch Karsten mit seinen großkotzigen Sprüchen nichts anhaben. Dabei muß der gerade die Klappe aufreißen mit seinem Berthold! Das war ja schon direkt peinlich. Ob der echt glaubt, daß niemand rafft, was zwischen denen läuft? Da müßte man ja schon blind sein.“

„Ziemlich blind“, murmele ich etwas lahm.

„Soll mir ja egal sein, was die treiben“, ereifert Karin sich weiter. „Aber wenn er schon selbst schwul ist, soll er gefälligst sein Maul halten.“

„Was heißt denn: ‚wenn er schon selbst schwul ist‘?“ frage ich und bleibe abrupt stehen. Und Karin kennt mich gut genug, um den Unterton herauszuhören. Sie hält vor mir an und sieht mich vorsichtig abschätzend an.

„He, du denkst doch nicht, ich hab’ was gegen Homos. Hab’ ich nicht. Echt nicht. Ist mir wirklich egal.“

„Ist mir auch egal“, sage ich. Franziska hat ihren Verstand und ihren Mut leider heute zu Hause gelassen.

Karin steht noch einen Moment unentschlossen vor mir und zieht dann Leine. Ich halte nach Mercedes Ausschau, aber ich kann sie nirgends entdecken. Sie ist wohl schon ohne mich gegangen.

Der Heimweg kommt mir heute ungefähr dreimal so lang vor wie sonst. Mein Kopf ist so schwer, daß ich mich wundere, wieso er beim Gehen nicht über den Bordstein schleift.

Was hatte dieser Streit mit Alex zu bedeuten? Es macht mich fertig, mich zu streiten. Ich hasse Streit. Ob sie jetzt sauer ist? Wieso? Ich wollte eigentlich nur versuchen, uns beiden etwas Mut zu machen. Vielleicht wird es ja gar nicht so schlimm. Und vielleicht können wir ja was dafür tun, daß es nicht so schlimm wird, wenn es schon irgendwann ‚rauskommen muß'.

Ich war schon froh, daß Papa nichts mitbekommen hat, hat sie gesagt. Also hat sie die gleichen Gedanken wie ich. Wie werden sie reagieren? Besonders die Familie. Und Alex hat nur ihren Vater. Wenn der mies reagieren würde, sie rausschmeißen oder so, dann wäre das ein echtes Drama.

Ich hätte zumindest die Chance, daß nur Mama durchdrehen würde, Papa aber sagt: ‚Das kriegen wir schon wieder hin mit der Ollen.' So wie es meistens ist. Ich meine, er kriegt nicht so viel mit, weil er so oft weg ist. Nur wenn wir mal echten Zoff mit Mama haben, Achim und ich, dann hat Papa es echt raus, sie wieder von der Palme runterzuholen. Und alles andere renkt sich dann wieder von selber ein. Das war damals auch so …

Ich frage mich, ob Alex nie darüber nachdenkt, daß das doch nicht ewig so weitergehen kann. Irgendwann wird es auch Herr Dürer erfahren. Ich finde, man sollte seinen Eltern da vertrauen können. Und Alex ganz besonders, denn sie ist sich ja sicher, daß sie so ist … daß sie lesbisch ist. Bei ihr kann ich das Wort in meinem Kopf ruhig ungeniert benutzen. Sie sagt, sie steckt sich selbst in diese Schublade, weil sie in die andere einfach nicht reinpaßt. Sie kann es sich einfach nicht vorstellen, mit einem Jungen zusammenzusein.

Und ich? Kann ich mir das noch vorstellen?

Ich bin mir da nicht so sicher. Das mit Sven damals, das war schön. Ich war auch wirklich echt verliebt in ihn, mit Magenkribbeln und allem, was dazu gehört. Ich mochte es, wenn er mich berührte.

Trotzdem war es einfach ein Unterschied, als ich mich in Mercedes verliebt habe. Das war nicht nur schön, das war bombastisch. Und jetzt mit Alex ist es wieder so, oder vielleicht sogar noch besser. Jede Berührung zwischen uns ist wie ein Stromschlag. Bong! Und ich meine nicht nur die körperliche Berührung, wenn ihre Hand meinen Nacken krault oder sie an meinem Ohr knabbert. Ich meine auch alles andere, das Innendrin. Ich werde nicht satt von ihr, egal ob sie redet oder sich bewegt oder mir dumme kleine Zettel schreibt, auf denen zwei Strichmännchen in Röcken sich knutschen.

Also, wenn ich ganz ehrlich bin, dann ist die Lücke, die zwischen meinen Jungengeschichten und ihr klafft, einfach viel zu groß. Eintauschen möchte ich das bestimmt nicht mehr.

Alex scheint aber nicht so richtig daran zu glauben, daß ich auch so eine bin wie sie. Sie hat schon mal sowas gesagt, daß ich bestimmt wieder einen Freund haben werde, heiraten, Kinderkriegen, diesen ganzen Sermon. Ich habe sie ausgelacht. Trotzdem hat sich da etwas in ihrem Kopf festgesetzt. Sonst hätte sie das gerade nicht gesagt. Daß ich mir vielleicht ja gar keine Gedanken darum machen muß, ob es mal rauskommt mit uns.

Ich muß sie gleich anrufen und fragen, ob wir uns heute sehen. Wir sollten mal darüber reden.

Zu Hause falle ich im Flur über ein paar riesige Kartons, die mitten im Weg herumstehen. Aus Achims Zimmer dringen merkwürdige Geräusche. Ich strecke meinen Kopf vorsichtig hinein. Zuerst sehe ich ihn gar nicht, sondern nur dieses Heidenchaos. Im Zimmer meines Bruders sieht es immer grauenvoll aus, aber heute ist wirklich die Bombe eingeschlagen.

„Was machst du denn da?“ will ich natürlich sofort wissen. Bücherregale sind ausgeräumt, sämtliche Anziehsachen auf dem Bett verteilt. Überall steht, liegt und sitzt etwas herum.

„Ich packe meine Sachen“, antwortet Achim mit dumpfer Stimme und taucht hinter dem Kleiderschrank auf. „Ich hab' eine Wohnung.“

Ich weiß gar nicht, was ich sagen soll. Stehe nur doof weiter in der Tür herum.

„Soll ... soll ich dir was helfen?“ bringe ich dann heraus.

„Machst du Witze?“ Wieder sein erhitztes Gesicht zwischen Wand und Schrank. „Ich steige ja selbst kaum noch durch. Zu zweit wäre es das reinste Chaos.“

Ich nicke, obwohl er schon wieder mit seinem Schraubenzieher verschwunden ist.

„Aber dank dir“, dröhnt es aus dem Chaos.

Ich gehe rüber in mein Zimmer und schließe die Tür hinter mir. Keine Ahnung, was ich fühlen soll. Jetzt zieht er also aus. Ging ziemlich schnell. Bestimmt über Beziehungen an die Wohnung gekommen.

Komisch, wie ein Tag so im krassen Gegensatz stehen kann zum anderen. Gestern war ich mit Alex am See. Ich glaube, das war einer der glücklichsten Tage, die ich überhaupt je erlebt habe.

Aber heute ist irgendwie der Wurm drin. Mercedes geht es noch immer nicht besser, und sie rückt immer noch nicht mit der Sprache heraus. Alex ist empfindlich, spielt erst die Coole und rauscht dann beleidigt ab. Karin macht dumme Bemerkungen über Schwule. Marion und ihr blödes Leck-Gummi. Und jetzt auch noch dieses Gerumpel nebenan von Kisten und Kartons.

Und ich lasse mich natürlich gleich von allem so runterziehen, daß ich mir wirklich vorkomme wie diese typischen Teenager, von denen immer alle mit rollenden Augen behaupten, daß sie an einem Tag himmelhoch jauchzend und am anderen zu Tode betrübt sind.

Ich lasse mich aufs Bett fallen und greife darunter. Als erstes ziehe ich den Umschlag hervor, in dem inzwischen schon sehr viele Briefe stecken. *Liebe Silke.* Und sie wird sie nicht kriegen. Dumme, kindische Briefe, die ich vielleicht mit Dreißig mal gerührt lesen werde, wenn ich einen nostalgischen Abend habe.

Aber ehrlich gesagt weiß ich momentan nicht, wohin ich mit diesen Erinnerungen sonst soll, wenn schon nicht aufschreiben.

Dann greifen meine Finger ein Buch, noch eins. Ich starre einen Augenblick verwundert darauf. Shit. Die Affenfrauen. Natürlich ist das Ausleihdatum der Bibliothek überzogen. Ich werde Strafe zahlen müssen, wie ärgerlich.

Wie war das noch? Es liegt in meiner Hand, ob ich werde wie sie? Genauso stark, genauso wild und energiegeladen. Na, ich fange ja echt gut an. Sitze hier und jammere still vor mich hin. Ich müßte mir wirklich eine sehr, sehr kleine Affenart aussuchen. Eine, die nicht viel Mühe macht eben. Bei der man nicht so schnell verzweifeln kann. Und vor allem, von denen es nicht mehr so viele gibt, nur noch eine Handvoll vielleicht. Damit ich nicht so schnell den Überblick verliere.

Schon mal allein auf dem Bett gelegen und laut gelacht?

Als ich fast mit diesen verfluchten Mathehausaufgaben fertig bin, klopft es an meiner Zimmertür und Mama kommt auf mein „Ja“ herein, schließt die Tür hinter sich und läßt sich seufzend auf mein Bett fallen.

Ich lächele sie an, weil ich ihr ansehe, daß sie auch nicht so recht mit diesen Kartons nebenan zurechtkommt.

„Manchmal frage ich mich, warum man das alles macht, Franzi“, sagt sie. „Ein Haus bauen, Kinder in die Welt setzen. Vielleicht hätten wir besser eine Mietwohnung nehmen und zwei Hunde aus dem Tierheim holen sollen.“

Diese Überlegung kann ich ihr nicht mal übelnehmen. Ich würde, jedenfalls momentan noch, einen Hund einem Baby entschieden vorziehen.

„Er ist ja nicht aus der Welt“, erwidere ich und klappe das Matheheft zu. Die letzte Aufgabe kann ich morgen bestimmt von irgendwem abschreiben.

„Natürlich nicht. Aber es wird schon eine Umstellung werden. Und nicht lange, dann wirst du auch flügge. Ihr geht auf und davon, und die Alten bleiben im viel zu großen Nest hocken. Du brauchst nicht so schuldbewußt dreinzuschauen. So ist das nun mal. Meinst du, Oma und Opa sei es damals anders gegangen? Daß das einmal so kommt, das weiß man, wenn man Kinder macht.“ Sie lacht ein bißchen traurig und klopft neben sich auf die Matratze. „Komm doch mal her.“

Mama braucht jetzt ihre Tochter, aha. Also setze ich mich zu ihr, ganz nah, und wir knuddeln ein bißchen. Sie zerwühlt mir meine Frisur, als wäre ich immer noch fünf.

„Ist mal wieder Zeit für ein ernstes Gespräch zwischen uns, oder?“ fragt sie plötzlich.

Was kann denn jetzt kommen? Ich ahne ja schon sowas. Und tatsächlich. Die Sache mit Mercedes neulich ist natürlich noch nicht erledigt.

„Hat sie Ärger bekommen?“ will Mama wissen.

Ich schüttle den Kopf. „Hab’ sie noch früh genug erreicht.“

„Schade“, meint Mama dazu trocken. „Ich war wirklich nicht angetan von dieser Sache, Franzi, das muß ich dir sagen.“

„Ja, ich weiß. Tut mir leid. Wird nicht wieder vorkommen“, erwidere ich, möglichst zerknirscht.

„Was mich aber noch mehr interessiert als Mercedes – denn das geht mich ja im Grunde nichts an: Hast du mich auch schon mal so angelogen?“

Ich weiß, jetzt hilft nur der gerade Blick direkt in ihre Augen. Die sind heute wieder mehr braun als grün und sehr warm.

„Noch nie, echt.“

Sie nickt. „Ich muß ja auch hoffentlich nicht sagen, daß du das nicht brauchst. Du kannst mit Papa und mir … na ja, lieber mit mir ganz offen über sowas reden, klar?“

„Aye, aye, Sir“, sage ich. So wie Alex das auch manchmal zu mir sagt: Aye, aye, du weißt mal wieder, wo es lang geht.

„Und wenn du das Gefühl hast, jetzt wäre es mal Zeit für den Gynäkologen, dann kannst du mir das auch ruhig sagen. Ich geh’ mit dir hin, wenn du willst. Wenn es dir zu peinlich ist, kannst du natürlich auch allein losziehen. Du wirst ja jetzt schon rot."

„Ach, Mama, Gynäkologe! Das sagt doch kein Mensch. Klingt ja schon selbst wie eine Krankheit."

Sie lacht, und ich grinse etwas verlegen. Wenn sie wüßte, daß ich nicht im geringsten daran denke, mir die Pille oder sonstwas verpassen zu lassen. Sie kommt da natürlich wegen dem Knutschfleck drauf. Vielleicht sollte ich ihr einfach sagen, von wem der war. Dann hätte sie vielleicht eine Sorge weniger. Haha. Oder einen ganzen Haufen Sorgen mehr, das kann auch sein.

„Mercedes macht doch keine Dummheiten?"

Mit sechzehn macht man keine Dummheiten mehr. Wenn Mercedes so blöd wäre, ohne Verhütungsmittel mit Ralf zu schlafen, wäre das einfach idiotisch, nicht mehr nur dumm, denke ich. Aber ich sage nur: „Mercedes paßt schon auf sich auf. Aber es ist sowieso Schluß mit diesem neuen Freund."

Mama sieht mich einen Augenblick versonnen an.

„Ich erinnere mich noch sehr gut daran, wie es war, in eurem Alter zu sein. Das sollte ich dir vielleicht besser nicht sagen, aber ich hatte jede Woche einen anderen, der mir den Hof machte. Ich hab's genossen – wenn auch nicht so exzessiv wie ihr das heute tut", grinst sie.

Ich hätte ja gerne noch mehr von ihr gehört. Im Gegensatz zu Papa, der alle naselang Geschichten aus seiner glorreichen Jugend erzählt, plaudert Mama nicht so häufig aus dem Nähkästchen. Aber ich kann mir vorstellen, daß sie es wirklich faustdick hinter den Ohren hatte. Eine Flirtkanone, so wie … ja, so wie Alex heute eben.

Mama hat aber keine Zeit für ein Plauderstündchen mit mir.

„Nebenan klingt es nach sehr viel Arbeit. Ich werde mal sehen, wie ich Ordnung in das Chaos bringen kann“, sagt sie und steht auf.

Na, Achim wird nicht begeistert sein, wenn sie in seinen Sachen herumkramt, in der guten Absicht, ihm zu helfen.

Ich weiß nicht, ob es daran liegt, daß wir uns im Arm gehalten haben, oder daß sie ein wenig traurig aussieht, ich möchte ihr einfach plötzlich alles sagen. Alex. Und die Affenfrauen. Sven. Und Silke.

„Mama?“

„Ja?“

Sie dreht sich noch mal zu mir um und läßt die Klinke wieder los. Wie sie so dasteht mit ihren schicken Klamotten, der frechen Frisur und den lieben Augen, bekomme ich einen echten Kloß im Hals.

Sag es, Franziska! denke ich. Sag es ihr einfach! Sie hat dich lieb. Sie wird dich verstehen.

Aber ich zögere viel zu lange und sehe schließlich verlegen auf meine Socken.

„Ach, nichts.“

Sie lächelt ihr Mutter-weiß-es-besser-Lächeln.

„Wenn du es mal raus bekommst, du weißt ja, daß du immer und jederzeit damit zu mir kommen kannst.“

Leise schließt sich die Tür hinter ihr.

Ich muß wirklich gegen Tränen kämpfen. Weil ich mir selber so leid tue. Vielleicht hätte sie das vor drei Jahren auch mal sagen sollen. Als das mit Silke war, und ich nicht mehr wußte, wohin mit mir. Vielleicht hätte ich ihr einfach alles erzählen sollen. Aber jetzt bin ich innendrin irgendwie ganz hart und verdreht. Ich habe immerzu Angst und mache mir Sorgen.

Ich hätte das jetzt nicht tun können, denke ich. Sie hat sowieso schon Kummer, sie fragt sich, ob Achim den

Umzug gut verkraftet, und wie es sein wird ohne ihn hier im Haus. Darüber macht sie sich genug Gedanken. Da brauche ich ja nicht auch noch mit sowas um die Ecke zu kommen.

Tolle Ausrede. Du bist einfach nur feige, Franziska. Super feige. Und wenn du ein bißchen mehr Mumm in den Knochen hättest, beispielsweise so wie Dian Fossey, würdest du …

„Franzi! Telefon!“

Ich bin blitzschnell auf den Beinen und am Apparat.

„Ich bin's“, meldet sich Alex. Sie klingt total munter, als wäre dieser kleine Streit vorhin gar nicht gewesen. „Hör zu, meinst du, du kannst am Wochenende mit mir nach Düsseldorf kommen? Ich habe eine Einladung zu einer Geburtstagsfeier. Da können wir dann auch übernachten.“

Mein Herz macht ein paar ausgelassene Hüpfer. Ein Wochenende mit Alex!

Aber als ob ich gleich den Haken an der Sache suchen würde, frage ich: „Was ist das für eine Geburtstagsfeier?“

„Tanja wird fünfundzwanzig. Es kommen lauter Mädels aus der Szene“, erklärt sie mir. Sie versucht gar nicht, ihren Stolz darüber zu vertuschen, immer noch zu dieser Clique von Älteren zu gehören. Mir fällt natürlich gleich René ein. Aber danach zu fragen, ist tabu. „Papa hat schon ja gesagt. Meinst du, du kannst deine Eltern auch dazu bringen?“

„Mein Bruder zieht an diesem Wochenende aus. Sie werden damit rechnen, daß ich helfe.“

„Mist! Versuch, sie rumzukriegen. Das wäre so geil! Ich könnte dir alles zeigen. Wo ich gewohnt habe, meine alte Schule. Und nach der Party gehen wir bestimmt noch weg, in irgendeinen Szeneladen. Das wäre doch spitze!“ Sie ist so begeistert, daß ihre Stimme manchmal kiekst. Aber dann wird sie von einer Sekunde zur anderen plötzlich ganz anders und flüstert kichernd in den Hörer: „Wir könnten endlich mal so richtig ungehemmt rumknutschen. Niemand wird sich dran stören. Das ist einfach eine ganz andere Welt da.“

Mama läuft in dem Moment mit der Bohrmaschine an mir vorbei und lächelt mich abwesend an. Ich lächele zurück und antworte: „Das klingt überzeugend.“

Am nächsten Tag ist Mercedes gar nicht in der Schule. Sie wartet nicht an der Ecke auf mich und kommt auch nicht später. Ob sie krank ist?

Es ist Mittwoch, und nach der sechsten findet der Fotokurs statt. Soll ich hingehen oder vielleicht lieber bei Mercedes vorbeischauen, um mich nach ihr zu erkundigen? Bestimmt liegt sie im Bett und freut sich über Besuch.

Ich beschließe, nach dem Fotokurs sofort bei ihr vorbeizugehen. Denn den Kurs sausenlassen möchte ich nicht. Heute ist das Projekt dran. Und das bedeutet, daß wir die Dachsbilder entwickeln werden.

„Ich bin saugespannt!“ murmelt Alex, während wir im Stockdunklen die Negative in die Entwicklerboxen fummeln. Ich bin etwas nervös, weil ich ständig befürchte, daß ich den Film nicht richtig auf die Spule gewickelt bekomme und deswegen alles versaue. Aber es fühlt sich alles ganz in Ordnung an. Ich verschraube die Box und warte, bis auch die anderen fertig sind und das Licht wieder angeknipst wird. Während wir die Filme wässern, verkrümeln Alex und ich uns in eine Ecke.

„Du mußt deine Eltern heute unbedingt weich bekommen, was Düsseldorf anbelangt“, sagt sie leidenschaftlich. „Ich habe schon Pläne gemacht, was ich dir alles zeigen will.

Ist eine ganze Menge. Ich hoffe, wir schaffen alles. Es gibt da so viele Dinge, die mir wichtig sind."

„Wir dürfen uns aber nicht zu viel vornehmen", erwidere ich. Ihr Eifer bringt mich zum Lächeln. Das ist ein tolles Gefühl, daß sie ausgerechnet mir diese wichtigen Dinge so dringend zeigen will. „Sonst schwirrt mir hinterher der Kopf, und ich weiß überhaupt nicht mehr, wo ich gewesen bin. Ich möchte auch ein paar ruhige Momente."

So gut kenne ich sie inzwischen. Sie hat immer Hummeln im Hintern und streßt in der Gegend herum.

„Ich möchte dir aber so viel zeigen", wiederholt Alex etwas trotzig.

„Wir können ja demnächst noch mal hinfahren", schlage ich vor. Und es kommt ganz natürlich raus. Verwundert stelle ich fest, daß es für mich tatsächlich ganz klar ist, daß wir solche Trips noch öfter unternehmen werden. Da ist sowas wie eine Zukunftsvision, die Alex automatisch immer miteinbezieht.

„Wer weiß, ob wir das wirklich können." Alex' Ponysträhne fällt über ihre Augen, und ich kann ihren Blick nicht einfangen. Aber da ist so ein dunkles Blitzen hinter den Haaren.

„Warum sagst du sowas immer? Gestern hast du auch schon sowas Komisches gesagt."

„Es gibt so viel, das einem dazwischenkommen kann, weißt du", sagt sie ganz ruhig. Gar nicht cool oder ärgerlich, so wie gestern. Eher traurig.

„Wenn Frau Herzog und Frau Dürer dann auch so weit sind, können wir rüber an die Vergrößerer gehen?"

Alex springt sofort los. Und ich bleibe hier hängen, zwischen ihrer seltsamen Traurigkeit über etwas, das vielleicht nicht sein wird, und den gerade entwickelten Dachsbildern, für die wir uns gemeinsam einen Morgen um die Ohren geschlagen haben.

Ich bin da nicht so wie sie. Ich kann nicht sofort wieder umschalten. Bei Alex habe ich manchmal das Gefühl, jemand legt einen Schalter um – und schon ist sie wieder heiter. Na ja, oder sie tut jedenfalls so. Ich kann das nicht.

Deswegen bin ich eine der letzten an den Vergrößerern und bekomme so ein mieses Ding ab, bei dem die Belichtungsuhr manchmal spinnt.

„Hast du Probleme?“ fragt Alex, die bereits ihren vierten Abzug zum Entwicklerbecken trägt.

„Wenn ich ein Gummiband hätte, könnte ich dieses blöde Teil unter Kontrolle kriegen“, brumme ich.

„Schau mal in meiner Tasche nach, in irgendeinem Buch müssen zwei, drei Gummis liegen. – Hey, wow, schau dir das hier an. Mutter Dachs frontal! Sieht aus, als guckt sie in die Kamera! Wie findest du das?“

Sie hat wirklich ein Händchen dafür. Ihre Fotos sind besser geworden als meine. Ich habe Unschärfen drin oder auch manchmal einen falschen Ausschnitt gewählt. Ihre dagegen sind alle gestochen scharf und außerdem auch noch scheinbar immer im richtigen Moment geschossen. Wie macht sie das?

Aber das kenne ich ja schon. Ich kriege alles immer nur so einigermaßen hin. Wieder mal kann ich vieles, aber nichts so richtig. Ach, ist das frustrierend.

Ich schleuse mich durch die Tür in den dunklen Flur und achte darauf, daß die Labortür geschlossen ist, bevor ich die Tür zum hellen Klassenraum öffne.

Alex' Tasche steht direkt neben meiner unter dem Tisch. Ich muß lächeln, wie sie da so aneinanderlehnen, als hielten sie sich im Arm.

In irgendeinem Buch. Hm. Ich blättere Bio und Englisch durch, finde aber nichts.

Chemie. Brrrr. Das fasse ich ja ungern an. Aber es muß wohl sein. Hoppla, was ist das denn?

Ein bunter Briefumschlag fällt mir aus den Seiten entgegen. In dem Moment, in dem ich den Absender lese, wird mir klar, daß ich mir gar nichts dabei gedacht habe. Ich war gar nicht mißtrauisch, so daß ich einen echten Grund gehabt hätte, auf den Absender zu achten. Ich habe nur einfach einen kurzen Blick drauf geworfen.

Und jetzt?

Ich halte das Ding mit den Fingerspitzen wie ein vollgerotztes Taschentuch.

Das ist nicht der Brief, den Alex mir neulich mal gezeigt hat. ‚Ach, Renés Brief', hat sie gesagt und einen weißen Umschlag weiter hinten auf den Schreibtisch geschoben.

Dieser Umschlag hier ist aber vollkommen bunt.

Ich hab' kein Recht dazu, sage ich mir.

Aber ausgerechnet René. Die, um die Alex immer ein Geheimnis macht. Von der ich nichts weiß, außer, daß sie eine „echte Szenefrau" ist. Und sie schreibt Alex immer noch. Nicht nur einmal, wie Alex erzählt hat.

Mir geht's plötzlich gar nicht gut. Da ist so ein Brennen im Bauch. Eine Flamme, die sich gerade in irgendein lebenswichtiges Organ frißt. Eifersucht. Ich bin eifersüchtig auf eine in einer anderen Stadt. Auf eine, die Briefe schreibt.

Natürlich sollte ich das nicht tun. Ich sollte den Umschlag wieder zwischen die Seiten schieben und nachher davon erzählen. Alex wird sagen: „Ach, ja, das habe ich dir ja noch gar nicht erzählt. Den habe ich gestern bekommen. Wollte ihn dir zeigen, deswegen schleppe ich ihn auch mit mir herum. Also, unmöglich, daß René mich nicht in Ruhe läßt!"

Ich bin ein Schwein.

Hey, Dutzi, danke für deinen letzten Brief! Ich hab' mich riesig gefreut. Ich meine, es ist schade, wenn du in diesem Kaff versauerst. Aber es ist schön, wenn du uns hier vermißt – uns, und ich hoffe, auch MICH ein wenig! Ich soll dich von allen hier grüßen. Und das Beste ist: Tanja feiert ihren Geburtstag am nächsten Wochenende. Du mußt unbedingt kommen! Ich schicke dir hier ihre Einladung für dich mit. Wie du siehst, darfst du auch jemand mitbringen. Uuuiih! Wer wird das wohl sein? Gibt es in deinem Kaff denn auch nette Mädels? He, laß dich von mir nicht ärgern. Du kennst mich ja. In Wahrheit freue ich mich riesig darauf, dich mal wieder in den Arm nehmen zu können. Du kannst bei Tanja übernachten – oder bei mir. Wir könnten ein bißchen in alten Zeiten schwelgen, wenn du willst. Also, sieh zu, daß du kommst! Laß deine alten Freundinnen nicht hängen. Bis zum Wochenende, Süße! Wie immer, deine René.

Ich stecke den Brief zurück in den Umschlag und den Umschlag zurück ins Buch. Und als ob sie mich auf ganz miese Art necken wollten, rutschen mir dabei die Gummibänder entgegen.

Ich stehe ein paar Minuten herum, als hätte mir jemand mit dem Hammer vor den Kopf geschlagen.

Diese Flamme in mir lodert und versengt alles, was sie berührt.

Warum hat Alex mir nicht gesagt, daß sie diese Einladung zu der Party quasi durch René bekommen hat? Warum darf ich anscheinend nicht wissen, daß René und sie sich immer noch schreiben, und so wie es sich hier anhört, regelmäßig? Warum nennt René sie bei diesen Kosenamen, einfach so? Aus Gewöhnung? Oder weil sie Alex immer noch mag? Und Alex? Mag sie René auch immer noch? Auf die gleiche Art wie mich? So sehr wie mich? Mehr als mich?

Die Tür geht auf und eine Mitschülerin huscht herein.

„Ich muß mal. Bist du schon fertig?"

Ich schüttele nur den Kopf und drücke mich rasch in den dunklen Flur zum Labor.

Mechanisch erledige ich die Handgriffe, mit denen ich das Fotopapier belichte und dann die Entwicklung vornehme. Alex ist schwer mit ihren Sachen beschäftigt und hat sogar schon Ausschnittsvergrößerungen gemacht. Herr Pohlmann überschlägt sich vor lauter Begeisterung fast. Nach einer Weile steht der ganze Kurs um Alex herum und bewundert ihre Aufnahmen. Sie genießt das natürlich in vollen Zügen. Narzisse. Alles muß sich um sie drehen. Und alle müssen sie toll finden. Herr Pohlmann. Marion. Sven. Alle sollen von ihr begeistert sein. Ich natürlich. Und René.

Ich betrachte sie von hinten. Ihren stolzen Hals mit den Lederbändern. Die im Nacken penibel ausrasierten Haare. Die nach hinten gedrückten Schultern über dem geraden Rücken. Wie ich sie so ansehe, kommt sie mir plötzlich ganz fremd vor. Ein fremder Mensch, den ich erst seit wenigen Wochen kenne.

Wie kommt es, daß ich ihr einfach so vertraue? Woher will ich denn wissen, daß sie ehrlich zu mir ist, daß sie mich wirklich mag, daß sie genauso für mich einstehen würde wie ich für sie? Das kann ich doch gar nicht wissen. Genaugenommen kann ich gar nichts über sie wissen nach so kurzer Zeit. Ich kann ihr einfach nur blind vertrauen. Blind.

Aber was, wenn sie das ausnutzt? Wenn sie mich belügt? Wenn sie vielleicht ganz anders fühlt als ich, womöglich eine ganz andere liebt, nicht mich?

Die Luft hier drinnen ist ziemlich mies. Ich habe das Gefühl, in diesem nur von rotem Licht beleuchteten Raum nicht mehr genug Sauerstoff zu bekommen. Ich trage ein ganz normales T-Shirt, aber es fühlt sich an wie eine hochgeschlossene, enge Bluse. Eine Bluse mit viel zu engem Kragen, deren oberster Knopf geschlossen ist.

Alex sonnt sich eine Weile im allgemeinen Lob. Als sie dann bei mir vorbeikommt und mich herausfordernd ansieht, grinse ich sie nur kurz an und tue dann so, als benötige ich alle Konzentration für die defekte Belichtungsuhr. Alex steht eine Weile neben meinem Platz. Ich kann ihren Blick spüren, wie er über meinen Nacken kriecht, ins Haar hinein, über mein Ohr. Ich kann ja noch förmlich ihre Küsse spüren, vorhin im Waschraum. Aber diesmal löst die Erinnerung daran nicht dieses irre Kribbeln im Bauch aus. Diesmal brennt da nur immer weiter diese verflixte Flamme und frißt sich vor.

Irgendwann geht Alex wieder zu ihrem Platz zurück. Mir steigen Tränen in die Augen.

Blöde Gans, sage ich zu mir selbst. Klar, daß sie wieder weggeht, wenn du kein einziges Wort mit ihr sprichst. Ist doch auch nicht schlimm. Sie ist doch nur drei Meter entfernt, da vorn am anderen Vergrößerer. Aber es fühlt sich anders an. Viel weiter weg.

Ich lösche das Licht an meinem Apparat, packe meine Sachen zusammen und melde mich bei Herrn Pohlmann ab.

Alex sieht mich lächelnd an, als ich ihr tschüß sage.

„An diesem Vergrößerer komme ich ja zu nichts", murmele ich verlegen. „Und außerdem muß ich nach Mercedes sehen. Bis morgen."

Sie nickt und sieht mich weiter so an. Das ist dieser Blick, den sie eben drauf hat. Sie, und nur sie. Ein Blick, der mir durch und durch geht, und der mir jetzt auch irgendwie weh tut.

Wir stehen bestimmt eine Minute oder so voreinander und sehen uns an. Meine Augen brennen schon vom Schauen. Da schiebt sich plötzlich Sven zwischen uns. Mit einem entschuldigenden Lächeln an mich wendet er sich Alex zu: „Wie lange hast du diesen Ausschnitt da belichtet? Das Negativ sieht so dunkel aus, aber der Abzug ist doch ganz klar."

Alex ist sofort Feuer und Flamme. Sie zeigt ihm natürlich gerne, wie das funktioniert.

„Du mußt etwas mit der Hand wedeln. Siehst du, so ..."

Ich nutze die Gelegenheit und verdrücke mich durch die Tür.

Unsere Taschen lehnen im Klassenraum immer noch aneinander. Aber jetzt lächele ich nicht mehr darüber. Wer weiß, wie viele Briefe von der anderen noch in ihrer Tasche stecken. Vielleicht nicht nur der eine.

Ich schnappe meine Sachen und rase den Gang entlang zum Ausgang. Am liebsten würde ich die ganze Strecke bis zu Mercedes' Haus rennen. Als könnte ich weglaufen vor meinen Gedanken, die ja doch immer schneller sind als ich. Wie ein Schatten, den man auch nicht loswerden kann.

Nach einer Weile bin ich total außer Atem und muß langsamer gehen. Ich kriege nur schlecht Luft.

René. Ich hab' ja geahnt, daß mit der irgendwas im Busch ist. Als hätte ich einen siebten Sinn, was Alex anbelangt. Und daß René keine Ruhe geben wird, das war mir eigentlich schon klar, nachdem ich diese Fotos gesehen hatte. Sie ist einfach viel zu kraß und zu stark, um einfach aufzugeben. Ha. Aber sie weiß noch nicht, mit wem sie es hier zu tun hat.

Ich bin kein gewalttätiger Mensch, echt nicht. Aber jetzt gerade, an diesem schönen, warmen Spätsommertag, würde ich mich wirklich gerne schlagen. Ich möchte mich mit René prügeln, die einfach weiße und bunte und weiß der Himmel was noch für Briefe verschickt, ohne Rücksicht auf andere. Kann sie Alex nicht in Ruhe lassen? Kann sie die Vergangenheit nicht ruhen lassen? Sie muß doch begreifen, daß Alex nun ein neues Leben führt, in dem Düsseldorf und René keine große Rolle mehr spielen.

Aber woher will ich das wissen?

Womöglich ist René gar nicht die richtige Adresse für meine Aggressionen? Wenn ich genauer drüber nachdenke, dann ist wohl eher Alex die, auf die ich sauer sein sollte. Sie ist es ja, die mir das alles verschwiegen hat, was so gut wie Lügen ist. Und sie ist auch diejenige, die den Kontakt zu René nicht abbricht. Es wäre doch ganz leicht für sie: Schreib mir nicht mehr! und fertig. Aber nein, sie antwortet ja anscheinend auch auf die Briefe.

Ich kriege gar nicht mehr richtig mit, wo ich langgehe. Aber mit jedem Schritt, den ich tue, werde ich saurer. Sie lügt mich an. Sie hat da noch irgendwas laufen mit René. Und sie denkt bestimmt, daß ich kleines, blödes Landei sowieso nicht drauf komme. Sie hat gerade ja auch gar nicht gemerkt, daß etwas mit mir nicht stimmt. Damit rechnet sie bestimmt nicht. Sie hat nicht komisch geguckt oder gefragt, was los ist. Nichts. Sie hat es gar nicht gemerkt. Oh, waaaaooor! Ich könnte echt stinkewütend werden, wenn ich daran denke. Stinkewütend, ja. Aber auch gleichzeitig ganz merkwürdig traurig. Und ich bekomme einfach keine Luft vor lauter Gefühlen, die da in mir herumpurzeln. Das kommt wegen ihr. Wegen Alex. Sie legt sich auf meine Brust. Wie eine heiße, schnurrende

Katze, die genüßlich ihre Pfoten leckt, während ich nach Atem ringe.

Ob ich das aushalte? Ich weiß nicht. Wie soll man sowas aushalten?

Ich gehe so schnell, daß es mir direkt schwerfällt, vor Mercedes Haustür anzuhalten. Fast wäre ich einfach weitergegangen, durch die dicke, milchige Glasscheibe hindurch. Peng. Klirr.

Statt dessen schelle ich lieber. Im Haus ertönt das melodische Ding-Dong-Dang einer Miniausgabe des englischen Big Ben.

Eine Weile rührt sich überhaupt nichts. Doch dann kann ich einen Schatten erkennen, der sich durch die Halle heranschleppt.

„He, Medi, ich bin's!" rufe ich, damit sie mich nicht versehentlich für eine Zeugin Jehovas hält oder sonst jemanden, dem sie nicht aufmachen würde.

Die Tür geht auf, und sie steht vor mir.

Meine Güte. Diese Ringe unter den Augen. Das kann doch nicht nur von einer Nacht kommen. Und dünn sieht sie aus. Ihre Haare sind fettig. Die Augen stumpf.

„Medi, warum warst du nicht in der Schule? Bist du krank?"

Weiß nicht genau, wieso ich sie so nenne. Das tue ich eigentlich nur, wenn wir uns ganz nah sind. Und sie sieht mich auch plötzlich so an, als möchte sie das wahnsinnig gern, mir nah sein.

„Komm rein", sagt sie und lächelt traurig.

Ich glaube, es ist gut, daß ich hergekommen bin.

Sie geht vor mir her in ihr Zimmer. Das Haus ist leer und still. Kein Kindergeschrei der kleinen Schwester. Keine laute Jazzmusik, die ihre Mutter immer hört. Diese Stille paßt zu Mercedes' schmaler Gestalt und dem geschmeidigen Gang ihrer kleinen Schritte.

In ihrem Zimmer lasse ich mich aufs Bett fallen. Soll ich ihr einfach alles erzählen? Sie steht in der Tür und sieht mich an.

„Spuck's aus!" sagt sie.

Wir grinsen uns an. Nicht besonders fröhlich. Aber es ist unser Grinsen, unser einzigartiges Franzi-Mercedes-Grinsen.

„Es ist wegen Alex", beginne ich. Und bevor ich einen einzigen Satz rausbekommen habe, plärre ich los wie ein Kleinkind. Die Tränen fließen nur so, und ich sitze schluchzend auf Mercedes' Bettrand, während sie sich neben mir niederläßt und mir den Arm und die Schultern legt. Warum muß man eigentlich immer dann besonders viel heulen, wenn jemand einen umarmt? Ich glaube, ich kann nie mehr aufhören. Alles tut mir weh. Wegen diesem verdammten Brief. Wegen dieser verfluchten René. Wegen Alex, die mich anlügt.

Mercedes ist spitze im Trösten, besser als jeder andere. Bei ihr habe ich nie das Gefühl, daß es mir peinlich sein muß, wenn ich weine. Und obwohl sie sonst so ein Temperamentsbolzen ist, verströmt sie in solchen Augenblicken ganz viel Ruhe. Und Zuversicht. Ja, Zuversicht, so daß ich ihr jedesmal glaube, wenn sie sagt: „Das wird schon wieder, Franzi."

Heute sagt sie das aber nicht. Sie wiegt mich nur ein bißchen hin und her und summt die Melodie eines Kinderliedes, das sie auch ihrer kleinen Schwester oft vorsingt, wenn die sich eine Schramme geholt hat.

Hier geht es aber leider nicht um ein aufgeschlagenes Knie oder einen blauen Fleck vom Rollschuhlaufen. Hier geht es um etwas, das viel schwerer heilzumachen ist.

„Erzähl mir den ganzen Mist!" meint sie schließlich. Und mir geht zum ersten Mal auf, daß ich mit ihr noch gar nicht darüber gesprochen habe. Ich habe ihr nicht erzählt, was zwischen Alex und mir ist. Habe ihr nichts davon gesagt, was ich für diese Coole aus der Großstadt empfinde. Ich habe meine liebste und beste Freundin ausgeschlossen aus meinem Leben. Mann, ich muß gleich noch viel mehr heulen.

Aber am Ende kriegt sie doch alles aus mir raus. Den ganzen Kack mit Alex' Reaktion, als ich Renés Foto fand. Oder daß sie nie über sie reden will, weil das „vergangen ist", wie sie immer sagt. Und dann diese komischen Andeutungen, daß René immer noch mehr von ihr möchte – egal, ob sie jetzt zwei Stunden voneinander entfernt wohnen. Ich erzähle von dem Brief in ihrem Chemiebuch, zögere nur kurz, als ich den Inhalt aufsage. Mercedes kann ich sogar beichten, daß ich diesen fremden Brief gelesen habe, obwohl niemand fremde Briefe lesen sollte.

Während ich es ihr erzähle, geschieht etwas ganz Merkwürdiges. Ich bin mir plötzlich sicher, daß alles eine Art Mißverständnis ist. Oder zumindest nicht so schrecklich, wie ich zuerst dachte. Ich weiß mit einemmal genau, daß alles wieder in Ordnung kommen wird. Deswegen höre ich plötzlich auf herumzujammern, sitze schweigend neben Mercedes und schniefe ab und zu in eines der Papiertaschentücher, die sie mir gereicht hat.

„Was fühlst du für sie genau?" fragt Mercedes mich mit ihrer weichen Stimme.

Ich zögere, weiß nicht, wie ich es beschreiben soll.

Meine Hand wandert von der Bettkante aus hoch und legt sich auf meinen Bauch. Hier irgendwo fühle ich dies alles.

„Sie hat einen sehr warmen Platz in mir“, sage ich vorsichtig, als müßte ich diese Worte erst ausprobieren, bevor ich sie loslasse.

„Das habe ich mir doch schon von Anfang an gedacht“, erwidert Mercedes. Ihr Lieblingssatz. Sie hat kein Wort darüber verloren, daß ich sie vorher noch nicht in mein Geheimnis eingeweiht habe. Sie tut einfach so, als hätte sie es schon gewußt. Vielleicht hat sie es ja tatsächlich gewußt?

Ich rutsche etwas verlegen herum.

„Kann sein, daß ich jetzt alles ein bißchen dramatisch gemacht habe, du. Ich habe gerade so den Verdacht. Wahrscheinlich ist es gar nicht so schlimm wie ich zuerst geglaubt habe. Ich meine, ich kann sie ja einfach danach fragen. Sie wird mir bestimmt dann alles erklären, und ich kann ...“

Sie weint!

Als ich sie anschaue, sehe ich plötzlich, daß aus ihren weit geöffneten Augen Tränen laufen. Ohne daß sie den Mund zu einer Grimasse verzieht oder die Stirn kraust oder auch sonstwie irgend etwas regt. Einfach Tränen, die aus ihren Augen strömen und über ihre Wangen laufen, nasse Spuren hinterlassen und vom Kinn heruntertropfen wie ein kleiner Regenschauer.

Für einen Moment bin ich so erschrocken, daß ich sie nur wie erstarrt ansehen kann.

„Du liebst sie“, sagt Mercedes. Ihre Stimme klingt nur etwas belegt, aber sonst ganz normal. Das macht mir richtig angst. „Und du denkst, daß du sie kennst, weil dein Gefühl so stark ist. Aber das kann dich täuschen. Sie kann vollkommen anders sein, als du je gedacht hättest. Sie kann völlig andere Dinge tun, von denen du nie geglaubt hättest, daß sie dazu fähig ist. Und weil du so an sie glaubst, hat sie die Macht, dich total fertigzumachen. Sie kann dich mit

Worten umbringen. Oder mit dem, was sie nicht sagt. Oder mit dem, was sie tut. Das kann sie, Franzi, ehrlich.“ Sie dreht sich um und vergräbt ihr Gesicht in einem Kissen.

Shit! Sie spricht doch nicht von mir! Sie spricht von sich selbst und von diesem beschissenen Ralf, der ihr weiß der Himmel was angetan hat. Wenn ich den zu fassen kriegen könnte, ich würde ... Wenn ich nur wüßte, was ... Wenn.

Ich krabbele ins Bett, lege mich hinter Mercedes und umarme sie ganz fest. Löffelchenliegen. Und sie weint, ganz still. Nur ihre Schultern zittern manchmal ein bißchen.

„Ich hab' heute einen Test machen lassen.“

Dieser Satz war so leise, daß ich ihn kaum verstanden habe. Aber irgendwie dann doch. Ganz leise eben.

Und ich muß auch gar nicht nachfragen. Ich weiß, was für einen Test sie meint. Sie hat die Pille benutzt, klar. Das kann es nicht sein. Sie meint diesen anderen Test. Den, über den wir neulich noch in Bio gesprochen haben, als es um diese Viren ging. Um DIESE Viren.

Mein Herz rast. Und mein Magen, heiß und irgendwie geschrumpft, viel zu klein für das bißchen Essen aus der letzten Schulpause.

Plötzlich geht mir auf, daß es in meinem Leben noch mehr gibt als Alex und Dancefloormusic und Sonnenbrillen.

„Er hat noch eine andere gehabt, die ganze Zeit. Und wer weiß wie viele davor, und immer ohne Gummi. Marion mit ihrem beschissenen Biounterricht. Wenn die nicht wäre, ginge es mir jetzt nicht so mies.“

„Du würdest dir jetzt keine Gedanken darum machen“, sage ich und drücke sie fest an mich. Ihr Haar riecht so gut, nach Babyshampoo.

„Ich würde mir keine Gedanken machen", wiederholt sie leise. Ihre sonst so weiche Stimme klingt brüchig und spröde, trostlos. „Ist doch sowieso egal. Wenn ich's habe, dann kann mir eh niemand helfen. Ist doch schnurzpiepegal."

„Dann hättest du doch den Test nicht gemacht, wenn es so egal wäre."

„Ach, den mache ich, damit ich nicht demnächst rumrenne und irgendwen anstecke, genauso wie er es jetzt macht!"

Ich frage mich, warum sie nicht richtig wütend wird. Sie sagt das ganz abgeklärt. Als ginge sie das nichts an.

Ich kriege eine Gänsehaut, wenn ich das höre.

„Das bist doch nicht du!" sage ich. „Bist du nicht mehr sauer? Warum bist du so resigniert? Warum sagst du ihm nicht deine Meinung oder zerstichst ihm die Reifen oder sonstwas Kindisches, was du sonst immer machst?! Mensch, der Typ hat dich total abgezogen. Verkriech dich doch nicht. Du hast doch keine Schuld daran!"

Das Bett schaukelt, als sie sich ruckartig zu mir umdreht. Wir liegen Gesicht an Gesicht. Ihre schwarzen Augen sind trübe.

„Ich weiß auch nicht, was mit mir los ist. Ich komme mir ganz fremd vor. Ich habe ihn echt geliebt, Franzi. Und jetzt kann ich nicht einfach nur sauer sein, weil er mich betrogen und belogen hat. Vielleicht sagen sie mir am Montag beim Arzt, daß ich es habe. Was soll ich dann machen? Ich kann nichts machen. Ich kann nur hier hocken und warten. Am liebsten würde ich den ganzen Zirkus hier gar nicht mehr mitmachen. Ich hab' die Schnauze voll davon. Liebe. Die gibt es ja doch nur in Büchern und Filmen. Was bedeutet es schon, jemanden zu lieben? Oder von jemandem geliebt zu werden? Das sind doch alles nur hohle Worte. Wenn einer dir's sagt, muß es noch lange nicht wahr sein. Am Ende bleibt ja doch nichts davon übrig. Alles endet in einem einzigen, großen Betrug. Und dabei dachte ich immer, Liebe ist das wichtigste im Leben. Was bleibt dann noch, wenn das nichts wert ist? Auf so ein Leben habe ich keinen Bock. Am liebsten würde ich mich umbringen!"

Als sie das sagt, rastet bei mir etwas aus. Irgend etwas zerspringt in mir. Ich packe sie ganz fest an den Schultern, sie schreit vor lauter Schreck auf, oder auch, weil es weh tut.

„Sag das nicht!" brülle ich sie an. „Sag das nicht zu MIR!"

Und dann kann ich gar nichts mehr sagen.

Das ist manchmal so. Wenn man ganz viel zu sagen hat, ganz viel zu weinen, dann kommt kein einziges Wort raus, und keine einzige Träne.

Mercedes zittert.

Ich glaube, vor lauter Schreck. Ich habe sie noch nie angeschrien. Und ich bin selber ganz entsetzt. Und ich liege starr, immer noch meine Hände in ihren Schultern verkrallt.

„Ich mach's ja nicht", sagt sie plötzlich. „Ehrlich. Ich mach's nicht. Der Charly würde mich vermissen."

Mir egal, ob sie in so einer Situation nur an ihr beknacktes Pferd denken kann. Mir egal, warum sie's nicht tun wird. Das Warum ist mir echt egal.

„Ich liebe dich", sage ich. „Ich."

Sie bebt.

Und plötzlich kann ich auch weinen.

Denn Mercedes hat ja recht. Sie hat recht: Was bleibt einem noch, wenn Liebe plötzlich nichts mehr wert ist?

Keine Ahnung, wie lange wir so liegen und beide weinen und ihr Bettzeug durchweichen.

Irgendwann halten wir es jedenfalls ohne Taschentücher nicht länger durch. Und das ist gut, denn als wir uns bewegen und aufsetzen, die Nasen putzen und uns mit roten Augen ansehen, da müssen wir plötzlich lächeln.

„Da bist du ja wieder!“ sagt sie und stupst mich an meinen rotgeriebenen Zinken. „Und du bist immer noch meine beste Freundin.“

„Ja, da bin ich wieder. Zurück aus dem Alex-Land“, erwidere ich.

Und ehrlich, Alex kommt mir ziemlich weit weg vor plötzlich. Wir lachen sogar ein bißchen.

„Schon okay“, meint Mercedes. „Wenn man verliebt ist, dann hat man eben eine ganze Weile nichts anderes im Kopf als diese eine Person, in die man verknallt ist. Da gibt's dann nichts anderes.“

„Aber es ging dir schlecht. Ich war nicht für dich da ...“

„Jeder kriegt 'ne zweite Chance“, sagt sie.

Ganz plötzlich ist Silkes Gesicht da.

Ist das hier meine zweite Chance? Wie oft hab' ich mir gedacht, ich hätte sie trotz allem nie allein lassen dürfen. Ich hätte mich stärker wehren müssen, als die Erwachsenen sie von mir getrennt haben.

Mercedes nimmt meine Hand, wie sie es früher oft getan hat. Früher, vor dem letzten Sommer, als ich ihr von meinen Gefühlen ihr gegenüber erzählt habe.

„Weißt du, daß ich super eifersüchtig war auf deine schöne Alex?“ fragt sie.

„Eifersüchtig?“

„Ja. Ich hatte das Gefühl, sie hätte dich mir weggenommen. Es ist nämlich ein ziemlich gutes Gefühl, wenn du dich um einen kümmerst. Echt. Ich fand das immer toll. Aber vielleicht ist es so noch viel, viel besser. Ich meine, seit

Italien war es doch irgendwie anders zwischen uns, oder? Ich habe oft überlegt, ob ich manche Dinge sagen darf, oder tun, oder ob ich sie lieber lassen soll. Aber jetzt brauche ich darüber nicht mehr nachzudenken. Alex hat mir also meine Freundin von früher zurückgebracht. Ich kann ihr dafür dankbar sein."

Ich halte ihre Hand ganz fest.

„Sie kann mich dir nicht wegnehmen, Mercedes", sage ich ernst. Es ist mir enorm wichtig, daß sie das weiß und versteht. „Es ist doch etwas ganz anderes. Das, was zwischen dir und mir ist, ist was vollkommen anderes als das, was zwischen ihr und mir ist …" Ich halte inne. Weil mir plötzlich klar wird, daß zwischen Alex und mir vielleicht nichts mehr sein wird. Heute könnte mir wirklich am laufenden Band schlecht werden. „Das ist doch genauso, als ob ich sagen würde, daß deine Freunde dich mir wegnehmen."

Sie lächelt traurig. „Irgendwann wird das ja auch so sein. Heiraten und so. Kinder. Da bleibt dann nicht mehr so viel Zeit für Freundinnen."

Ich kenne sie wirklich sehr gut. Und ich merke ganz genau, wenn sie möchte, daß ich ihr widerspreche.

„Echt eine Scheißzukunftsvision, die du dir da zusammenbraust", sage ich deswegen. Und nicht nur deswegen. Ich glaube an das, was ich sage. „Bei uns wird es anders! Ich weiß das. Einmal Freundinnen, immer Freundinnen. Uns kriegt niemand auseinander! Glaub mir!"

„Wenn du es sagst", lächelt sie. Und jetzt schon nicht mehr so traurig.

Liebe Silke, du hast natürlich recht. Ich hätte sie darauf ansprechen sollen. Ich hätte einfach fragen sollen, was es auf sich hatte mit diesem dummen Brief. Statt dessen bin ich ihr nun seit zwei Tagen ausgewichen und habe mich hinter Mercedes versteckt. Ich weiß auch nicht, was los ist. Normalerweise bin ich kein Drückeberger, was sowas anbelangt. Du weißt das. Du kennst mich. Aber in den letzten Wochen, na ja, eigentlich den ganzen Sommer habe ich mich wohl ganz schön verändert. Mercedes nennt es „erwachsen werden". Ich nenne es „ängstlicher werden". Aber trotzdem schöpfe ich immer wieder Hoffnung und werde wieder mutig wie früher. Ich hoffe, daß ich mir diesen Teil erhalten kann, egal wie erwachsen ich bald sein werde.

Früher, da habe ich mir nicht soviele Gedanken gemacht. Da lief alles wie von allein, ohne daß ich etwas hätte dazutun müssen. Nichts war wirklich schwer. Ich habe einfach nicht so doll nachgedacht über Dinge, die passierten. Und ich glaube, deswegen habe ich auch das mit dir nicht so richtig geschnallt. Ich meine, ich habe es zwar gemerkt. Aber ich habe mir nicht genug Gedanken darum gemacht. Vielleicht wäre dann alles anders gekommen. Nachzudenken ist nicht gerade bequem. Aber ich glaube, es ist etwas Gutes. Etwas Gutes am Erwachsenwerden. Das siehst du ja auch an diesen Briefen. Klar, sie kommen etwas zu spät für dich. Aber sie sind nicht zu spät für mich. Und das ist das, was jetzt noch zählt. Oder?

In unserem Haus herrscht heute Hochbetrieb. Ich sitze in meinem Zimmer und starre schon seit Stunden auf diesen Zeitungsausschnitt, den Marion mir gegeben hat. Kurzgeschichtenwettbewerb. Draußen vor meiner geschlossenen Tür laufen unzählige Menschen herum. Heerscharen von Achims Kumpeln pilgern mit lauten Schritten rein und raus. Dazwischen die tiefe Stimme meines Vaters, der für alle einen Scherz auf Lager hat. Achim selbst verstaut draußen die Kisten in den LKW, den Papa und er gemietet haben. Am meisten verwundert mich aber Achims Freundin Jutta, die mit energischer Stimme allen Anweisungen gibt und jeden Schritt voll unter Kontrolle hat. Ich kenne sie eigentlich gar nicht so gut, weil die beiden noch nicht lange zusammen sind. Achims bisherige Freundinnen waren eher solche Weibchen, denen man immer alles sagen mußte, sogar wie sie am Mofa den Tankdeckel aufgeschraubt bekommen. Und warum interessiere ich mich jetzt erst für Jutta, wo ich sie jetzt noch viel weniger treffen werde, weil Achim auszieht?

Kurzgeschichtenwettbewerb. Vielleicht sollte ich eine Geschichte schreiben mit dem Titel „Die Freundin meines Bruders. Mutmaßungen und Neugierde einer Oberstufenschülerin."

Marion hat gesagt, ich soll etwas Persönliches schreiben, etwas, das mir unter die Haut geht. Sie sagt, daß einem diese persönliche Komponente hilft, wenn man anfängt zu schreiben.

Ich habe mich schon gefragt, was sie damit meint: wenn man anfängt zu schreiben.

Marion ist irgendwie ein kleines Wunder, finde ich. Gestern brachte ich ihr das Entschuldigungsschreiben für Mercedes. Da stand etwas drauf mit Magengrippe oder so. Aber Marion hat mich fragend angesehen und wohl eine andere Erklärung erwartet.

„Es geht ihr echt schlecht", habe ich deshalb gesagt. Das hätte alles bedeuten können. Aber sie hat genickt, als hätte sie genau kapiert, was abgeht.

„Das habe ich schon seit ein paar Tagen kommen sehen", hat sie gemurmelt. Wohl mehr zu sich selbst als zu mir. Ich hab's trotzdem verstanden.

Und daß sie sowas mitbekommt, ist schon wie ein kleines Wunder, finde ich. Denn immerhin hat sie eine ganze Menge Schüler, um die sie sich Gedanken machen kann.

Welche Angst hatte ich vor diesem Lehrerwechsel. Total beknackt. Ich sah schon meine Felle in meinen beiden Lieblingsfächern davonschwimmen. Dabei wußte ich doch gar nicht, was auf mich zukommt. Aber vielleicht ist es auch diese Ungewißheit, die einen dann so madig macht. Genauso wie jetzt mit diesem Bluttest. Am Mittwoch kann Mercedes beim Arzt das Ergebnis abholen. Aber bis dahin fragt sie sich hundertmal am Tag, ob das nicht alles nur ein böser Traum ist.

Das Schlimme ist, daß ich heute in Bio erfahren habe, daß dieser erste Test nicht hundertprozentige Sicherheit gewährt. Es gibt da so eine Dunkelzone von drei Monaten, in denen das Virus sich im Körper befinden könnte, ohne daß es nachgewiesen werden kann. Mercedes muß also in drei Monaten diese ganze Tortur nochmal durchmachen. Ob der Arzt ihr das gesagt hat?

Vielleicht könnte ich für den Kurzgeschichtenwettbewerb etwas über diese Zeit schreiben. Eine Geschichte über das Warten und Bangen. Ich lese mir noch einmal den Text durch, der den Wettbewerb ankündigt.

‚In dieser Welt als junger Mensch'. Klingt ja eher ein bißchen nach Verarschung, finde ich. Als würden Sechzehnjährige die Welt anders wahrnehmen.

Außerdem bin ich mir nicht sicher, ob ich die Dinge, die ich in meinem stillen Kämmerlein aufs Papier bringe, so in aller Öffentlichkeit zeigen möchte. Meine Geschichten, die ich mir manchmal ausdenke, oder auch meine Briefe sind doch sehr privat. Gehen niemanden was an. Aber Marion behauptet, das sei ein fairer und anspruchsvoller Wettbewerb.

Daß sie das mit dem anspruchsvoll gesagt hat, das war bestimmt ein ziemlich gerissener Trick von ihr. Damit hat sie mich nämlich an die Angel bekommen.

Anspruchsvoll.

Natürlich möchte ich, daß meine Sachen anspruchsvoll sind. Ich möchte stolz drauf sein können.

Früher hat es mir gereicht, wenn ich mit dem, was ich zustande brachte, zufrieden war. Aber auch das hat sich geändert in der letzten Zeit. Ich glaube, es hat damit angefangen, als ich vor der Klasse meinen Aufsatz über das Wort ‚normal' vorgelesen habe. Alle waren davon angetan. Und Alex hat mal gesagt, daß sie von da an gewußt hat, daß in mir unheimlich viel drinsteckt. Und das hat sie neugierig gemacht.

Es ist eine feine Sache, solchen Zuspruch zu bekommen, zu merken, daß meine Sachen auch anderen gefallen, auch anderen etwas sagen. Es ist verdammt schön, anderen ans Herz greifen zu können. Ich könnte süchtig danach werden. Vielleicht bin ich es schon. Sonst säße ich nicht an einem Samstagmorgen hier und würde mich hinter Papieren vergraben.

Ich könnte statt dessen ja auch mal nachsehen, ob meine beiden Hände da draußen gebraucht werden.

Also klinke ich vorsichtig die Tür auf und spähe hinaus.

Gerade herrscht auf dem Gang Ruhe. Draußen vor dem LKW gibt es großes Palaver. Anscheinend eine Zigarettenpause.

Aus Achims Zimmer ertönt nur ein leises Geräusch von umherstreifenden, leichten Schritten. Ich husche hinüber und sehe hinein.

Mein Bruder steht vor dem Fenster und sieht hinaus, aus dem kahlen Raum auf die Straße, die immer noch genau den selben Anblick bietet wie seit Jahren schon.

Jutta sitzt auf einer der wenigen Kisten, die noch übriggeblieben sind.

„Traurig?“ fragt sie. Keiner von beiden hat mich bemerkt.

„Ein bißchen“, antwortet er. „Ich hab’ hier meine Kindheit verbracht.“

Ich bin total baff. Ist das mein großer Bruder? Sowas habe ich noch nie von ihm gehört. Aber es kommt ganz selbstverständlich. Als würden er und seine Freundin ständig über diese Dinge miteinander reden.

Jutta steht auf und geht zu ihm, umarmt ihn von hinten. Sie wiegen sich wie zu einer lautlosen Musik. Und tatsächlich höre ich Jutta plötzlich leise summen.

Sie sagen nichts weiter. Aber das brauchen sie auch nicht. Sie verstehen einander auch ohne weitere Worte.

Und ich verstehe auch.

Ich drehe mich auf dem Absatz um und stürze in mein Zimmer. Ich werfe eine Jeans, T-Shirts und mindestens vier Oberteile, die sich zum Ausgehen eignen, in meine Sporttasche. Mein Geld. Ins Bad: Zahnbürste, Haarshampoo, ein Handtuch.

„Was hast du denn vor?“

Papa steht mit einemmal hinter mir und betrachtet mich erstaunt.

Ich sehe im Spiegel die hektischen Flecken in meinem Gesicht.

„Alex hat mich angerufen“, lüge ich. Aber für lange Erklärungen ist keine Zeit. „Darf ich mit ihr übers Wochenende in die Stadt fahren?“

Papa zögert eine Sekunde. Normalerweise käme jetzt dieser obligatorische Satz: „Erst Mama fragen.“ Aber er braucht mir nur in meine vor Aufregung sprühenden Augen zu sehen, wie ich zittere vor Nervosität. Werde ich noch rechtzeitig kommen?

„In Ordnung. Aber meld dich mal. – Und Sonntagabend bist du um acht wieder hier."

„Danke!" Ich presse ihm einen Kuß auf die Wange und bin schon an ihm vorbei.

„Mercedes ist draußen", höre ich noch. Aber da sehe ich sie schon selbst. Sie schleppt gerade einen Karton mit Schallplatten gemeinsam mit einem Kumpel von Achim rüber zum Wagen. Ihr Lachen ist volltönend und klar.

„Medi!"

Sie schaut zu mir her und lächelt. Dann sagt sie etwas zu Achims Freund und kommt zu mir.

„Ich dachte, ich komm' mal vorbei. Ich kann ja auch etwas mit anfassen. Carsten meint, ihr könnt beim Reinschleppen in die neue Wohnung noch wen gebrauchen." Sie bemerkt meine Tasche. „Du fährst doch?"

Ich bin etwas verlegen.

„Weiß nicht, wie ich das erklären soll", stammele ich. „Ich hatte gerade plötzlich das Gefühl, ich sollte es doch tun. Aber wenn du nicht allein sein möchtest, kann ich natürlich …"

„Unsinn!" fällt sie mir ins Wort. Sie ist ganz die alte Mercedes. „Red keinen Quatsch! Ich komm' schon klar. Karin lädt mich heute abend auf eine Pizza ein. Und bis dahin bin ich ja beschäftigt. – Mach schon, daß du wegkommst!"

Sie küßt mich, wusch, mitten auf den Mund. So ist sie.

Und ich rase wirklich los.

Den Weg zu Alex' Haus lege ich in Rekordzeit zurück. Als ich um die Ecke biege, öffnet sich gerade die Haustür, und sie steht vor mir. In ihrer schwarzen Levi's, mit diesem gerippten, weißen T-Shirt und der Sonnenbrille auf ihrem kurzen Haar. Als sie mich sieht, bleibt sie wie angewurzelt stehen. Ihr fällt echt alles aus dem Gesicht. Aber im nächsten Moment erscheint an derselben Stelle ein Strahlen, das einen wirklich umhauen kann. Jede einzelne ihrer Sommersprossen lacht mich an.

„Schau mal!“ meint sie. „Da bist du also doch. Kommt Mercedes doch ohne dich klar?“ Dieser Piekser mußte natürlich sein. Aber ich gehe souverän darüber hinweg.

„Ich dachte, ich sollte mir die Gelegenheit, die große Stadt näher kennenzulernen, nicht entgehen lassen.“ Jetzt sind wir quitt.

Zu mehr kommen wir auch nicht, denn ihr Vater kommt aus dem Haus und scheucht uns ins Auto, nachdem er mich mit einem Nicken begrüßt hat.

„Wir müssen uns beeilen, sonst fährt euer Zug ohne euch.“

Alex steigt vorne ein. Ich kann die ganze Fahrt über ihr Gesicht im rechten Außenspiegel beobachten. Sie spricht nicht viel, nur hin und wieder ein paar Worte mit ihrem Vater, über einen lahmen Autofahrer vor uns oder einen rosafarbenen Pudel am Straßenrand.

Ihr Gesicht im Spiegel ist seltsam fremd und vertraut zugleich. Ihr heller Blick gleitet manchmal zum Fenster hinaus und richtet sich in die Ferne. Sie denkt bestimmt an das, was sie an diesem Wochenende erwartet. Düsseldorf. All die vertrauten Straßen und Orte, die vermißten Menschen. Eine Sekunde frage ich mich, ob es richtig war, mich doch noch fürs Mitfahren zu entscheiden. Vielleicht möchte sie lieber allein sein. Aber das denk’ ich nur eine Sekunde. Ich erinnere mich an ihr Strahlen, vor der Haustür. Das sagte alles.

Als wir am Bahnhof ankommen, bleiben uns nur noch wenige Minuten, um die Fahrkarten zu kaufen. Der Zug setzt sich in Bewegung, und wir lassen uns in unsere Sitze fallen.

Dieser Zug scheint vom Arsch der Welt zu kommen, denn außer uns ist niemand im Abteil.

„Jetzt erzähl mal, wie es dazu gekommen ist, daß du doch mitfahren kannst. Geht es Mercedes besser? Ich dachte, du müßtest dich das ganze Wochenende um sie kümmern."

Ich glaube, sie will wirklich wissen, was Sache ist.

„Es geht ihr besser, ja. Aber ich fand es plötzlich auch sehr wichtig, mit dir zusammenzusein."

„Die letzten Tage waren nicht so schön", sagt sie vorsichtig, als ich lange Zeit schweige. „Ich hab' dich vermißt. Was war los?"

„Ich hatte nicht viel Zeit. Mercedes. Und dann habe ich auch etwas Neues zu schreiben versucht. Aber es klappte nicht."

„Keine Ideen?" fragt sie. Ihrem Tonfall kann ich anmerken, daß sie das für eine Ausrede hält.

„Zu viele", erwidere ich deswegen knapp.

„Dann fang doch einfach irgendwo an." Sie wendet sich ab und sieht aus dem Fenster.

Ich betrachte ihren Nacken, der vom Sommer immer noch braungebrannt ist. Sie hat ein kleines Muttermal da. Und am linken Ohr eine freche Sommersprosse. Ich bin schon so oft mit den Fingern diese zarte Haut langgestrichen, hinein in die kurzen Haare, hab' ihr eine Gänsehaut gemacht. Aber es kommt mir vor, als liege das tausend Jahre zurück. Viel zu lange jedenfalls.

In diesem Augenblick dreht sie sich um.

Ihre Augen, in die ich nie blicken konnte, ohne etwas Tiefes zu fühlen. Ein grüner Teich. Oder ein verwunschener Brunnen. Ich spiegele mich in ihnen. Ganz selbstverständlich ist mein Bild darin. Völlig versunken ineinander sitzen wir da und schauen uns an.

Au, Mann. Ich hatte mir geschworen, nichts zu sagen. Ich wollte einfach darüber hinweggehen und hoffen, daß es nichts zu bedeuten hatte. Aber dann dieser Brief an Silke. Und jetzt dieser helle Blick.

Sie lügt mich nicht an. Da bin ich mit einemmal ganz sicher. In diesem Augenblick wird mir klar, daß sie mich gar nicht anlügen kann. Weil da etwas von ihr zu mir rüberströmt, das ganz ehrlich und offen und frei von allem Argwohn ist. Es wäre idiotisch, ihr zu mißtrauen, zuzulassen, daß mein Mißtrauen wächst.

„Erzähl mir was von René!" bitte ich sie. „Du sprichst nie über sie."

Alex' Gesicht verdunkelt sich, wie wenn sich eine Wolke vor die Sonne schiebt. Sie überlegt lange, bevor sie einen Anfang findet.

„Erste große Lieben bleiben immer was Besonderes", sagt sie schließlich. „Und wenn sie am Ende sehr unglücklich waren, erst recht. Du kannst nicht vor ihnen weglaufen. Manchmal haßt du sie, manchmal liebst du sie immer noch. – Ich meine nicht so, du weißt schon. Du weißt schon, wie ich das meine."

Ich weiß es nicht. Aber ich nicke.

„Ich war wirklich absolut vernarrt in sie. Sie vereint Gegensätze in sich, von denen ich vorher nie gedacht hätte, daß irgend jemand es schafft, gleichzeitig so verschiedene Dinge zu sein oder zu tun. Sie ist ziemlich cool, tut immer so, als würde sie nichts kratzen. Ich glaube, das kommt daher, weil sie ziemlich viel Scheiße erlebt hat. Niemand hat ihr geholfen. Deshalb hat sie früh gelernt, sich selbst durchs Leben zu beißen, ist total unabhängig. Das habe ich an ihr bewundert. Wir kleben ja noch ganz schön an der Scholle."

„Aber das ist doch normal mit sechzehn“, rutscht es mir heraus.

„Normal, ja. Aber sie ist nicht normal, das ist es ja. Ich kenne keinen Menschen sonst, der so ist wie sie.“

Ich weiß, ich weiß. Ich habe sie dazu animiert, über René zu reden. Aber jetzt geht es mir schon wieder gegen den Strich, daß Alex so schwärmerisch von ihr spricht.

„Hat sie auch Fehler?“ knurre ich.

Alex grinst so, als wären Renés Fehler sogar was ganz Tolles.

„Klar. Sie möchte immer im Mittelpunkt stehen, und sie flirtet überall herum … und manchmal auch mehr. Verstehst du? Ich konnte mir ihrer nie ganz hundertprozentig sicher sein.“

„Du meinst, sie hat dich betrogen?“

Alex seufzt. „Weiß nicht. Sicher kann man bei ihr nie sein. Sie ist viel zu sehr Eigenbrötlerin, als daß man sich mit ihr wirklich zu zweit fühlen könnte.“

„Habt ihr euch getrennt, weil du weggezogen bist?“ Ich kann nichts dagegen tun. In mir ist eine Schleuse geöffnet, und alle Fragen strömen heraus, die mich in den letzten Tagen gemartert haben, auf die ich Antworten haben wollte, um meine Eifersucht niederzukämpfen.

„Nein. Es war schon eine Weile vorher. Es gab da ein paar Dinge …“

Sie sucht nach Worten. Keine Verzögerungstaktik, sie weiß wirklich nicht, wie sie es nennen soll. „Wir haben uns am Ende nur noch gestritten. Manche Sachen paßten einfach nicht zueinander. Ich war ihr wohl zu spießig oder so. Und sie war so unruhig, ganz hektisch, immer auf dem Sprung. Wie auf der Flucht.“

Alex und spießig? Was wird René dann erst zu mir sagen?

Wir sehen lange aus dem Fenster. Felder und Wiesen fliegen vorbei. Manchmal ein kleiner Bahnübergang, vor dem Autos warten, Frauen mit Einkaufstaschen, Kinder an ihre Fahrräder gelehnt.

In mir ballt sich eine Frage zusammen wie Wolken vor einem Gewitter. Immer dunkler wird es in mir deswegen, bis ich kein einziges Fleckchen Blau mehr entdecken kann. Geschweige denn Apricot.

Ich hole ein paar mal tief Luft, aber die Frage traut sich nicht raus, steckt mir im Hals wie eine Gräte. Es juckt und kratzt.

„Sie liebt mich, glaube ich, immer noch", sagt Alex, als es ganz schlimm mit diesem Kratzen geworden ist. Ich zucke vor Schreck zusammen. Bin ich so durchschaubar?

„Sie hat mir ziemlich viel geschrieben seit dem Umzug. Du weißt doch. Ich hab' dir mal erzählt, daß sie meine Adresse rausgekriegt hat. Vielleicht hätte ich ihr nicht antworten sollen. Aber so einfach ist das auch nicht. Mir liegt ja auch noch was an ihr. Wäre doch übel, wenn es nicht so wäre, oder? Ich finde es echt blöde, wenn man eine Weile zusammen ist, sich dann trennt und plötzlich nicht mehr miteinander spricht, einfach so, obwohl man sich noch ganz gut verstehen würde. Vielleicht hat sie meine Freundlichkeit aber falsch verstanden. Ich muß ihr das noch mal ganz klar sagen, daß das nichts bedeutet, außer, daß ich sie wie eine Freundin mag. Ach, ich komme gar nicht gut drauf, wenn ich zu viel an sie denke. Da ist noch so viel unausgesprochen. Laß uns jetzt nicht mehr von ihr reden. Am besten machst du dir dein eigenes Bild. Du wirst sie ja kennenlernen."

Ich nicke nur und schaue gebannt auf die dahinpreschende Landschaft, als sei da draußen etwas verdammt fesselnd. Mercedes sagt immer, jeder kann mir sofort ansehen, was ich denke. Ich hoffe, Alex sieht jetzt gerade mal nicht so genau hin, denn sonst bemerkt sie meine grenzenlose Erleichterung, die mich durchströmt wie frisches Blut.

Dieser verdammte Brief! Wie habe ich mich gekrümmt darum! Und Alex spricht von dem Briefkontakt, als sei das doch das Logischste von der Welt, völlig selbstverständlich. Vielleicht denkt sie auch, wir hätten schon zehnmal darüber gesprochen. Während ich doch genau weiß, wie viele unzählige Male wir nicht darüber gesprochen haben.

Wie gut, daß ich sie nicht in aller Theatralik, zu der ich mit meiner romantischen Ader fähig bin, zur Rede gestellt habe! Sie hätte wahrscheinlich geglaubt, ich leide unter Verfolgungswahn.

Einfach so sagt sie: ‚Sie hat mir viel geschrieben. Ich hab' dir doch erzählt …' – und ich blöde Kuh habe gleich weiß der Himmel was dahinter vermutet. Von Selbstbewußtsein, das über solchen Dingen steht, kann bei mir ja wohl überhaupt nicht die Rede sein.

Ich muß grinsen. Über mich selbst, meine Panik, meine Hysterie und meine Erleichterung. Ich will nicht grinsen, denn dann fragt sie mich bestimmt, was ich so lustig finde, und ich wüßte nichts zu antworten. Aber ich kann nichts dagegen tun, mein Mund verzieht sich gegen meinen Willen.

Ich habe Glück. Genau in dem Augenblick, in dem Alex mich amüsiert ansieht, weil sie schon irgend etwas Witziges erwartet und gerade den Mund aufmacht, um mich zu fragen, genau in dem Augenblick wird die Tür aufgerissen und ein Rentnerehepaar schiebt sich herein. Die beiden bringen eine Menge Koffer und Taschen und vor allem viel Unruhe mit. Umständlich versuchen sie, sich gegenseitig das

Gepäck zuzureichen, und stehen sich doch nur im Weg. Alex sieht sich genötigt, ihnen behilflich zu sein. Sie ist größer als der Opa und wuchtet die Taschen mit Leichtigkeit ins Gepäcknetz. Das sorgt im Abteil erstmal für Gesprächsstoff. Und als Oma und Opa sich ihren Salamibutterbroten zuwenden, hat Alex mein Grinsen vergessen.

Als wir ankommen, ist Alex so aufgedreht, daß sie herumspringt wie ein Gummiball und keine Sekunde stillstehen kann.

Sie nimmt mich bei der Hand und zieht mich über den Bahnsteig zur Bushaltestelle. Während wir durch die Stadt fahren, bekomme ich zu jeder Straßenecke eine Geschichte erzählt. Weil ich versuche, alle Namen und Anekdoten aufzusaugen, schwirrt mir bereits nach sieben Stationen der Kopf.

An der Kölnerstraße, wo sie gewohnt hat, legt sie eine Gedenkminute ein. Sie steht da und schaut die Straße rauf und runter, als müsse sie sich vergewissern, daß alles noch da ist und nichts sich verändert hat. Mit dem Ergebnis scheint sie zufrieden zu sein. Aber sie sagt nichts. Und ich frage auch nicht. Es reicht mir, ihr Gesicht beobachten zu können. Ihre Augenbrauen, die sich hin und wieder nachdenklich krümmen, auf ihrer Stirn drei Querfalten entstehen lassen. Dann lacht sie wieder. „Komm!“

Sie läutet an der Haustür, und wir steigen in den dritten Stock hinauf. Sie hält sich noch gerader als sonst, wappnet sich gegen den Ansturm von Erinnerungen. Und der kommt! Er kommt in Form von drei Hunden, die mit Gekläff die Treppe hinunterstürzen und uns den Rest des Weges jaulendes Geleit gewähren.

In der Wohnungstür steht eine junge Frau, die übers ganze Gesicht strahlt.

Als Alex sie sieht, ist es mit ihrer Fassung vorbei. Sie springt die letzten Stufen hinauf und wirft sich ihr an den Hals. Beide kreischen fast so laut wie die Hunde und die beiden magersüchtigen Katzen, die laut miauend um Alex' Beine streichen, als gehöre dieser Krach unbedingt zu einer guten Begrüßung dazu.

Ich stehe etwas überflüssig herum, weil ich von niemandem beachtet werde, bis sich einer der Hunde meiner annimmt und so tut, als freue er sich auch über mich ganz doll. Das finde ich ziemlich nett von ihm, und empfinde eine spontane Sympathie zu dieser schwarzen Lakritznase.

„Das ist Luise", sagt Alex. Luise versucht beim Klang ihres Namens aus Alex' Mund die Schlappohren zu spitzen, aber dazu sind sie anscheinend zu schwer. Ich bekomme auch erklärt, wie die anderen Hunde heißen, und die Katzen, deren Zahl sich wundersamerweise plötzlich mindestens verdoppelt hat. Aber ich vergesse gleich alles wieder. Nur Luise behalte ich. Und Doris. Doris ist die Frau. Und deren rundes Gesicht ist hochrot vor lauter Freude.

Die beiden lassen einander gar nicht mehr los und sitzen Arm in Arm auf dem Sessel, während wir Kaffee trinken, und Alex berichtet, wie es ihr in dem Kaff im Sauerland so ergeht.

Was sie erzählt, finde ich ziemlich interessant, denn sie scheint nicht nur zufrieden mit ihrem Schicksal, sondern regelrecht glücklich zu sein. Und dazu habe ich doch hoffentlich auch etwas beigetragen. Jedenfalls gehe ich ganz selbstbewußt davon aus. Deswegen habe ich eine Menge Freude an Alex' Erzählungen.

„Tja, und frisch verliebt bin ich auch!" sagt sie am Ende eines langen Monologes.

Ich erschrecke fast zu Tode. Meine Kaffeetasse gerät bedrohlich ins Schwanken auf ihrem Weg zurück zum Tisch.

Aber Doris grinst nur in meine Richtung und meint: „Was du nicht sagst!" Dann lachen die beiden einander an, während ich mit Herzrasen und bleichen Wangen hier sitze und nicht weiß, wo ich hinschauen soll.

„Doris und Pepe wissen Bescheid", klärt Alex mich auf. Na, toll. Das habe ich mir jetzt auch selbst denken können. Wäre nur schön gewesen, das vorher zu wissen.

Doris' rundes, freundliches Gesicht ist mir zugewandt. Ich kann das aus dem Augenwinkel erkennen. Aber ich traue mich nicht recht, sie anzuschauen. Doch dann sage ich mir, daß Affenfrauen mit viel größeren Widerständen zu kämpfen haben als mit der eigenen Verlegenheit, und ich begegne ihrem Blick.

„Ist für mich keine Frage", sagt Doris und zuckt lächelnd die Achseln, während sie sich noch Kaffee nimmt.

Ich erwarte eigentlich noch mehr. Irgendwelche Erklärungen, daß sie keine Probleme damit hat, weil ihr Cousin auch mal was mit Männern hatte und sie selbst in der vierten Klasse ihre beste Freundin geknutscht hat. Aber es kommt nichts dergleichen. Doris erkundigt sich statt dessen nach Alex' Fotografiererei und muß sich natürlich sofort sämtliche Fotos ansehen, die in der Zwischenzeit entstanden sind. Ganz besondere Aufmerksamkeit wird dabei Familie Dachs gezollt. Alex platzt fast vor Stolz.

Ich hocke verwirrt auf meiner Sofaecke.

Es ist für sie keine Frage. Und das war alles. Nichts weiter.

Und Alex geht darüber hinweg wie über eine Bemerkung zum Wetter. Zu Hause war sie ganz anders drauf. Ganze Horrorvisionen – von prügelnden Jugendlichen bis hin zum Schulverweis – waren da in ihrer Vorstellung entstanden. Aber hier ist es wohl etwas anderes. Mit Doris, die sie kennt, und der sie ja offensichtlich vertraut, denn sie erzählt freimütig ihr ganzes Leben.

Ich betrachte sie, wie sie jedes Foto einzeln erklärt, dabei immer wieder Doris von der Seite ansieht und lacht. Sie ist anders als zu Hause. Sie hält auch den Kopf nicht so steif.

Plötzlich rasen die Hunde kläffend zur Tür, und die Katzen, die sich auf der Sessellehne drapiert haben, springen auf. Durch den Flur dröhnen schwere Schritte, und eine tiefe Männerstimme poltert: „Wo ist sie denn? Wo habt ihr euch versteckt?"

Alex bleibt halb auf Doris' Schoß sitzen, aber sie strahlt Richtung Tür, und ihr ganzer Körper ist eine einzige elektrische Ladung aus froher Erwartung. Dann biegt Goliath um die Ecke, oder vielleicht eine unwesentlich kleinere Ausgabe von ihm. Der Vollbart paßt jedenfalls.

„Meine Lieblingsfreundin ist zurück!" donnert Pepe und reißt die große, starke Alex in seine Arme als wäre sie ein Sarah-Kay-Püppchen. Alex hängt an seinem Hals wie hingegossen. Doris lacht gackernd, kann aber ein paar Tränen der Rührung doch nicht verbergen.

Ich komme mir vor wie bei einer Familienzusammenführung. Das Dumme ist, daß ich für sowas auch enorm anfällig bin. Und wenn die nicht bald aufhören, einander abzuknutschen und immer wieder gerührt in die Augen zu sehen, werde ich bestimmt auch von meiner romantischen Ader ergriffen.

Aber bevor ich dazu komme, bohrt sich plötzlich etwas Feuchtes in meine Hand. Luises Nase. Braune Augen sagen: Kümmer dich nicht um sie! Kraul mich lieber. Ich würde mir wirklich wünschen, überall, wo sich derart herzzerreißende Szenen abspielen, einen Hund mit Schlappohren dabei zu haben.

Ich glaube, diesen Tag werde ich nie vergessen.

Als ich Alex kennenlernte und sie mir manchmal von ihrem Leben hier erzählte, habe ich mir oft gewünscht, ich hätte einen Film von ihrem Leben, den ich zurückspulen könnte, um mir anzusehen, wie sie mit ihren Freundinnen hier herumzieht.

Und genau wie in diesem Film komme ich mir jetzt vor. Wie in einem tagesfüllenden Spielfilm an Originalschauplätzen.

Wir streunen auf ihrem ehemaligen Schulhof herum, laufen durch die Altstadt und sitzen dort in Cafés. Wir begegnen einem Klassenkameraden, der sich fast überschlägt vor Freude, und einem anderen, der eher reservierte und sehr höfliche Fragen stellt, einer Nachbarin, die gleich von den Kindern erzählt. Alex freut sich über alle wie eine Schneekönigin. Und jedesmal sieht sie mich hinterher mit diesem Blick an: Siehst du, sie kennen mich noch. Au, Mann. Daran hatte ich wirklich nicht eine Sekunde gezweifelt.

Gegen Abend schauen wir noch mal bei Pepe, Doris und Luise herein, die schon so tun, als gehörte ich mit zur Familie. Wir holen unsere Taschen bei ihnen ab, und dann beginnt der für mich wohl aufregendste Teil des Wochenendes: Die Party bei Tanja.

Als wir die ausgelatschten Stufen des Altbaus hinaufsteigen, wird mir reichlich seltsam zumute. Nun werde ich sie also alle kennenlernen, deren Namen ich bereits hundertmal gehört habe. Tanja und Evelyn und Cirsten und Sabinchen und … und … und. An René denke ich lieber erstmal überhaupt nicht. Denn was mir gerade so aufgeht und mir dieses Magengrummeln beschert, ist die Tatsache, daß ja nicht nur ich sie kennenlernen werde, sondern auch umgekehrt. Das ist irgendwie nicht fair: So viele gegen eine.

Alex dreht sich auf dem letzten Treppenabsatz zu mir um.

„Wie geht's?"

„Lampenfieber", grinse ich schief.

Sie nimmt mich in den Arm und drückt mich fest an sich.

„Soll ich dir was sagen? Ich auch."

„Na, wunderbar", brumme ich und weiß nicht, ob ich zittern oder lachen soll. „Ausnahmsweise würde ich mir jetzt mal Madame Sonnenbrille wünschen, die supercool die Situation meistert. Und ausgerechnet jetzt bekommst du auch Schiß."

Sie grinst mich an und kommt mit ihrem Gesicht ganz nah an meins. Ihre Sommersprossen tanzen vor meinen Augen.

„Das wird bestimmt ein netter Abend", flüstert sie mit ihrem verführerischen Blick.

Ich muß sie unbedingt kurz küssen.

Kurz?

„Ja, ist es denn zu fassen!" ertönt da plötzlich eine helle Stimme.

Ich springe Alex fast auf den Arm. Aber sie hält mich ganz fest.

In der Wohnungstür über uns steht feist grinsend und mit graziös eingeknickter Hüfte eine zierliche, junge Frau, die sich am Rahmen festhält.

„Das erste, was man von dir zu sehen bekommt, ist eine Knutscherei. Und das auch noch in unserem Hausflur!"

„Hi, Evelyn!" Alex schiebt mich die restlichen Stufen hinauf. Die beiden küssen sich auf den Mund. „Das ist Franziska."

„Hi." Evelyn betrachtet mich kurz abschätzend und nickt dann gelassen. Sie küßt auch mich, aber nur neben das Ohr. Ich glaube, ich hätte auch gar nicht gewußt, was ich im anderen Falle getan hätte. Evelyn ist nämlich ziemlich attraktiv. „Tanja ist noch in der Küche. Du weißt ja, immer alles in der letzten Minute. Tanja! Dein erster Besuch ist da!" Wesentlich leiser sagt sie zu Alex: „Frag sie bloß nicht, wie alt sie geworden ist. Sie hatte heute morgen eine echte Sinnkrise, weil sie jetzt zu den Mittzwanzigern zählt. Von dir könnte sie sowas bestimmt nicht ertragen." Die beiden feixen sich an.

In der Küche steht eine Frau, die aussieht wie die temperamentvollere Ausgabe von Evelyn, und schneidet wie eine Wahnsinnige Gurken klein.

„Hi, Schätzchen, wie geht's dir? Hi, ich bin Tanja." Wir bekommen beide unsere schmatzenden Küsse. „Wow! Was für ein Riesengeschenk! Danke, Süße! Aber ich werd's erst später aufmachen, wenn die anderen da sind. Oder ist es wieder was Privates? Hat Alex dir erzählt, daß sie mir zum letzten Geburtstag Dessous geschenkt hat? Peinlich war das auch eigentlich nur, weil ich es unbedingt auspacken wollte, während meine gesamte Verwandtschaft drumherumsaß."

„Deine Tante fand die Sachen gut", verteidigt Alex sich, scheinbar beleidigt.

„Hier, bevor ihr blöd rumsteht, es gibt noch Pilze zu schneiden. Mist, aber ich hab' nur ein scharfes Messer …"

„Gib es Alex. Ich zeig' Franziska währenddessen die Wohnung."

Evelyn nimmt meinen Ellbogen und führt mich aus der Küche. „Die spinnt vielleicht. Kennt dich noch gar nicht und spannt dich gleich bei der Hausarbeit ein. Keinen blassen Schimmer davon, wie man sich gastfreundlich benimmt."

Evelyn zeigt mir tatsächlich die Wohnung, die beiden Zimmer, den gemeinsamen Wohnraum, das in grellem Blau angestrichene Bad. Am Ende landen wir wieder im Wohnraum, wo eine Musikanlage steht. Wir kramen in den CDs, und sie spielt mir ein paar Interpreten vor, die ich noch nicht kenne. Dabei quatschen wir über die Stadt und mein Kaff, über Schule und Studium, was wohl beides gleich schön und gleich beschissen sein kann.

Irgendwann gesellen sich Tanja und Alex auch dazu, riechen nach Salaten und Zwiebeln und haben beide rotgeredete Wangen.

Ich bin gerade dabei, Evelyn zu erklären, daß Geschichtenschreiben vielleicht so etwas Ähnliches ist wie Filmedrehen, nur daß man selbst alle Rollen übernimmt und die Regie und die Kamera. Tanja nimmt neben Evelyn Platz und küßt beim Hinsetzen ihren Nacken. Mir bleibt prompt das Wort im Halse stecken.

„Was wolltest du sagen?" fragt Evelyn lächelnd. „Du hast angefangen mit: allerdings kann man nie wirklich bestimmen …"

Ich glaube, ich habe ein wenig die Farbe gewechselt.

„Ehm … ich wollte sagen … Man kann nie … man kann beim Schreiben nie wirklich bestimmen, was die Leser dann am Ende vor sich sehen. Das bleibt immer der Phantasie überlassen. Das ist wohl der Unterschied zum Film. Ja, das wollte ich sagen."

Tanja stößt Alex amüsiert in die Rippen. „Kann es sein, daß Franziska in eurem Dorf selten küssende Frauen sieht?"

Alex sieht mich entschuldigend an und grinst etwas verlegen. Aber Evelyn kommt mir bereits zur Hilfe: „Bloß gut, daß du nie anfangen mußtest, meine Liebe. Wenn ich bedenke, daß es bei dir noch gar nicht so lange zurückliegt, daß ich dich praktisch zwingen mußte, mit mir in den Frauenbuchladen zu gehen … Was ist, wenn uns jemand sieht, Ev? Wenn jetzt einer meiner Dozenten hier vorbeikommt?"

Die drei lachen, Tanja am schallendsten. Ich mag Leute, die über sich selbst lachen können.

„Wie alt bist du?" fragt Evelyn mich.

„Sechzehn."

Die beiden Freundinnen sehen sich an. Tanja seufzt tief.

„Ich beneide dich, weißt du das? In deinem Alter habe ich noch mit pickeligen Jungs rumprobiert."

„Komm jetzt nicht mit der In-deinem-Alter-Tour!" warnt Alex sie.

Evelyn wechselt die CD und wiegt dabei weise den Kopf.

„Sie hat recht. Was euch alles für Wege offen stehen, die wir uns selbst verbaut haben, weil wir einfach zu lange zu blind herumgelaufen sind. Das ist eine echte Chance."

In diesem Moment klingelt es an der Tür, und Tanja springt auf, um zu öffnen.

Es strömen gleich vier Frauen gleichzeitig herein, die alle ein riesiges Gute-Laune-Gezeter veranstalten. Alex ist völlig mit Beschlag belegt.

Evelyn grinst mich solidarisch an. „Wir sind heute abend nicht so en vogue“, sagt sie. Aber ich glaube, damit hat sie nicht ganz recht. Ich kriege sehr wohl mit, daß ich von allen Seiten gründlich gemustert werde. Interessierte Blicke. Nicht unangenehm, neugierig halt. Und es fällt mir auch gar nicht schwer zurückzumustern. Im Gegenteil. Ich bin plötzlich auch sehr gespannt, wer all diese Menschen sind.

Allerdings habe ich mir wohl vorher keine Vorstellung vom Ausmaß dieser Party gemacht. Alle zwei Minuten läutet es an der Tür. Nach spätestens einer halben Stunde habe ich vollkommen den Überblick verloren und kann mich gerade noch an eine Handvoll Namen erinnern. Die ganze Wohnung wimmelt von Frauen. Sie machen sich in allen Zimmern breit, vor allem aber in der Küche, wo sie das Buffet plündern.

Alex gibt sich echte Mühe, zumindest immer im gleichen Raum mit mir zu sein. Hin und wieder kommt sie vorbei und gibt mir einen Kuß oder stellt mich einer Frau vor. Aber genausooft werde ich von irgendeiner einfach so angequatscht und in ein Gespräch verwickelt. Ich glaube, die halten mich alle für eine „Neue“. Und in gewisser Weise bin ich das ja auch. Nach einer Weile beginnt mir das richtig Spaß zu machen.

Ich hab' früher auch mit Jungs rumgeflirtet. Aber jetzt bekomme ich den Eindruck, als hätte ich da immer noch etwas von mir zurückgehalten, als hätte es mir nie hundertprozentig Freude bereitet. Das hier ist etwas anderes. Irgendwie vielseitiger.

Ich komme mir ein bißchen so vor wie in einem Traum. Überall stehen und sitzen Frauen herum, die andere Frauen im Arm haben, andere Frauen küssen oder über andere Frauen reden. Das ist alles wie eine andere Welt. Nie hätte ich gedacht, daß es sowas gibt. Nicht so viele auf einem Fleck, in einer einzigen Düsseldorfer Altbauwohnung. Alles Frauen, die Frauen lieben.

Frauen? Na ja, ein paar der Gäste sind auch noch ziemlich jung, so alt wie Alex und ich eben. Aber ich merke plötzlich, daß ich auch bei denen nicht mehr Mädchen sagen möchte. Sie sind mehr als Mädchen, weiter als Mädchen. Und ich selbst auch.

Au weh! Wenn ich das Mercedes erzähle!

Ich genieße den Abend also wirklich in vollen Zügen. Wenn Alex gerade ganz wahnsinnig beschäftigt ist, was ihr mit Sicherheit toll gefällt, zwinkert Evelyn mir quer durch den Raum zu oder besorgt mir noch etwas zu trinken.

„Fühlst du dich hier wohl?“ fragt sie mich irgendwann, als wir uns im Durchgang zur Küche treffen. Sie lehnt sich dabei wieder in den Türrahmen wie vorhin in den der Wohnungstür.

„Superwohl! Ich finde es direkt schade, nicht immer hier zu wohnen.“

„Das ganze Leben besteht auch für diese Frauen nicht nur aus Parties wie der hier“, sagt Evelyn vorsichtig.

„Aber ihr kennt euch untereinander. Ihr versteht euch bestimmt alle ganz prima, seid euch richtige Freundinnen. Ist es da ein Wunder, daß man dazugehören möchte?“

Diesmal lacht sie geschmeichelt. „Ein bißchen tust du das ja schon.“

„Ja, weil ich verliebt bin in eine Frau. Da könnte ich doch direkt stolz drauf werden. Ich meine, ihr seid alle stolz. Man sieht den Frauen hier an, daß sie was Besonderes sind. Man merkt, daß sie stark sind.“

Vielleicht sind sie alle ein wenig Affenfrauen, denke ich für mich noch dazu. Jedenfalls finde ich sie alle auf ihre Art schön.

Evelyns Blick gleitet plötzlich an mir vorbei auf eine Frau, die im Gang direkt hinter mir steht. Die habe ich vorher noch nicht gesehen.

Die Augen der Frau leuchten. Sie schüttelt den Kopf, als wolle sie damit ankündigen, daß sie jetzt etwas sagen möchte. Und da erkenne ich sie erst.

„Das einzige Gesicht, das ich hier nicht kenne. Du mußt Franziska sein."

„Richtig. Und du bist René."

Sie lacht vergnügt, und ihre weißen Zähne blitzen. „Woher weißt du das denn?"

„Ich habe ein Foto von dir gesehen."

Wir stehen voreinander.

„Ich hab' vorhin mitgehört, sorry", sagt sie dann.

„Ach, macht doch nichts. Kann ich jederzeit vor jedem wiederholen", erwidere ich gelassen. Und das meine ich wirklich so.

Jemand ruft aus dem Wohnraum nach Evelyn. Sie bleibt zögerlich immer noch im Türrahmen stehen, bis gleich mehrere Stimmen laut nach ihr rufen. Also murmelt sie ein „Bin gleich zurück" und verschwindet.

„Hast du mal einen Freund gehabt?" will René unerwartet wissen.

Ich nicke.

„Hattet ihr Sex?"

„Nein", antworte ich, viel zu schnell. Wie kommt sie dazu, mich so etwas zu fragen? Wieso habe ich ihr geantwortet?

„Und du?" schieße ich zurück.

Ich glaube, sie hat darauf gewartet, daß ich das frage. Sie sieht befriedigt aus, als sie sagt: „Nein. Mir ist der Appetit darauf vergangen."

„Wieso?" Wieder hat sie meine Frage provoziert. Langsam werde ich nervös. Was will sie von mir?

„Ich bin vergewaltigt worden. Da war ich vierzehn."

„Oh", mache ich blöde. Ich weiß nicht, was ich sonst sagen soll. Daß es mir leid tut? Es tut mir leid.

„Es tut mir leid. Ich meine, ich weiß nicht, was ich jetzt sagen soll. Ich hab' noch nie eine getroffen, die ... der sowas passiert ist."

„Du wohnst wohl in der Sesamstraße?"

Ich sehe sie an. Sie hat wirklich stahlblaue Augen. Kann gut sein, daß sie mich wegen Alex fertigmachen will. Daß sie mich vielleicht richtig runtermachen und blamieren will, weil Alex mit mir hier ist, und weil Alex mich liebt, nicht mehr sie.

Aber ich werde mich nicht unterkriegen lassen. Denn wenn ich es recht überlege, dann habe ich doch den Trumpf in der Hand. Und so direkt vor mir ist sie nicht mal halb so geheimnisvoll und angsteinflößend wie die ganze Zeit vorher in meinem Kopf.

Ich warte also einfach ab. Ich sehe in ihre leuchtenden Augen, die abschätzend in meine blicken.

„Du kennst dich noch nicht gut aus", sagt sie schließlich von oben herab. „Sonst wüßtest du, daß sowas in unseren Kreisen öfter vorkommt. Na ja, vielleicht mußt du dich erst gar nicht dran gewöhnen. Alex hat mir geschrieben," – Vorsicht! denke ich. Sie will dir damit eins reinwürgen! – „daß du dir leider noch nicht ganz schlüssig bist, ob du jetzt Fisch oder Fleisch sein willst. Alex ist ja erst deine erste. Aber vielleicht wird sie auch die letzte sein, nicht?"

Dann schüttelt sie wieder auf diese eigentümlich störrische Art den Kopf. „Wenn du also demnächst wieder Theorien über den Stolz von Lesben verbreitest, dann denk dran, daß es ein teuer erkämpfter Stolz ist. Vielen geht es so wie mir. Und die, das sag' ich dir, haben keine Wahl so wie du."

Von der anderen Seite zupft eine Frau mit hüftlangen Haaren an ihrem Ärmel und möchte sie begrüßen.

René wendet sich ihr lächelnd zu, als hätte sie nicht gerade ihre Konkurrentin mit so ziemlich den schrecklichsten Dingen, die ich mir vorstellen kann, geradewegs an die Wand genagelt.

Hier stehe ich nun mit meinem Dessertteller voller Mousse au chocolat.

Ich weiß nicht, was ich denken soll. Diese Worte, die sie benutzt hat, kreisen in meinem Kopf. Und ihr ‚Da war ich vierzehn'.

Ich komme mir plötzlich echt pubertär und strohdumm vor. Hier meine „Theorien", wie sie es nannte, über die stolzen Frauen zu verbreiten. Und genau das hat sie wahrscheinlich erreichen wollen: Ich soll mich babymäßig unerfahren fühlen neben ihr. Genauso wie ich mich jetzt fühle. Ich ärgere mich, daß ich sie so leicht habe gewinnen lassen. Ich ärgere mich, daß sie mich einfach so hat stehen lassen, mitten im Satz. Wütend löffele ich die Mousse und starre vor mich hin. Aus den Augenwinkeln sehe ich René mit der anderen Frau scherzen. Wie oft habe ich mir unsere erste Begegnung ausgemalt. Eifersuchtsszenen befürchtet. Oder spontane Sympathie erträumt, mit gemischten Gefühlen natürlich. Aber nie, nie hätte ich gedacht, daß unser erstes Gespräch so verlaufen würde, mit so einem Inhalt und mit so einem Ende. Ich hatte keine Chance gegen sie.

Vor mir tut sich wieder diese unerklärbare Dunkelheit auf. Ja, schwarze Löcher gibt es wohl auch hier.

Plötzlich werde ich wach, nach einer objektiv kurzen Weile, die mir subjektiv aber ziemlich lang vorkommt. Ich löse mich aus meiner Starre und gehe einfach weg. Ohne René nochmal anzusehen.

Ich gehe in einen der anderen Räume hinüber und setze mich vor das Bücherregal, neben das Bett. Für die anderen sieht es bestimmt so aus, als bräuchte ich eine Pause vom ewigen Geschwatze, und als suchte ich daher etwas Ruhe, indem ich mit geneigtem Kopf die Buchrücken studiere. Aber in Wirklichkeit sehe ich gar nicht, wohin ich blicke.

Ich fühle mich schrecklich verlassen und allein. Ich habe einen Kampf verloren, das ist mir klar. Aber ich finde, daß René mit unfairen Mitteln gekämpft hat. So raushängen zu lassen, daß sie die Ältere ist und sich total auskennt, und ich die Neue, das Landei, die sowieso von nichts eine Ahnung hat.

Tja, seien wir ehrlich: Das ist genau das, was ich von ihr erwartet hatte. Ich wußte schon, warum ich so ein mieses Gefühl bei dieser Sache hatte. Da kann sie noch so sympathisch strahlende Augen haben, und da kann sie noch so herzlich lachen wie mit dieser Langhaarigen. Eins ist sicher: In ihren Augen bin ich der Feind. Aber ich hab' ungern Feinde – jedenfalls auf Parties.

„Hi", lächelt mich die Frau neben mir an.

Ich muß ziemlich erschrocken dreinschauen, denn sie lacht.

„Wollte dich nicht erschrecken. Du hast mich so versunken angestarrt. Ich dachte, ich sag einfach mal hi."

„Hi", sage ich jetzt auch. „Ja, ich war gerade ziemlich abwesend. Sorry wegen dem Anstarren."

„Macht doch nichts. Habe mich nur gefragt, woran du gedacht hast."

Eigentlich sollte ich darauf antworten. Sie sieht mich richtig nett an, obwohl wir uns noch nie begegnet sind. Aber ich bringe irgendwie nichts raus. Und ich bin froh, als von irgendwo Evelyn angeflogen kommt und vor mir auf die Knie segelt.

„Da bist du ja. Ich habe schon befürchtet, René hätte dich verschlungen."

„Es war nah davor", erwidere ich, immer noch um Fassung bemüht.

Die fremde Frau nickt ein paarmal. „Dann mußt du Franziska sein."

Ich schaue nur verwundert.

Evelyn und die Frau lachen, beide sehen ein wenig verlegen aus.

„Die Szene", sagt Evelyn.

„René hat es geschafft, mir gleich ziemlich in die Knochen zu fahren", sage ich. Aber dann mache ich eine zu lange Pause und kann irgendwie nicht weiterreden, zucke schließlich nur ratlos mit den Schultern. „Ich möchte ihr jedenfalls so schnell nicht noch einmal über den Weg laufen."

„Dann bleib hier bei uns", sagt die fremde Frau. „Ich heiße übrigens Cirsten." Wir sitzen also ziemlich lange vor dem sicheren Bücherregal und quatschen. Bis sich irgendwann von hinten Alex an mich heranschiebt und die Arme um mich legt. Ich lehne mich in ihre Umarmung, und als ich ihre Wärme spüre, wünsche ich mir plötzlich nichts sehnlicher, als mit ihr allein zu sein. Ich möchte ihr gern erzählen, wie meine Begegnung mit René war. Ich würde gern hören, wie Alex' Stimme sich hebt und sie protestiert, besonders an der Stelle, wo es darum geht, daß Alex meine „letzte" sein wird. Es ist einfach so: René und ich stehen uns in einem unsichtbaren Ring genau gegenüber. Ich möchte, daß Alex sich zu mir auf die Seite stellt.

Ich bin plötzlich ziemlich müde. Aber als ich in Alex' erhitztes Gesicht blicke, wird mir klar, daß das Fest für sie erst beginnt.

Sie ist so aufgedreht, wie ich sie überhaupt noch nie erlebt habe. Ihre Super-Strahle-Laune auf Svens Party war nichts dagegen. Sie hat heiße Wangen, und ihre Lippen glühen rot, als hätte sie sie buchstäblich heiß geredet. Dazu plappert sie und lacht, daß ich gar nicht mehr mitkomme.

„Na, ihr seid ja ein Gespann", meint Evelyn zu mir und streicht Alex lächelnd durch den zerzausten Pony. „Sie so ein Wirbelwind, und du so eine Ruhige. Ich glaube, du und ich, wir würden viel besser zueinander passen."

Im ersten Moment will ich widersprechen. Aber dann sehe ich Alex' Miene, eine Mischung aus Überraschung und leichter Beunruhigung. Und ich kann nicht anders, als an dieser Miene Gefallen zu finden. Also lache ich nur so charmant, wie ich es eben schaffe.

„Ich glaube, ich sollte mich mal etwas mehr um dich kümmern", murmelt Alex mir ins Ohr.

Aber Evelyn hat es doch gehört und zwinkert mir zu. Echt gerissen. Sie hat wohl genau mitbekommen, daß ich immer öfter nach Alex Ausschau gehalten habe, und will mir etwas zu meinem Recht verhelfen.

Jetzt merke ich auch, daß nicht nur Alex Pfeffer im Hintern hat. Die ganze Wohnung beginnt zu summen und zu rumoren und unruhig zu werden. Frauen nehmen ihre Jacken, verabschieden sich, andere gehen einfach so hinaus. Überall hört man ein „Bis gleich!" oder „Kommt ihr jetzt endlich?"

„Es ist ZAKK-Time“, sagt Cirsten und steht auf. „Auf geht's!“

Ich lasse mich hinter Alex mit den anderen die Treppe hinunterschieben. Unten steigen alle in Autos, die auf der ganzen Straße geparkt sind. Immer gerade so viele, wie in einen Wagen reinpassen.

Alex hat mir erzählt, das ZAKK sei eine riesige Disco, in der einmal im Monat ein Frauenabend stattfindet. Das heißt, es kommen nur Frauen rein. Und die meisten der Frauen dort sind Lesben.

Mann, ich glaube, ich wäre gar nicht nervös. Ich wäre nicht nervös, wenn sich nicht in dem Auto, in dem wir sitzen, eine sonderbar angespannte Atmosphäre verdichten würde.

„Ob Susanne heute wohl kommt?“ überlegt eine, ein aufgeregtes Zittern in der Stimme.

„Laß die Finger von der.“

„Was ist eigentlich mit Patty und Helga? Sind die noch zusammen?“

Die Beifahrerin hat die Sonnenblende runtergeklappt und überprüft im Spiegel ihre Frisur.

Alex nimmt meine Hand und sieht mich mit ihrem James-Dean-Blick an.

In mir kribbelt alles. Zu Hause ist ihre Nähe immer mit Aufregung und leichter Nervosität verbunden. Aber hier bedeutet sie plötzlich Vertrautheit und Schutz. Ich bin nämlich ziemlich rasch angesteckt von der Spannung, von der ich gar nicht so recht weiß, worum es dabei eigentlich geht.

Ich meine, ich kenne keine der Frauen, von denen die eine hofft, daß sie kommen und die andere hofft, sie nie wiederzusehen. Ich kenne sozusagen keine von den vielen, vielen Frauen, die diesen sogenannten Schwoof besuchen.

Und genau das ist es, was mich dann tatsächlich umhaut: Es sind viele. Und alle gehen sie durch die Tür wie zu einem Hofball, auf dem am Ende der Prinz verlost wird … hoppla, ich meine: die Prinzessin. Aufrecht. Mit angespanntem Lachen auf den frischen Gesichtern. Aufgebretzelt sind sie alle. Alex allen voran mit ihrem bauchfreien Shirt, neben dem ich in meinem Minikleid heute mal ausnahmsweise nicht bieder aussehe. Sie hat sich gewünscht, daß ich das anziehe. Will wohl etwas mit meinen Beinen angeben.

„Sind viele, nicht?" sagt sie jetzt, als wir im Eingangsbereich herumstehen und sie sich nach weiteren Bekannten umsieht, die nicht auf der Party vorher waren.

Viele? Es sind so verdammt viele, daß ich komplett den Überblick verliere.

„Wenn du dich umsehen willst, geh doch mal hoch. Ich hab' da gerade eine vorbeihuschen sehen … He, Verena!" Alex zischt davon.

Es gibt eine Art Empore, auf der ich die erste halbe Stunde stehe und wie gebannt runterstarre. Ich glaube, es sind tausend oder so. Ich versuche mal zu zählen. Aber sie wimmeln alle so durcheinander. In mir ist trotz der lauten Discomusik ein Summen und Sirren, das mal stärker wird und mal schwächer.

Als ich damals mit Mercedes in Italien war, da habe ich geglaubt, ich bin so ziemlich die einzige auf der Welt, der es so geht. Na ja, klar wußte ich, daß es eine Menge Lesben gibt. Aber ich kannte keine, nicht mal vom Sehen. Ich dachte ja auch immer, daß man es allen ansieht. Und jetzt stehe ich hier und schaue in die vielen unterschiedlichsten Gesichter. Wie eine Naturgewalt, die über mich hereingebrochen ist. Ich staune und bin glücklich.

Plötzlich entdecke ich mitten in diesem Meer den dunklen Kopf mit den rasierten Haaren und dem strengen Zopf darüber: René. Direkt neben ihr steht Alex. Die beiden reden aber nicht miteinander, sondern unterhalten sich jede mit einer anderen Frau.

Auf einmal kann ich mir richtig gut vorstellen, wie sie früher miteinander ausgegangen sind und genau so nebeneinander standen, während Bekannte mal mit der einen, mal mit der anderen schwatzten.

Dieser idiotische Ralf fällt mir ein. Wie hat er auf Svens Party gesagt? ‚Sie ist auffällig, weil sie aus dem Gesamtbild fällt.' Das tat sie wirklich inmitten meiner lieben Schulkameraden und Freunde. Aber hierher paßt sie richtig. So wie sie da steht und den Kopf neigt, lächelt. Eine Frau tritt von hinten an sie heran und legt die Hand auf ihre Schulter. Hier gehört sie wohl richtig hin. Das ist ihre Welt, von der ich keine Ahnung habe.

Ich habe plötzlich einen Kloß im Hals. Aber so sehr ich auch schlucke und schlucke, er geht nicht weg.

Unten am Rande der Tanzfläche dreht Alex den Kopf und sieht rauf zu mir. Sie muß nicht erst suchen. Anscheinend hat sie mich schon vorher die ganze Zeit im Auge behalten. Neben ihr stehen Evelyn und Tanja, die es trotz Aufräumarbeiten also doch noch hierher geschafft haben. Sie recken auch die Hälse. Sie alle lachen mich an und winken. Alex macht verzweifelte Zeichen, ich soll endlich wieder runter kommen, runter zu ihr!

Ich winke zurück. Mal wieder typisch von mir, mich ausgeschlossen zu fühlen, während ich mich hier oben selbst isoliere. Also mache ich auf dem Absatz kehrt und gehe zur Treppe.

Unten stehen zwei, die sich wohl für „Madonna Zwei" und „Madonna Drei" halten. Sie glotzen an mir rauf und runter, wie ich so die Stufen hinabschreite wie Linda Carrington.

„Is' was?" frage ich, als ich mich unten an ihnen vorbeiquetschen muß, weil sie so dicht beieinanderstehen.

„So allein?" gurrt die eine und klimpert mit den Wimpern. Die andere kichert. Als ich sie irritiert ansehe, müssen wir alle lachen. Wenn ich das Mercedes erzähle!

„What a night!" ruft Alex. Sie streckt mir schon die Hand entgegen. „Warum versteckst du dich die ganze Zeit da oben? Oder wolltest du dir nur einen Überblick darüber verschaffen, was für Sahneschnittchen hier herumlaufen?"

Haut mal wieder ganz schön auf die Kacke, die Kleine. Sie tut ja so, als wären das alles ihre Haremsdamen.

„Ich habe nach Evelyn Ausschau gehalten. Und jetzt, wo sie da ist, bin ich ja runtergekommen", erwidere ich trocken.

Alex' verdatterte Miene wäre ein Foto wert.

Evelyn schlägt sich auf die Schenkel vor Vergnügen. Alle anderen machen ratlose Gesichter, weil sie es bei der lauten Musik nicht verstanden haben. Aber lange hält sich niemand damit auf. Alle sind ständig irgendwie beschäftigt, und sei es auch nur damit, cool in der Gegend herumzustehen. Darin unterscheiden sich die Leute hier auch nicht von denen in ganz normalen Discos. Da werden Zigaretten im Takt geschwenkt, oder es wird sich an Gläsern festgehalten. Verschränkte Arme und Fäuste, in Hosentaschen vergraben, gibt es ebenso wie fröhliches Tanzen und ausgelassene Umarmungen.

Ich fühle mich wohl. Auch wenn ich nur wenige hier kenne und fremd bin und nicht mal alle Musikstücke schon gehört habe, zu denen so viele Frauen auf die Tanzfläche stürmen. Ich bin trotzdem ein Teil von dem Ganzen, einfach weil ich Alex auf diese Weise liebe.

Und Alex? Sie ist einfach die Tollste hier. Wenn ich sie anschaue, ihr beim Tanzen zusehe, wie sie den Kopf hält und manchmal die Augen schließt, oh, ich könnte echt verrückt werden. Vor lauter Glück.

Sie hat den wunderbarsten Mund von allen Frauen hier. Heute könnte ich sie ständig küssen. Au, Mann, und wenn ich ihren Bauch sehe. Diese nackte Haut, wie aus der Jeansreklame. Und sie tanzt so wunderschön. Ganz versunken und träumerisch. Ihre Hüfte bewegt sich sanft. Und wenn ich zu lange draufsehe, kribbelt es gleich los im Bauch. Das ist dasselbe Gefühl, wie wenn wir uns küssen und ich ihre Brüste an meinen fühlen kann. Das ist ein verführerisches Ziehen und Beben. Oder ihren Nacken zu küssen, da, ganz nah am Haaransatz ein bißchen zu knabbern, ihr eine Gänsehaut machen …

„Sowas wie sie habt ihr wohl noch nicht gehabt in eurem Dorf, wie?"

René. Oh nein, nicht schon wieder so eine Szene wie vorhin! Ich komme mir außerdem ganz blöde ertappt vor. Ausgerechnet bei diesen Gedanken muß sie mich stören.

Sie steht lässig neben mir und bietet mir eine Zigarette an. Es ist Alex' Marke.

Ich nehme eine und lasse mir von ihr Feuer geben.

Aber auf ihre Frage antworte ich nicht. Ist mir echt zu doof.

So stehen wir eine ganze Weile nebeneinander und sehen auf die Tanzfläche. Alex schaut mal her, sieht uns, schließt die Augen wieder und tanzt weiter.

Evelyn, auf der anderen Seite, forscht in meinem Gesicht. Anscheinend ist sie beruhigt und traut mir zu, allein mit René fertig zu werden, denn sie bleibt, wo sie ist, genau wie Alex auch.

Ich bin auch gar nicht aufgeregt oder so. Ich stehe einfach hier, schaue mir alles an und warte, ob René jetzt ein Friedensangebot macht. Denn trotz dieser kleinen Schlacht vorhin auf der Party kommt sie mir nicht so vor, als würde sie gern dicke Luft machen. Wenn sie so ein Streihahn … Verzeihung, Streithuhn wäre, würde Alex nicht so große Stücke auf sie halten.

Dieser verflixte Brief! Ich hätte ihn besser nie anrühren sollen. Dann hätte ich mir auch nie so ein Gespenst zurechtgebastelt. Denn jetzt, wo René direkt bei mir steht, wir uns ab und zu berühren, wenn sich auf ihrer oder meiner Seite eine Frau an uns vorbeischiebt, finde ich, daß sie eigentlich gar nicht angsteinflößend ist.

Und dann passiert plötzlich etwas Merkwürdiges: Wie ich sie so von der Seite betrachte, strömt mit einemmal etwas von ihr zu mir rüber. Ich glaube, sie merkt, daß ich sie ansehe. Aber sie dreht sich nicht zu mir, sondern sie verkriecht sich in sich. Natürlich nicht richtig. Aber ich spüre, wie sie ein bißchen kleiner wird. Kann es sein, daß sie die Begegnung mit mir auch ein bißchen gefürchtet hat?

Plötzlich weiß ich, was Alex damit gemeint hat, daß René diese Gegensätze in sich vereint, von denen sie nie gedacht hätte, daß jemand sie gleichzeitig in sich tragen könnte. Ich schaue René ein wenig anders an und sehe viel mehr als vorher. Dieser krasse Haarschnitt macht sie hart und vielleicht sogar ein wenig furchteinflößend. Ich wette, daß niemand ihr krumm kommt. Aber auch sie trägt nicht von Geburt an einen undurchdringlichen Panzer. Sie hat auch ihre Hoffnungen und Träume und Ängste.

„Was machst du eigentlich?“ höre ich mich selber fragen.

René starrt mich verblüfft an.

„Studium. Sozialpädagogik." Kurz und knapp. Damit dreht sie sich wieder weg. Aber ich hab' sie mit meiner Frage völlig aus dem Konzept gebracht.

„Du bist ja komisch", sagt sie dann wirklich. „Was interessiert dich das?"

Ein bißchen Überwindung kostet es mich schon, aber ich fühle genau, was die richtige Art ist, mit ihr umzugehen. Ich darf nicht versuchen, mich auf ihre Kämpfchen einzulassen. Das ist ihr Gebiet, da würde ich haushoch verlieren. Aber wenn ich ihr zeige, daß ich gar keine Angst habe vor ihr, dann werde ich unser Spiel gewinnen.

„Es interessiert mich eben. Alex möchte ja schließlich weiter mit dir befreundet sein. Da sollten wir uns auch mal unterhalten, oder?"

Ihre dunklen Augenbrauen ziehen sich drohend zusammen. Aber die hellblauen Augen können ihr Zögern nicht leugnen. Sie weiß nicht, ob ich Landei einfach zu blöde bin oder echt schlau, so mit ihr zu reden.

Sie entschließt sich, auf mein Angebot einzugehen: „Wahrscheinlich weißt du gar nicht, was man mit Sozialpädagogik machen kann. Ich will später unbedingt mal mit Kindern und Jugendlichen zusammenarbeiten, die Probleme haben. Ich möchte den Kids eben helfen. Ist ein Tick von mir."

„Oh, logo", sage ich. „Es gibt ja tausend Sachen, die Kindern passieren können: Alkohol, Drogen oder auch Sachen in der Familie, oder Schwangerschaften. Das finde ich gut, wenn man ihnen helfen will."

René nickt vorsichtig.

Ich werde immer mutiger. Vielleicht ist es ihre Sache, andere mit Worten an die Wand zu nageln. Aber meine Sache ist es, sie einfach zu entwaffnen.

„Und du?“ fragt René dann.

Ich überlege nicht. Nicht eine Sekunde.

„Ich möchte Zoologie studieren, oder Soziobiologie. Verhaltensforschung. Ich glaube, daß man viel zum Erhalt der Natur beitragen kann, wenn man erklären kann, wieso Tiere bestimmte Lebensumstände dringend benötigen. Und wieso wir Menschen diese Tiere dringend benötigen. Ich will den Menschen etwas darüber erzählen, indem ich Bücher schreibe. Ich schreibe nämlich. Das heißt, ich fange gerade damit an.“

Warum ausgerechnet René die erste ist, der ich das sage, weiß ich nicht. Am liebsten würde ich laut rausplatzen vor Lachen. Aber ich finde, erwachsener und reifer hätte jetzt niemand antworten können. Soll sie ruhig beeindruckt sein von meinen hohen Zielen. Soll sie sich wundern und soll sie denken, ich spinne. Es liegt wohl an diesem Abend, daß mir das gar nichts ausmacht, daß ich sogar stolz darauf bin, was ich will. Es liegt wohl auch an all diesen kleinen Affenfrauen hier, die still für sich schon Kämpfe ausgestanden und gesiegt haben. Manchmal braucht man wohl nur eine einzige Minute, um sich darüber klar zu werden, in welchen Bahnen man sich sein späteres Leben wünscht.

Marion mit ihrem ‚wenn man anfängt zu schreiben‘. Ätsch, ich habe ja doch kapiert, was sie damit gemeint hat.

„Große Pläne“, meint René. Es klingt nur ein ganz bißchen feindselig. „Was sagt denn Alex dazu?“ Mit einer Betonung, als wisse sie schon ganz genau, was Alex denkt.

„Toll!“ rufe ich. Und in dem Moment schaut Alex von der Tanzfläche zu mir rüber. Sie grinst mich an. Mich! Aber René ist echt so dreist, daß sie ihr zuwinkt, als sei dieser Blick für sie gewesen.

Was verschwende ich hier noch meine Zeit? Ich sollte da drüben bei meiner Süßen sein.

Ich tue so, als wollte ich gehen, bleibe dann aber doch noch mal kurz stehen.

„Ach, übrigens“, sage ich, als sei mir gerade noch etwas Wichtiges eingefallen. „Du hattest recht vorhin: Alex ist meine erste Freundin, und wahrscheinlich wird sie auch meine letzte sein. Ich hoffe nämlich, daß wir immer zusammen bleiben!“

Ich warte ihre Antwort lieber nicht ab, falls ihr eine eingefallen wäre, und sprinte auf die Tanzfläche, wo Alex mich sofort lieb umarmt.

Als ich nach einer Weile mal einen Blick zurück wage, steht René dort nicht mehr.

Um drei Uhr schließt der Laden. Die Frauen, die bis zum Schluß geblieben sind, kleckern langsam hinaus, bleiben hier und da noch in kleinen Grüppchen stehen. Einige der Partygäste wollen noch in eine nahegelegene Bar gehen, um den Abend „ausklingen zu lassen“. Aber ich bin hundemüde, und Alex geht es nicht anders. Also schließen wir uns Tanja und Evelyn an, die ein Taxi gerufen haben, um nach Hause zu fahren.

Die Wohnung riecht nach vielen Menschen, Zigarettenqualm und Alkohol. Evelyn rümpft die Nase. Aber ich mag den Geruch, finde ihn irgendwie behaglich.

Mit dem Aufräumen sind die beiden vorhin allerdings nicht weit gekommen. Überall stehen noch Teller oder Gläser herum. Wir laufen zu viert in der Wohnung herum und tragen alles in die kleine Küche, um wenigstens die Zimmer wieder begehbar zu machen.

Tanja, die vor einem Berg Geschirr steht, seufzt: „Geht doch schon duschen und legt euch ins Bett. Ich denke, ich werde den gröbsten Dreck beseitigen. Spülen können wir ja dann morgen. Oh Gott, ich werde einfach nie wieder eine Party veranstalten!"

„Ich habe dir gesagt, nimm Pappteller und Becher. Dann müßten wir jetzt nur alles in Müllsäcke stopfen und damit wäre es getan." Evelyn balanciert ungefähr siebenundzwanzig Dessertschälchen aus dem Wohnzimmer herüber.

„Möglichst noch Plastikbesteck, was? Denkst du vielleicht auch mal an die Umwelt?" meckert Tanja gutmütig zurück. „Wenn alle Leute so denken würden, wäre unser Müllberg noch wesentlich größer, als er sowieso schon ist."

„Es gibt recycelbares Material. Man muß sich nur die Mühe machen, die richtigen Sachen auszusuchen."

„Das ist auch nicht gut. Die Herstellung kostet mehr Energie als das Spülwasser."

Evelyn und Tanja verstricken sich in eine müde und eher halbherzige Diskussion über Müllverbrennungsanlagen und Recycling. Alex nimmt mich bei der Hand und zieht mich hinter sich her ins Bad. Und das ist echt lustig. Sie schmiert mir aus der Zahnpastatube Creme auf die Bürste und reicht sie mir. In harmonischer Eintracht putzen wir uns leidenschaftlich die Zähne. Dabei habe ich sie noch nicht erlebt. So eine alltägliche Sache, aber ich könnte sie dafür schon wieder küssen, daß sie zum Schluß noch zweimal heftig gurgelt, bevor sie sich den Mund abwischt.

Und dann zieht sie sich aus. Ganz selbstverständlich legt sie zuerst ihre Jeans ab, streift die Socken von den Füßen, zieht sich geschickt ihr Oberteil über den Kopf und steigt aus dem Slip. Vollkommen nackt steht sie dann vor mir und sieht mich grinsend an.

Und ich? Werde verlegen wie beim ersten Kuß. Wo soll ich jetzt hinschauen? Ich habe ihre Brüste noch nie so nackt gesehen. Diese kleine Rundung und die rosafarbenen Brustwarzen. Und ihre Schenkel. Das dunkle Dreieck zwischen ihren Beinen.

„Komm schon! Mir wird sonst kalt ...“ Sie springt in die Dusche und zieht den Vorhang vor. Im nächsten Augenblick rauscht das Wasser und eine angenehme Wärme breitet sich aus.

Ich bin echt todesmutig. Mein Minikleid ist sozusagen mit einer einzigen Bewegung erledigt, die Socken auch. Und nach einem kurzen, prüfenden Blick in den Spiegel schiebe ich den Vorhang etwas zur Seite und steige auch hinein.

Alex ist schon eingeschäumt. Als sie sich zu mir umdreht und mich umarmt, spüre ich ihren ganzen warmen Körper wie mit einem seidenweichen Film überzogen an mir. Wir stehen einen Augenblick ruhig aneinandergelehnt da. Ihre grünen Augen. So eine Wärme, kann es das geben?

Dann wird unsere Umarmung lebendiger. Wir küssen uns, während das Wasser an uns hinabperlt. Und Alex bewegt sich ein wenig. Unsere Körper passen so glatt aneinander. Brüste passen zueinander. In mir kribbelt und summt es wieder, als wäre da ein Orkan, der in mir herumkreist wie ein Sandsturm. Ich wünsche mir nichts mehr als sie anzufassen und sie überall mit meinem Körper zu berühren, von ihr berührt zu werden. Hände wandern plötzlich. Über Rücken, an Hälsen hinauf, über Bäuche ...

„Du hast einen supersüßen Po“, sagt Alex. Prompt stehen wir beide rot wie Feuermelder unter der Dusche.

Es bummert an die Tür.

„He, zu zweit duschen heißt nicht, daß ihr es dann doppelt so lang tun sollt. Ich muß mal!“ ruft Tanja von draußen.

„Ups!“ Alex dreht das Wasser ab und wir wickeln uns rasch in die Handtücher, uns immer wieder verstohlen berührend.

Auf dem Flur warten demonstrativ die beiden grinsenden Wohnungseigentümerinnen.

„Du hast ohne mich geduscht?“ kokettiert Evelyn. Aber bevor Alex protestieren kann, hat Tanja ihre Freundin bereits am Kragen hinter sich hergezogen und die Tür fällt ins Schloß.

„Gute Nahacht!“ ruft Evelyn lachend von drinnen.

„Nacht“, kommt es von uns zurück.

Wie zwei milchsatte Kätzchen schleichen wir hinüber in Tanjas Zimmer, in dem wir schlafen sollen. Alex haut sich sofort aufs Bett, während ich noch herumkrame und meine Gesichtscreme nicht finden kann.

Ich weiß, das ist verrückt. Aber bis gerade unter der Dusche habe ich noch gar nicht daran gedacht, daß wir heute nacht ja in einem Bett schlafen werden. Klar, ich wußte, wir werden zum ersten Mal nebeneinander einschlafen und morgens miteinander aufwachen. Aber an die Zeit zwischen dem Zubettgehen und dem Aufstehen hatte ich noch gar nicht gedacht. Nicht an das, was da ja noch so passieren kann. Aber gerade unter der Dusche …

Endlich finde ich diese dumme Creme. Als ich mich dann zum Bett umdrehe, bin ich ziemlich baff: Alex schläft. Sie liegt mit leicht geöffnetem Mund unter der Decke und schläft den Schlaf der Gerechten.

Ich stehe hier ziemlich verdattert. Das kann doch wohl nicht ihr Ernst sein. Ich mache mir Gedanken darum, daß dies die Nacht der Nächte werden wird, und sie pennt ein! Gibt's das?

Ein paar Minuten lang starre ich fassungslos auf meine schlafende Freundin. Ihre Wangen sind von der warmen

Dusche noch gerötet. Die widerspenstige Ponysträhne steht über der Stirn ein wenig ab. Ihre Augenlider, so zart und apricotfarben wie der Himmel am frühen Morgen kurz über dem Horizont. Die langen Wimpern …

Wie ich so stehe und sie ganz versunken betrachte, wird mir allmählich kalt. Ich schlüpfe zu Alex unter die Decke und knipse die Stehlampe aus.

Sie ist ganz warm. Halb im Schlaf schmiegt sie sich an mich.

„Da bist du ja endlich", murmelt sie.

„Ja", flüstere ich zurück. „Schlaf schön."

Ich kann sie lächeln hören, an der Art wie sie die Luft einzieht. Und mit diesem tiefen, lächelnden Atmen beginnen ihre Hände langsam zu wandern.

Sie streicheln vorsichtig meine Seite, streunen hinauf und hinunter, als wüßten sie nicht so recht, wohin sie wollen. Ich liege still und mit geschlossenen Augen, verfolge im Geiste den Weg ihrer warmen Fingerspitzen. Mein T-Shirt bewegt sich allmählich, wie von selbst. Und als sich eine Hand unter den Stoff schiebt, halte ich fast den Atem an.

Ist weiß Gott nicht das erste Mal, daß wir uns so anfassen. Aber etwas ist anders diesmal. Es ist so verheißungsvoll. Mir wird so warm, daß ich die Decke wegstrampeln möchte. Alex schlägt sie zurück und ihr Mund landet plötzlich direkt an meinem Hals. Ihr Atem streift mein Ohr, das sie küßt, in das sie haucht. Bis ich den Kopf drehe und unsere Gesichter ganz nah voreinander liegen. Unsere Lippen berühren sich immer wieder nur leicht. Ich will sie küssen, aber sie zieht den Kopf ein Stückchen weg, nur Zentimeter, und kommt dann wieder zurück. Es ist ein Necken und Spielen. Das macht mich ganz verrückt. Ich möchte sie richtig küssen, ganz innig. Aber sie bietet mir immer nur für eine einzige Sekunde ihren Mund. Und dazu tanzen ihre Hände über meine Haut wie zu Musik. Bis ich es echt nicht mehr aushalte und einfach ihr Gesicht festhalte, damit ich endlich ihre Lippen spüren kann. Und da küßt sie mich wider. Es wird ein wilder Kuß, eine phantastische Knutscherei, bei der plötzlich T-Shirts verrutschen und über Köpfe gestreift werden und wir aufeinander, übereinander, aneinander liegen. Unsere Brüste berühren sich, wie vorhin in der Dusche. Nur ohne den Schaum fühlt es sich realer an. Haut an Haut. Und Lippen sind auch plötzlich im Spiel. Au Mann, nie hätte ich gedacht, daß ich mal die Brüste eines anderen Mädchens küssen würde, einer anderen Frau. Aber, ehrlich, jetzt möchte ich wirklich nicht mehr damit aufhören. Weil sie sich so wunderschön bewegt und mich festhält, mein Haar streichelt und manchmal ganz leise seufzt.

Wir küssen uns immer wieder und streicheln und liebkosen uns. Ich weiß nicht, wie lange wir das tun, aber ich glaube, daß sich die wunderbare Ewigkeit bestimmt nicht wesentlich anders anfühlt.

Ich umklammere sie, und mein Bein rutscht zwischen ihre. Ich kann die Feuchtigkeit fühlen. Und das macht mich wirklich ganz wahnsinnig. Ich kann es einfach nicht glauben, aber ich bin plötzlich so mutig, wie ich es nie gedacht hätte. Weil ich so dringend alles spüren möchte und so brennend neugierig bin, daß es richtig weh tut. Als meine Hand zwischen ihre Beine wandert, rast mein Herz wie eine Dampflock. Ich war noch nie in meinem Leben so aufgeregt. Ob sie mag, was ich mag? Soll ich es einfach ausprobieren? Soll ich sie danach fragen? Nein, das trau' ich mich nicht.

„Herrje, ich hab' das noch nie gemacht", entfährt es mir da.

„Du scheinst aber eine tolle Phantasie zu haben", erwidert Alex. Wir prusten beide los.

Da wird mir klar, daß es nicht irgendein Wahnsinnstraum ist oder eines meiner Hirngespinste. Nein, es gibt diese Nacht wirklich. Es gibt dieses Bett. Und es gibt Alex. Und es gibt die Gewißheit, daß ich ganz genau weiß, was ich will. Mein Wille ist mein Wunsch. Er endet in ihren Armen, auf ihren Lippen, in ihrem Schoß, in ihren Augen, auf ihrer warmen, weichen, glatten Haut.

Alex, die immer noch die ist, die ich kenne, die mir in der Schule gegenübersitzt oder im Fotolabor herumwerkelt. Aber die auch plötzlich ein klein wenig eine andere ist, geheimnisvoll und wissend und sicher in allem, was sie tut. Ich glaube, wir gehen sehr weit miteinander. Weit hinein ineinander. Soviel Nähe, soviel Liebe kann ich ja kaum aushalten. Es ist anders, als ich je gedacht hätte. Es ist so wirklich. Wirklich wunderschön.

Ich wache auf.

Sonnenlicht fällt durch den bunten Vorhang herein und genau auf mein Gesicht. Als ich die Augen aufschlage, sehe ich Alex mit dem Rücken an der Wand sitzen. Sie betrachtet mich.

Sie ist nackt und macht sich auch nicht die Mühe, die Decke bis zu den Achseln zu ziehen. Also schaue ich ungeniert zurück. Wir lächeln beide.

„Wie spät ist es?"

„Gleich zwölf."

„Waaaas?" Ich setze mich rasch auf.

„Immer mit der Ruhe", grinst sie. „Wir sind ja immerhin erst ziemlich spät zum Schlafen gekommen." Dieser Blick, den sie dabei drauf hat, wow.

Ich robbe zu ihr rüber und vergrabe meinen Kopf in der Decke auf ihrem Schoß. Wenn sie mich weiter so anschaut, werde ich mich gleich auf sie stürzen. Davon bin ich überzeugt.

„Tanja hat gerade geklopft. Hast du's gehört?"

Ich schüttele den Kopf, so gut es in diesem Deckenwust geht.

„Wir können frühstücken kommen. Ihr Klopfen klang ziemlich ... zaghaft."

Diesmal hebe ich den Blick und sehe sie an.

Ob Tanja und Evelyn etwas gehört haben, letzte Nacht? Dieser Gedanke beschäftigt mich, während wir uns rasch frische T-Shirts und Jeans überstreifen.

In der Küche ist bereits der Tisch gedeckt. Es duftet nach Kaffee und Toast. Tanja wütet an der Spüle herum, und Evelyn räumt gerade sauberes Geschirr in den Schrank.

„Tätä! Da sind ja unsere Langschläferinnen!" trompetet Tanja.

„Na, gut geschlafen?" erkundigt Evelyn sich. Sie meint das bestimmt nur freundlich. Aber mir schießt trotzdem das Blut ins Gesicht, als ich rasch nicke. Evelyn stutzt kurz, als sie mich ansieht, und wendet sich dann wieder ihren Tellern zu. Bilde ich mir das nur ein, oder grinst sie feist in sich hinein?

Es wird ein schönes Frühstück, bei dem hundert Einzelheiten des gestrigen Abends noch einmal durchgekaut werden. Mir schwirrt hinterher schon wieder der Kopf von den ganzen Namen und Gesichtern, die ich inzwischen mit den Namen verbinden kann.

Aber es ist schön. Heute morgen habe ich noch viel mehr das Gefühl, dazuzugehören. Ich mag es, Evelyns und Tanjas Gesicht mir gegenüber am Tisch zu sehen.

Bei der Verabschiedung, zwei Stunden später, müssen mich die beiden daher auch nicht dazu nötigen zu versprechen, bestimmt bald wieder zu kommen. Das werde ich mit Sicherheit gerne tun.

Evelyn küßt mich zum Abschied, auf den Mund!

„Das nächste Leben reservierst du aber für mich“, lächelt sie.

„Und das übernächste für mich!“ ruft Tanja. Ihre Stimme schallt den Hausflur hinunter.

„Nix da!“ meint Alex, bevor ich in meiner Freude und kleinen Verlegenheit überhaupt den Mund aufmachen kann. „Franziskas Leben sind alle schon vergeben.“

Von heute an glaube ich an Reinkarnation.

Sonntagabend rufe ich gleich von zu Hause aus bei Mercedes an. Aber sie ist nicht da, sagt ihre Mutter. Wo sie ist, weiß sie auch nicht.

Ich mache mir Sorgen und laufe trotz meiner Müdigkeit noch zum Reithof rüber, steige auf dem Weg dorthin auf den Hochsitz. Aber sie ist nirgends aufzufinden.

In der Nacht kann ich zuerst nicht einschlafen. Ich bin ganz seltsam nervös, weil ich manchmal zur Seite taste und fast erwarte, da einen anderen Körper zu spüren. Aber Alex liegt zu Hause in ihrem eigenen Bett. Ich begreife das nicht ganz. Ich habe schließlich das ganze Wochenende mit ihr verbracht. Man sollte doch meinen, dann hält man es ganz gerne wieder eine Weile ohne einander aus. Aber es ist eher genau umgekehrt. Ich vermisse sie so sehr, daß ich Sodbrennen bekomme. Jedenfalls ist mein Magen ganz heiß vor lauter Sehnsucht. Und ihr Gesicht ist sofort da, sobald ich die Augen schließe.

Das ist schön und schrecklich. Aber schließlich schlafe ich ein. Und ich träume. Ich träume von Mercedes, die plötzlich aus meinem Leben verschwindet, wie das schon mal mit einem Menschen passiert ist, der mir viel bedeutet hat.

Träume sind keine Schäume. Das weiß ich. Und deshalb bin ich heilfroh, als ich morgens den gewohnten Weg lang gehe und an der Ecke Mercedes blasses Gesicht sehe. Sie lächelt, als sie mich sieht.

„Meine Güte, du strahlst ja!“ stellt sie fest.

„Was?“ Ich vergesse ganz, guten Morgen zu sagen. „Ich fühle mich wie durch den Fleischwolf gedreht.“

„Du siehst megaglücklich aus!“ beteuert sie. Aber dann wird sie plötzlich vorsichtig. „Oder war dein Wochenende nicht schön? War was mit dieser René?“

Ich denke an Renés leuchtende Augen und an meinen kleinen Sieg, schüttele den Kopf.

„Es war toll. Aber das muß ich dir später ausführlich erzählen. Es gibt eine ganze Menge, was ich erzählen kann … Wir können ja nach der Schule kurz beim Arzt vorbei und dann komme ich mit zu dir. Wahrscheinlich kriegen wir in Mathe wieder so eine Kacke auf, die ich sowieso nicht allein schaffe.“

Mercedes sieht mich ratlos an. Ich glaube, sie ist gedanklich beim Arztbesuch stehengeblieben. Aber daran sollte sie jetzt nicht denken. Ich hab's mit Absicht so nebenbei erwähnt, als gäbe es viel Wichtigeres. Sie sieht sowieso schon reichlich blaß aus.

„Wo warst du gestern abend? Ich war noch am Hof und habe versucht, dich zu Hause zu erreichen.“

„Ach, ich war im Kino. Mit Bernd und Carsten.“

„Bernd und Carsten?“

„Ja. Die beiden Freunde von deinem Bruder."

Ich verziehe mein Gesicht zu einer Grimasse. „Ich weiß! Wieso gehst du mit denen ins Kino? Wir fanden sie doch immer ziemlich blöde."

Mercedes zuckt die Achseln.

„Früher. Sind halt älter geworden, nicht mehr so pubertär. Ich komme gut mit ihnen zurecht. Carsten ist echt nett."

Mercedes ist mal wieder auf ihrem Erwachsenentrip. Meinetwegen. Mir ist alles recht. Solange sie nur nicht daran denkt, was dieser Arztbesuch nachher ergeben könnte.

Es wird ein ziemlich grauenvoller Tag. Ich möchte mich am liebsten in zwei Teile zerteilen. Der eine Teil möchte uneingeschränkt glücklich sein, weil Alex mich so angrient und immer in meiner Nähe ist, und weil sie plötzlich so übermütig wird und gar nicht mehr so doll darauf achtet, ob jemand zu uns hersieht, wenn wir tiefe Blicke wechseln.

Der andere Teil will Mercedes keinen Augenblick aus den Augen lassen und für sie da sein, sobald sie so sonderbar tief Luft holt, was sie heute ganz oft macht. Ich glaube, sie merkt das gar nicht. Dafür fällt es mir jedesmal auf.

Es ist wirklich schwer, in der Schulpause zwischen zwei Menschen zu stehen, die man liebt, von denen der eine sehr glücklich und der andere sehr unglücklich ist.

Ich selbst fühle mich leicht und optimistisch. Deswegen glaube ich auch fest daran, daß das Testergebnis negativ sein wird. Ich glaube unerschütterlich daran.

Aber als wir bei Mercedes' Frauenarzt im Wartezimmer sitzen, ist mir plötzlich so schlecht, als hätte ich sieben Runden Tarantula-Karussell hinter mir. Mercedes ist nicht zu ihrem Hausarzt gegangen, weil der ihre Mutter gut kennt und Mercedes behandelt hat, seit sie ein Baby war.

„Ich vertraue Dr. Brauns wirklich vollkommen, was meine Gesundheit anbelangt. Aber was die ärztliche Schweigepflicht angeht, da wollte ich lieber keine Experimente machen“, sagt Mercedes.

Sie blättert in einer Zeitschrift, aber ich glaube, sie liest keine einzige Seite.

Irgendwann ist es mir egal, was die zwei anderen Frauen denken, die hier sitzen, und ich nehme Mercedes' Hand. Eiskalt ist sie.

So sitzen wir, bis sie aufgerufen wird.

„Bin gleich zurück“, erklärt sie mir überflüssigerweise. Ich hätte an ihrer Stelle wahrscheinlich noch etwas viel Dümmeres gesagt.

Die Zeit bis sie wiederkommt dehnt sich wie ein Kaugummi ohne Geschmack.

Sind das wirklich nur Minuten? Ich behalte meine Armbanduhr scharf im Auge. Der Zeiger bewegt sich so lahmarschig, daß ich mir schon einbilde, vollkommen gelähmt zu sein.

Dann höre ich ihre Stimme auf dem Gang, wie sie sich vom Arzt verabschiedet, und sie biegt um die Ecke. Immer noch blaß. Aber ihr Gesicht ist glatt und ruhig vor Erleichterung. Sie sieht mich an und schüttelt lächelnd den Kopf. Wir stürmen aus dem Haus, plötzlich voller Energie und Tatendrang. Draußen umarmt Mercedes mich. Fest umschlungen tanzen wir gemeinsam über die Straße. Aber plötzlich bleibt sie stehen.

„So! Und jetzt schreibe ich einen Brief an ihn!“ erklärt sie grimmig.

„Mach ihn fertig!“ sporne ich sie an.

„Der soll sich hier bloß nie wieder blicken lassen!“ faucht sie, plötzlich richtig in Rage. „Wenn er es wagt, mir nochmal auf dem Hof über den Weg zu laufen, springe ich ihm ins Gesicht!"

So gefällt sie mir. Das ist Mercedes. Nicht dieser resignierende Trauerkloß, der ganz bleich ist vor lauter Angst.

„Und Sex, das sage ich dir, nur noch mit Gummi." Sie hält einen Moment inne und sieht mich mit geröteten Wangen nachdenklich an. „Jetzt drehe ich schon wieder auf, meine Güte! Franzi, ich bin echt bekloppt! Weißt du, daß ich den ganzen Scheiß in drei Monaten nochmal machen muß, um ganz sicher gehen zu können?"

„Marion hat das neulich in Bio gesagt", murmele ich.

Sie legt den Arm um mich. „Nun laß mal nicht gleich wieder den Kopf hängen. Es wird schon gut gehen. Ich fühle mich jedenfalls jetzt viel besser, hab' nicht mehr so die Hosen voll, weißt du. Und Wut habe ich endlich auch auf ihn. Dieser Arsch! Na, warte, der wird was zu hören bekommen!" Sie dreht sich auf dem Absatz um: „Worauf wartest du? Komm!"

Wir rennen los, als müßten wir einen Rekord aufstellen.

Mercedes bringt aber nebenbei noch die Energie auf, mich über das vergangene Wochenende auszuquetschen. Ich komme gar nicht so schnell mit dem Erzählen hinterher, wie sie Fragen stellt. Sie will alles mögliche wissen. Besonders Alex' Freundinnen interessieren sie, und von denen ganz besonders René. Ich beschreibe ihr alles haargenau. Aber ich glaube, so richtig zufrieden ist sie erst, als ich sage: „Warum fragst du Alex beim nächsten Mal nicht, ob sie nicht auch einen Schlafplatz für dich organisieren kann? Dann kommst du einfach mit und lernst sie alle persönlich kennen."

„Meinst du, das geht?" hakt sie gleich eifrig nach. „Die ganzen Großstadtläden … würd' mir schon mal gern ansehen, wo ihr euch so herumtreibt.“ Sie seufzt schwer. „Vielleicht sollte ich mich auch umpolen, was meinst du? Kann doch sein, daß ich so auch glücklicher würde?“

Ich sehe in ihr ernsthaft fragendes Gesicht und muß lachen. „Das glaubst du doch selbst nicht!“

Jetzt lacht sie auch. „Stimmt. Ich bin einfach hoffnungslos vernarrt in diese Idioten, die einem weder Liebesbriefe schreiben noch Blumen schenken, sondern immer nur Kummer machen. Echt bescheuert, oder?“

„Du kannst einem echt leid tun!“ ziehe ich sie gutmütig auf. „Willst du jetzt wirklich einen Brief an Ralf schreiben?“

„Klar. Bevor meine Wut verraucht. Du kennst mich doch.“

„Dann gehe ich jetzt noch kurz bei Alex vorbei. Ich halt's schon jetzt nicht mehr aus.“

Mercedes flachst: „Mann, das scheint ja echt der Knaller gewesen zu sein! Na, dann viel Vergnügen.“

Ich winke ihr zu und verschwinde. Die ist ja witzig. Als ob Alex und ich am hellichten Tag sofort übereinander herfallen würden!

Typisch Mercedes. So kenne ich sie.

Aber ich darf nicht wieder vergessen, daß die Mercedes, die ich in den letzten Tagen kennengelernt habe, auch immer noch in ihr steckt. Diese Traurigkeit und dieser Kummer vor lauter Angst. Nein, das werde ich schon nicht vergessen. Dazu war es viel zu schrecklich, sie so zu sehen.

Gedankenversunken komme ich bei Alex an und schelle. Das melodische Läuten tief im Haus lockt sie an die Tür. Sie leuchtet mich an. „Was machst du denn hier? Komm sofort rein! Ich dachte, du wärst für den Nachmittag mit Mercedes verabredet. Ihr hattet doch irgend etwas vor!“

Bevor ich noch darüber nachdenken kann, was ich tue, sprudelt die ganze Geschichte aus mir raus. Ich erzähle Alex, wie das mit Ralf und Mercedes weitergegangen ist, und was wir heute „vorhatten".

Alex hört sich alles ganz genau an, nickt hin und wieder. Sie hat wohl gerade an den Hausaufgaben gesessen. Jedenfalls setzt sie ihre Brille nicht ab und sieht so noch viel ernsthafter aus.

Ich bin heilfroh, alles losgeworden zu sein. Ich habe plötzlich das Gefühl, daß sich Teile meines Lebens endlich vermischen, die ich bisher krampfhaft auseinanderzuhalten versucht habe. Aber dabei gehören sie doch zusammen. Es ist alles mein Leben. Es geht um Menschen, die ich liebe.

Inzwischen sitzen wir auf dem Bett. Als ich geendet habe, sagt Alex: „Schön, daß du mir das erzählt hast." Das ist, als bedanke sie sich damit für mein Vertrauen, und ich starre sie lange an, weil ich gefesselt bin von ihrem schönen Gesicht, hinter dem sich auch so viel Herz verbirgt.

„Du hast gar nichts über René gesagt", stellt Alex plötzlich fest. „Ihr habt doch miteinander geredet. Wie fandest du sie?"

Mir ist es auch aufgefallen, daß weder Alex noch Evelyn oder Tanja danach gefragt haben. Als sei René eine heilige Kuh oder sowas, über die nicht geredet werden darf.

Ich überlege jetzt einen Moment, bevor ich antworte.

„Ich kann dich verstehen, daß du sie mal geliebt hast", sage ich dann sehr ernsthaft.

Alex staunt mich an. „Sie hat dir so gut gefallen?" Da schwingt sogar so etwas wie Eifersucht in ihrer Stimme mit.

„Ich fand sie sehr …" Oh Gott, wie sage ich das jetzt? „Sehr mutig."

Alex sieht richtig geplättet aus. Ich wette, damit hat sie nicht gerechnet.

„Sie hat versucht, um dich zu kämpfen. Aber sie hatte keine Ahnung, daß sie es mit mir zu tun bekommt."

Alex lacht laut, aber liebevoll.

„Das klingt ja so, als seist du eifersüchtig gewesen!" stellt sie mit großen Augen fest. Diese Schauspielerin!

„Du weißt doch wohl ganz genau, daß ich …"

„Weiß ich nicht! Woher soll ich das denn wissen? Hast dir ja nie was anmerken lassen."

Wir sehen uns an. Probleme gibt es also auch. Eifersucht zum Beispiel. Und sowas wie Eifersucht nicht bemerken.

„Was denkst du jetzt?" fragt sie mich unvermittelt. Mein intensiver Blick macht sie neugierig.

„Ich denke an küssen", antworte ich ziemlich rasch.

Alex beugt sich ein bißchen über das Bett zu mir hin. „Oh, wirklich? Was für ein Zufall. Ich dachte auch gerade daran."

Aber beim Denken bleibt es nicht.

Nur noch ein kurzer Gedankenblitz schießt mir durch den Kopf, als wir rückwärts in die Kissen fallen: Als ob wir am hellichten Tag sofort übereinander herfallen würden! Echt witzig, was man manchmal so für abwegig hält!

Ich glaube, ich habe noch nie so eine schöne Zeit erlebt. Es gibt nichts, was meine gute Laune trüben kann. Selbst Marion nicht, die mich jeden zweiten Tag fragt, ob ich schon eine Kurzgeschichte zu diesem Wettbewerb geschickt habe.

„Ich glaube, sie will mich ärgern", mutmaße ich einmal nach einer Deutschstunde, in der sie mich wieder darauf angesprochen hat.

„Ich denke eher, daß sie dich ein wenig zu einer Chance zwingen möchte, die du dir nicht entgehen lassen solltest“, erwidert Alex weise. Mercedes nickt dazu. Die beiden haben sich richtiggehend verbündet, was diese Sache anbelangt.

Sie martern mich damit, neue Geschichten von mir hören zu wollen. Und tatsächlich schreibe ich hin und wieder eine. Ich bin auf den Geschmack gekommen. Und zwei so aufmerksame Zuhörerinnen zu haben, ist ein großer Anreiz, um sich schöne Dinge auszudenken.

Aber bisher hat ihnen keine meiner Geschichten so sehr gefallen, daß sie mich dazu ermutigt hätten, ausgerechnet die zu dem Wettbewerb zu schicken.

„Dir muß ein echter Knaller einfallen. Etwas, das dich wirklich bewegt!“ meint Mercedes. Ich habe manchmal den Eindruck, ihr schwebt da etwas Bestimmtes vor. Aber sie äußert sich nie dazu.

Worüber sie schreiben würde, ist ja wohl klar. Ralf hat sich auf ihren Brief hin nicht mehr gemeldet, und Renate verkündete vor ein paar Tagen, daß er als Betreuer nicht mehr auf den Hof kommen wird. Mercedes nahm diese Nachricht hochbefriedigt an. Es geht ihr wieder viel besser, auch wenn sie hin und wieder nachdenklich wird und den Termin für den nächsten Test immer fest im Auge behält.

„Aber was habe ich davon, daß Mercedes ganz genau wüßte, worüber sie schreiben würde? Es muß ja was sein, was *mir* unter die Haut geht. Und da tue ich mich wohl etwas schwer“, erkläre ich Alex, als wir mal wieder auf ihrem Bett liegen und darüber reden.

Ich habe es mir zwischen ihren Beinen bequem gemacht, mein Kopf liegt auf ihrem Bauch und bewegt sich mit ihrem Atem immer seicht auf und ab. Eine schöne Bewegung.

„Du mußt wissen, was du tust. Aber es wäre schade, wenn du den Einsendeschluß verpassen würdest. Du hast nur noch zwei Wochen. Bis dahin muß dir irgendwas Geniales eingefallen sein. Versprichst du mir das?“

Versprechen nimmt sie mir gerne ab. Denn wir besiegeln so etwas immer mit einem Kuß. Deswegen gebe ich ihr gerne Versprechen jeder Art.

„Versprochen!“ sage ich und rutsche an ihr hoch, wo ihre Lippen schon auf mich warten. Es bleibt auch nicht bei dem einen Kuß. Wir können mal wieder gar nicht mehr aufhören. Aber plötzlich wird Alex ganz steif in meinem Arm. Ich öffne die Augen und blicke sie verwundert an. Sie starrt mit weit aufgerissenen Augen zur Tür. Und in der gleichen Sekunde kapiere ich schon. Schon bevor ich ihren Vater sagen höre: „Was macht ihr denn da?“

Innerhalb einer halben Sekunde sitze ich am Bettrand und ziehe meinen Pullover zurecht, der mal wieder verrutscht ist.

„Papa ...“ beginnt Alex, bricht dann aber kläglich ab.

Sein Gesicht ist starr und aschfahl, wie er da so in der Tür steht und die Klinke umklammert.

„Das gibt’s ja nicht!“ entfährt es ihm dann sehr laut.

Wir zucken beide zusammen.

„Was geht denn hier hinter meinen Rücken vor sich? Das ist ja wohl ...“

„Papa! Bitte!“ Alex steht auf und streckt die Hand nach ihm aus. Aber da kommt Leben in ihren Vater. Er reißt sich herum und stürzt den Flur entlang.

„Papa!“ ruft Alex ihm nach. Es klingt so jämmerlich, daß ich mir am liebsten die Ohren zuhalten würde.

„Scheiße!“ stoße ich hervor.

„Raus hier!“ belfert Herr Dürer irgendwo im Haus.

Alex beginnt zu zittern.

„Er meint mich", versuche ich, sie zu beruhigen. „Ich mache, daß ich wegkomme, okay? Dann kannst du mit ihm reden."

„Nein. Laß mich nicht allein!" bettelt sie und hält meinen Arm fest.

„Alex, reiß dich zusammen!" flüstere ich. Da kommt ihr Vater auch schon wieder um die Ecke geschossen und macht direkt vor uns Halt.

„Du machst, daß du hier verschwindest!" brüllt er mich an. Ich merke, wie auch meine Knie weich werden. Ich möchte revoltieren, möchte zurückschreien, daß er sich wie ein Idiot benimmt, aber ich bekomme keinen Ton heraus.

„Los! Raus hier! – Und wir haben wohl ein Hühnchen miteinander zu rupfen! Was glaubst du, wen du hier vor dir hast? Meinst du, ich rackere mich jahrelang ab für … für … sowas?"

Alex schluchzt auf.

Das letzte, was ich höre, bevor die Tür hinter mir zufällt, ist: „Wenn deine Mutter noch leben würde …"

Oh Gott! Ich laufe los. Nur weg von hier! Ich kann das nicht glauben. Das darf nicht wahr sein. Er ist doch der einzige Mensch, den sie hat. Er kann sie doch nicht so behandeln, wegen … mir.

Ich renne noch schneller.

Damit hatten wir nicht gerechnet. Ich hatte nicht damit gerechnet, daß er uns überraschen würde. Gerade jetzt! In letzter Zeit hatten wir schon öfter darüber gesprochen, es unseren Eltern zu sagen. Wieso muß dann jetzt so etwas passieren? Das ist nicht fair. Es ist zum Kotzen. Wieso benimmt er sich so? Wieso gibt er ihr keine Chance? Wieso nennt er unsere Liebe „sowas"?

Meine Augen sind blind vor Tränen. Ich stolpere über Wurzeln und falle fast über einen umgestürzten Baumstamm.

Nur weiter. Nur weiter. Möglichst weit weg von diesem tobenden, brüllenden Mann.

Was ist, wenn er sie schlägt? Nein, das würde er nicht tun. Das würde er nie tun, hat sie mal gesagt. Er hat sie nicht einmal geohrfeigt. Er ist streng, aber gerecht, und er schlägt nicht, hat sie gesagt.

Aber was ist daran gerecht, sie „sowas" zu nennen? ‚Ich rackere mich nicht jahrelang ab für SOWAS!'

Ich werde erst langsamer, als ich das Haus sehe. Das Sonnenlicht fällt durch die dichten Bäume auf seine Mauern und läßt sie durch die Zweige schimmern wie die eines verwunschenen Schlosses. Ich werde ruhiger, als ich hineingehe, die rauhe Struktur der Mauer unter meinen ausgestreckten Händen fühlen kann. Aber gleichzeitig beginne ich auch mit der Suche.

Ich klettere über Haufen von Schutt und stolpere durch die Räume, als könnte ich sie irgendwo immer noch finden, als hätte sie sich vor mir versteckt, und ich könnte sie finden, indem ich nur rasch und intensiv genug nach ihr suche. Aber natürlich finde ich sie nicht. Kann sie nicht mehr finden, seit drei Jahren. Ich muß mit meinem Kummer allein fertig werden.

In einer Ecke liegt ein wenig Laub und ich setz' mich drauf, starre an die gegenüberliegende Wand. Das Gesicht von Alex' Vater erscheint dort. Dieses blanke Entsetzen und dann die Wut. Ohnmacht war das wohl. Er wußte einfach nicht, was er machen sollte. Und er hatte es schon irgendwie gewußt. Es gibt manchmal so schlimme Momente, in denen Dinge, die man geahnt und gefürchtet hat, zur

Gewißheit werden. Ob Alex es hinbekommen kann, ihm irgendwann klar zu machen, daß es nichts ist, vor dem er Angst haben muß, vielmehr etwas, über das er sich lieber freuen sollte, weil seine Tochter glücklich ist?

Ich hoffe, daß sie es schafft. Ich hoffe es ganz, ganz doll.

Plötzlich kriecht mir auch Angst in die Hosenbeine und arbeitet sich langsam an mir hoch, läßt mich schaudern und greift mir mit kalten Fingern ans Herz.

Das hat es doch schon mal gegeben, daß meine Eltern plötzlich nicht mehr wollten, daß ich Kontakt zu jemandem hatte.

Eltern sind manchmal allmächtig. Sie können Freundschaften zerstören. Sie können ihre Macht ausnutzen, Verbote aussprechen und deren Einhaltung von allen möglichen, verbündeten Erwachsenen überwachen lassen. So war es jedenfalls damals.

Bei diesen schrecklichen Gedanken komme ich mir plötzlich gar nicht mehr so halberwachsen vor. Vielmehr packt mich wieder diese alte Ohnmacht, die einen so hilflos macht, daß man schreiend weglaufen möchte. Egal, wohin.

Ich weiß nicht, wielange ich hier sitze und vor mich hinstarre. Aber irgendwann höre ich Schritte im Wald. Zuerst denke ich, ich irre mich. Niemand verirrt sich hierher. Aber dann höre ich ganz deutlich das Knacken von Zweigen, und dann, schon sehr nah, das Geräusch von Schuhen auf den zerbrochenen Steinfliesen vor dem Haus.

Ich weiß nicht, ob ich ganz still sein soll oder aufspringen und davonlaufen.

„Franziska?" höre ich da eine helle Stimme. Ich springe auf.

„Alex! Hier bin ich."

Sie kommt um die Ecke und wir stehen voreinander. Beide etwas atemlos. Sie vom Laufen und ich, weil ich mich so sehr erschreckt habe. Ihre Augen sind riesig und ihre Lippen blaßlila, als wäre sie zu lange getaucht.

Sie wirft die Arme um mich und weint an meinen Hals. Ich halte sie ganz fest, so fest ich kann.

Ich fühle mich irgendwie schuldig an ihrem Kummer.

„Ich bin einfach abgehauen."

Wir rutschen gemeinsam wieder an der Wand runter und sitzen da, aneinandergekauert auf dem alten Laub in der Ecke.

Lange Zeit sagen wir kein Wort.

Ich wüßte nicht, was ich sagen könnte, was nicht schrecklich und hoffnungslos und traurig klänge. Deswegen halte ich lieber den Mund. Und vielleicht geht es ihr genauso.

Aber irgend etwas muß ich doch sagen. Muß sie trösten. Muß ihr zeigen, daß ich zu ihr halte, daß wir uns ganz nah sind, auch wenn so etwas Gräßliches passiert wie das eben.

„Wir haben hier früher oft gespielt", höre ich mich da plötzlich sagen.

Sie hebt den Kopf und sieht mich erwartungsvoll an. Ich weiß, daß es geklungen hat wie der Beginn einer Geschichte. „Wir waren wirklich unzertrennlich, jahrelang. Silke hatte immer und überall Probleme. Ihre Mutter ging am laufenden Band fremd. Ihr Vater betrank sich. Und dann schlug er auch manchmal die Kinder. Niemand kümmerte sich wirklich um sie. Silke war keines von den Mädchen, um das sich alle kümmern wollen, verstehst du? Sie war mager und hatte eine spitze Nase und schlechte Zähne. Aber ich fand immer, daß sie die schönsten Augen hatte, die ich kannte. Und sie konnte Geschichten erzählen. Wir haben uns immer gegenseitig Geschichten erzählt, manchmal bis in die Nacht. Und wenn wir nach Hause kamen, regten sich meine Eltern furchtbar auf, weil sie mal wieder beinahe die Polizei alarmiert hätten. Und Silke bekam manchmal ein paar Ohrfeigen. Aber meistens merkte es niemand, daß sie nicht dagewesen war. Irgendwann zog sie dann auch mit so merkwürdigen Typen rum. Sie bekam etwas von ihnen, irgendeine Droge, nichts wirklich Gefährliches, Hasch oder so. Aber es sprach sich allmählich herum. Und meine Eltern verboten mir den Umgang mit ihr. Sie machten sich Sorgen um mich. Aber niemand machte sich Sorgen um sie, weißt du. Niemand, außer mir. Wir haben uns heimlich hier getroffen, das war unser geheimer Ort, unsere Burg, unser Versteck. Einmal trafen wir uns hier abends mit einem von ihren komischen Bekannten. Wir rauchten Zigaretten und tranken etwas von dem Zeug, das er mitgebracht hatte. Ich wurde erst am nächsten Morgen wieder wach. Als wir nach Hause kamen, waren alle in heller Aufruhr. Du kannst dir das nicht vorstellen. Sie sind herumgelaufen wie die Hühner. Und alle fragten mich aus, wer der Typ gewesen und was genau passiert sei, und vor allem, wie Silke ihn kennengelernt hatte. Ich wußte nicht alles. Ich wußte damals noch viel zu wenig davon, was Erwachsene mit Kindern machen können, die sich irgendwie ihren eigenen Weg suchen wollen, weil niemand ihnen einen guten Weg zeigt. Sie stecken diese Kinder in Erziehungsheime. Und ihre Briefe werden kontrolliert. Und als Besuch werden nur die Eltern zugelassen. Und die Kinder bekommen keine Ferien da, müssen jeden Tag erzählen, was in ihnen vorgeht, bekommen eine Therapie, damit man sie besser verstehen kann. Ich wußte damals echt nichts."

Ich halte inne.

Meine Erzählung bringt sie mir ganz nah. Wenn ich jetzt die Augen schließe, dann kann ich mir vorstellen, sie säße mir gegenüber. ‚He, Franzi, auch 'ne Kippe?'

„Und weiter?" fragt Alex. Sie hat den Atem angehalten.

„Weiter? Sie kam irgendwann raus, auf Wochenendurlaub, ha. Das war ein feiner Urlaub, das sage ich dir. Wir konnten uns eine halbe Stunde lang sehen, eine halbe Stunde. Und sie sah noch dünner aus als früher, und noch grauer im Gesicht, ganz fleckig. ‚Paß nur bloß auf, daß sie dir nicht auch mal sowas anhängen!' hat sie zu mir gesagt. ‚Paß bloß auf! Es ist echt die Hölle.' Sie wollte einen Ausweg aus der Hölle. Verstehst du, sie wollte nicht länger da drinnen sein, eingesperrt, wo niemand sie versteht. Sie wollte es nicht wirklich tun, da bin ich sicher. Ich meine, sie hat das bißchen beschissene Leben, das sie hatte, echt geliebt. Aber da, in diesem Heim, da haben sie sie ganz langsam klein bekommen, bis sie nur noch ein Schatten war. Und dann hat sie diese Tabletten gefunden. Sie war nicht lebensmüde oder so. Sie wollte nur dieser Hölle entkommen. Dieser Hölle, in der niemand sie liebte."

Alex sagt lange Zeit nichts. Wir sitzen beide hier, halten uns fest und denken daran, daß manchmal schlimme Dinge geschehen müssen, damit man sich an etwas anderes Schlimmes erinnern kann. Ich weiß nicht, wieso ich es erzählt habe. Ich habe es so noch nie jemandem erzählt. Ich glaube, ich habe es getan, weil sowieso schon alles weh tat. Und weil es uns näher zueinander bringt, als irgend etwas sonst es könnte.

„Ich muß zurückgehen!" sagt sie dann. „Wenn ich ihn jetzt allein lasse, kann er sich irgendeinen Unsinn zurechtphantasieren, daß du mich ihm entfremdest oder sonstwas. Ich muß mit ihm reden! Ich muß ihm klar machen, daß ich ganz genau weiß, was ich tue, und daß ich glücklich damit bin. Ich bin fast erwachsen. Ich weiß, was gut für mich ist. Aber ich muß ihm das ganz deutlich machen! Ich darf nicht mehr weglaufen. Dadurch wird nichts besser." Sie schmiegt ihr Gesicht an meinen Hals.

„Es ist fast zum Lachen", schmunzele ich. „Ich meine, du mußt dich jetzt viel erwachsener benehmen als dein Vater. Obwohl du erst siebzehn bist."

„Alt genug", meint die coole Alex.

Wir stehen auf, und sie steigt über den großen Schutthaufen zur Eingangstür, die schon lange keine richtige Tür mehr ist, sondern nur noch ein Loch in der Wand mit ausgefransten Rändern.

„Wenn sie noch leben würde, fänd sie es bestimmt supergeil, wenn du es tun würdest", sagt sie, mit dem Rücken zu mir.

„Was?" frage ich.

„Über sie schreiben, natürlich." Alex dreht sich zu mir um und steht einen Augenblick lang noch da. Ihr Anblick brennt sich auf meine Netzhaut. Ihr ganzes Sein schwebt im Raum zwischen uns. Dann ist sie weg. Ich höre die Zweige unter ihren Schritten leise knacken. Bald höre ich auch das nicht mehr. Nur ein paar Vögel tirilieren und haben keine Ahnung, was im Leben von Menschen so alles vor sich gehen kann.

Mercedes steht neben Charly in der Stallgasse und putzt dieses Riesenpferd, als wäre es aus Porzellan. Ich wundere mich immer, daß man an einem so großen Tier so viel herumwienern kann. Charly steht stramm wie eine Eins und versucht manchmal an dem Strick zu kauen, mit dem er festgebunden ist.

„Flucht nach vorn!“ sagt sie gerade zum dritten Mal. „Sag es deinen Eltern. Du weißt doch, daß sie da ganz anders reagieren werden! Vielleicht können sie mit ihm reden. Mist, worin hast du dich gewälzt, Dicker? Der ganze Schweif klebt wie Kaugummi!“

Typisch Mercedes. Ich wette, sie würde noch selbst zu Herrn Dürer marschieren und ihm einen erzählen.

„Wichtig ist nur: Nerven behalten!“ erklärt sie mir mit hochgezogenen Brauen. „Keine Panik machen! Sonst versetzt ihr ihren alten Herrn nur um so mehr in seine Hysterie. Cool bleiben ist die Devise. Das kann Alex doch immer so gut, oder? Klingt jetzt vielleicht etwas abgeklärt, wie ich das sage. Aber glaub mir, ich habe da die notwendige Distanz und deswegen den Überblick: Ihr schafft das schon!“ Sie bringt es fertig, mich mit ihren pferdeverseuchten, vor Dreck nur so strotzenden Fingern auch noch in die Wange zu kneifen.

„Ehy!“ mache ich empört.

Sie lacht. „Na, siehst du! Jetzt wirst du schon wieder nöhlig.“

Ich trete sie liebevoll in den Hintern.

„Es kommen schwere Zeiten auf uns zu, Medi!“ prophezeie ich ihr. Ich bin auch nur deswegen nicht nach Hause gegangen, weil ich eigentlich am liebsten gar nicht daran denken möchte, was da nun alles auf uns zukommt. „Natürlich muß ich es Mama und Papa sagen. Natürlich werden sie verständnisvoll reagieren. Natürlich. Oh Gott. Kann nicht irgend jemand vorübergehend mein Leben übernehmen?“

„Auch die schönen Dinge?“ hakt Mercedes nach, als ob sie an diesem Deal interessiert wäre. Ich winke ab.

„Geh endlich heim!“ schubst sie mich. „Vielleicht hat Alex schon angerufen. Sie braucht dich vielleicht. Und wenn du mich brauchen solltest, du weißt ja, wo ich bin!" Ich wende mich zum Gehen, aber da besinne ich mich und mache einen raschen Schritt auf sie zu. Diesmal küsse ich sie. Auf den Mund.

Als ich aus der Stalltür trete, reißt endlich die Wolkendecke auf, und die Sonne schickt ein paar Strahlen runter zu mir. Ich blinzele zu ihr hoch.

Das Ziel im Leben ist doch nicht, irgend etwas zu erreichen, irgendwie zu siegen oder andere zu übertreffen. Das Ziel im Leben ist, andere Menschen zu lieben und die, die wir lieben, glücklich zu machen. Das ist es, was unser Leben lebenswert macht.

Aus dem Wald kommt ein junger Mann herüber geschlendert. Ich achte erst gar nicht auf ihn, weil ich über die Koppeln zum Horizont sehe und philosophiere.

„Na, träumst du?" fragt er. Es ist Carsten, Achims Freund. Er steht etwas verlegen vor mir, die Hände in die Taschen seiner Jeans gebohrt.

„Siehst du den Streifen Apricot da über den Bergen?" frage ich ihn.

Er sieht hin und nickt.

„Da hinein möchte ich manchmal gerne fliegen", erkläre ich. Mir egal, ob er jetzt denkt, daß ich spinne.

Aber er lacht nicht über mich. Vielleicht ist er ein bißchen amüsiert, aber auf eine gutmütige Weise, die man Romantikerinnen vorbehält.

„Dann tu es doch!" fordert er mich dann auf. „So schwierig ist das nicht."

Wir grinsen uns an.

Früher fand ich ihn ziemlich blöde, weil er mich mit Vorliebe mit Gummibändern beschossen hat. Aber wie hat Mercedes gesagt? Wir werden ja alle erwachsen.

„Mercedes da?“ fragt er auch prompt.

Ich habe mich auch gar nicht gewundert, wieso er hier herumstreunt.

„Sie putzt gerade ihr Pferd.“ Ich deute in den Stall. Er nickt und wirft einen zögerlichen Blick durch die große Tür hinein, wo man Pferde stampfen hört. Irgendein Mädchen ruft: „Hoho! Brrrrr, langsam!“

„Du mußt schon reingehen, wenn du zu ihr willst“, sage ich vieldeutig.

Carsten fixiert noch einmal den gesamten Stall und gibt sich dann einen Ruck, um todesmutig auf die Tür zuzugehen.

Ich sehe ihm nach wie er mit unsicherem Schritt im Dunkel der Stallgasse verschwindet.

Dann drehe ich mich um und gehe los. Vielleicht hat sie tatsächlich schon angerufen.